主编　陆军

美国哥伦比亚大学艺术硕士研究生剧作选

——上戏·哥大联合培养艺术硕士生教学成果巡礼

MFA PLAYWRIGHTS' PLAYS OF COLUMBIA UNIVERSITY

上海人民出版社

目　录

指导哥伦比亚大学艺术硕士研究生剧本写作的历程与省思（代序）

作为一所国内一流的高等戏剧艺术院校，上海戏剧学院（以下简称上戏）的地位、属性与发展需求决定了它必须与国外高水平大学保持密切的合作关系，并以此来了解把握世界同类的学校、学科与专业的发展动态；学习借鉴国外院校先进的人才培养模式；吸纳利用国外一流大学的优质教学资源。套用一句老话，“他山之石，可以攻玉”。

新时期以来，特别是近十多年来，上戏通过设立“冬季学院”、开办导演大师班、主办表演教学国际论坛、接受国际剧协总部（ITI）落户等多种形式来努力接收世界上同类学校学科前沿的学术信息；通过委派教师、博士生、硕士生及本科生赴国外作短期访学，邀请国外一流的专家学者来校任教，或建立外国专家工作室与研究中心，等等，由此来获得鲜活、丰沛的异域他乡的学术营养，这些举措已直接作用于学校的学科建设与专业教学。但不可否认的是，严格意义上的合作办学与共同培养专业人才的路径与机制尚未真正拥有。正是在这样的背景下，2014 年，哥伦比亚大学（以下简称哥大）戏剧系主任阿诺德·阿伦森教授和上戏学术委员会主任叶长海教授商谈成的一个交流合作教学项目就具有特别重要的意义。项目内容为：

上戏与哥大双方互派两名优秀的编剧专业艺术硕士研究生到对方学校进行为期一学期至一学年的学习。哥大由著名戏剧家、编剧系主任黄哲伦教授选派学生来上戏,他同时负责指导上戏选派的学生在哥大的学业。上戏同样也由相关教授负责选派学生去哥大,同时负责指导哥大选派的学生在上戏的学业。虽然这样的方式还称不上真正的合作办学,也没有严格意义上的学分互换,更没有学位授予,但作为以对等的条件与常春藤大学共同培养编剧专业艺术硕士研究生,这在国内艺术院校研究生培养上可谓开了先河,也为将来进一步开展以学位授予为标志的合作培养研究生打下了基础。不可否认的是,这一合作,也证明了上戏七十年延续的编剧教学传统得到了世界顶级大学的认可与尊重。从这个意义上说,叶长海教授所具有的前瞻性的学科发展战略思维是很值得称道的。

本项目从 2014 年开始实施至今,上戏与哥大已先后各派出了六名研究生到对方学校学习。在叶长海教授的指导与同仁们的支持下,合作培养编剧专业艺术硕士研究生项目已取得了阶段性成果。本人有幸受叶长海教授的委托,成为本项目的负责人。作为哥大研究生在上戏的专业导师,我承担了教学设计、教学实施与教学管理的各项工作,经多年实践,积累了一定的教学感悟,愿以文字的方式记录于此,以就教于同道。

一、教学准备:背景与对象的研判

按照孔子的观点,教育活动中施教者必须对受教者有全面的了解。孔子的教育对象观当然不是本文要阐述的内容,但他要求把握受教者的需求、条件、志趣等以便更好地因材施教的观点无疑是永具指导意义①。因为教育的本质功能是教与学之间观念、信息、技能的交流与传递。如果两者之间思想、观念、知识、信息、技能处于对等甚至倒挂位置，那么教与学的必要性也就荡然无存。基于这样的认识，在正式接受与哥大合作培养研究生的教学任务以后，我所作的教学准备之一，就是通过各种渠道对我所关注的哥大以及哥大艺术硕士研究生教学进行调研。在获得众多信息的基础上，我作出的初步判断是，哥大研究生教学与上戏相比较，至少有五个不同：

1. 招生选拔方法不同

美国研究生"招考分离、多样化选拔标准、严格淘汰制"②等招生机制所体现出来的先进管理思想与教育理念已逐渐被我国许多高校所认同并不同程度地借鉴与效仿，而编剧专业艺术硕士研究生的招生又另有一功。笔者曾在十多年前考察耶鲁大学戏剧系的招生情况。该系每年仅招两三位编剧专业艺术硕士研究生，年初发表告示，申报者通过网上申报获得初选资格。校方在所有报名者中挑选出二十人左右的考生邀请他们来学校。考试的方法是，每天晚上由导师带领考生去各个剧场观摩各种戏剧演出，第二天座谈讨论，要求人人发言。这样的活动一般要持续二十多天，在此基础上导师遴选出自己喜爱、同时也为其他考生所公认的尖子生。这些学生经过专业学习，大多能成为普利策奖或托尼奖得主。非常令人感慨的是，上述来自美国各个地方的考生的来回机票、二十多天食宿、包括观摩考察的所有费用都由学校统一报销。那些虽然没有获得入学资格的报考者

① 参见彭南安：《孔子教育思想论》，西南师范大学出版社2016年版，第90—92页。

② 参见张秀三：《美国研究生招生选拔机制研究及启示》，《高教探索》2015年第8期。

也受教于招考活动全过程，因此而在戏剧创作上获得成功的也不在少数。哥大是美国著名的常春藤联盟院校之一，其戏剧系隶属于艺术学院，在全美及世界都赫赫有名，既有黄哲伦①这样的在西方世界极有知名度的编剧、导演，也有诸如阿诺德·阿伦森②这样的先锋戏剧、舞台美术研究的权威理论家。其招生办法虽然与耶鲁大学不尽相同，但基本的原则、理念与生源质量要求完全一致。如黄哲伦教授可不通过手续繁琐的考试，直接指定他认为具有编剧潜能、与哥大研究生声誉相匹配的学生入学。相对于我们设定的编剧专业艺术硕士考试方法选拔出来的学生，毫无疑问，哥大学生的综合能力高出我们一筹，作为中方导师，对此必须心中有数。

2. 教学内容与方法不同

中外编剧教学内容的不同自不必说，这里主要说方法。据了解，哥大艺术硕士以创作实践为目的，学制三年，第一学年和第二学年以课程学习和写作实践为主，最后一年为毕业大戏，戏由不同专业方向的学生组成团队共同创作、排演、制作、呈现，一出戏的时长在 1 小时 30 分钟以上。与上戏相比，最明显的不同有三点：

第一，写作量大。如果一个学生每个学期选两门编剧类课程，那么包括日常训练中要求写作的 10 页左右的短剧在内，一个学生差不多要写近四十个习作，其中有不少是当堂写作。这样的写作量至少比我们多一倍以上。

---

① 黄哲伦：美籍华裔剧作家，哥伦比亚大学戏剧学院教授。代表作有《新移民》(1979)、《舞蹈和铁路》(1981)、《家庭奉献》(1981)、《蝴蝶君》(1988)、《金童》(1995)等。

② 阿诺德·阿伦森：哥伦比亚大学戏剧学院教授，教授戏剧历史相关课程，涉及戏剧舞台设计历史、喜剧理论，以及美国先锋剧场等。著有《李明觉：设计者的一生》《美国先锋剧场：一段历史》等。

第二，阅读与观摩量大。有导师将整个编剧课课堂的三分之二时间花在让学生阅读剧本上，阅读范围包括古典剧本、当代剧作与学生习作，其中量最大的是当代最新创作的优秀美国剧作。而把学生赶到剧院观摩新戏、组织讨论更是主要的专业课程。我们的阅读与观摩仅是导师对学生的口头要求，既没有规定的课程也没有学分(我本人虽然经常组织学生观摩与讨论，但也不计学分)。

第三，综合实践量大。哥大重视编剧专业与其他专业学生之间的合作与交流，戏剧系有导演、表演、制作、戏剧顾问、舞美设计等专业，有一门称作“共同协作”的课程，上课时间全系统一，是全系学生必须完成的团队实践课程。完成的方式是学生习作的排练，第一、二学年主要是30分钟左右的独幕剧，到第三学年则要完成出一部大戏。而我们的研究生限于教学管理机制与条件，大多只在毕业时才有可能争取到排演或剧本朗读的机会，有的只能靠剧本发表才完成获得学位的规定要求。

第四，利用校外教育资源量大。包括邀请大量艺术家到课堂上演讲；安排学生走出去接触艺术家；带领学生接触真实的社会，如去法庭聆听审判，去街头观看马戏杂耍表演，去相关部门参与社会热点的追踪调研，等等。在这方面，我们的做法是主要取决于导师的教学理念、热情与兴趣，没有机制上的预设。我每年坚持几次组织学生去邻近省市的教学基地开展教学活动，却还会受到类似“以带学生采风为名出去游山玩水”等的非议。

3. 校园文化环境不同

不同的校园文化环境可以造就不同的学生。哥大重视文明、自由、创造的校园文化环境的营造，连管理部门也不放弃自己的责任。举一个例子：哥大负责给学生发放票务信息的老师每次给学生的邮件最后都会写着:“请站起来,举起你的右手承诺:1.做一个善良谦恭且专业的观众;2.无论发生任何事都坚持看完全剧;3.不在剧院中宣扬我的票是免费赠送;4.在剧院中,不诋毁诽谤慷慨赠票与我们的制作方。这是对于创作者和观看者共同的尊重,也是对于戏剧艺术应有的敬畏。”这样的意识与举措正是我们长期缺失的。

4. 学习成绩评价不同

哥大对于编剧专业艺术硕士学生的评分只有 ABC 三档。以写作课程为例,每个学生只要出勤率到了都是 A,学期最后也没有必交的论文或者作品,因为平时课堂是小班授课,每班十多个学生基本在课堂上能够分角色阅读自己上一周完成的作品,每人阅读过后会有五到十分钟的交流,老师和同学会提问题或者一些修改建议。一位曾参与他们的课程学习的上戏学生告诉我,他们的小练习作品都非常棒。她问任课导师,学生是原本就基础很好还是入学之后慢慢提高的?导师非常自信地回答,每个学生入学时就非常棒,而且对于创作专业的学生来说,他们的学习成绩无法用具体的分数来衡量。因为课堂上的每一个学生都非常认真用功,学习效率非常高。他们善于发问,善于思考,值得我们学习的地方很多。这可能也与生源的质量有关。

5. 学生专业能力不同

在正式与外籍研究生面对面交流之前,我只能在学生预交的独立创作的剧本中去揣摩他们的综合素质、学习能力、性格脾气等有关情况。如前所述,常春藤大学的研究生果不其然,两位学生的剧作所展示出来的专业素质、想象力与文学底蕴都令人刮目相看。穆雷·凯特的《家庭教师》,写一个年轻亮丽的常春藤学校法学专业毕业的高材生去做家庭教师,辅导一位高中男生的学习,与男生及男生父母发生了一系列的情感纠葛。剧作构思完整，结构严谨，语言生动，是一部中规中矩的戏剧新作。本·胡佛的《佛罗里达计划》以华特·迪士尼创作米老鼠和翠迪鸟的故事为背景，虽然结构有些松散，线索有些混乱，但叙事手法独特，想象力丰富，场面辽阔，意象丰富。总之，两位学生的作品令我窃喜，因为我知道，接下来除了要指导学生修改剧本，还可以用这两个生动案例启发引导我们的研究生去学习、交流与思考，从外籍同龄人中获得学习的动力与努力的方向。这，正是我接受哥大研究生教学任务的另一个重要目的。

二、教学实施：内容与方法的设计

在大致掌握了我即将面对的外籍研究生所在学校的专业教学情况与他们的专业能力以后，接下来就由我落实具体教学内容设计、教学团队构成与教学方法选择。

1. 教学内容设计

教学内容分为课堂教学与社会实践两个板块。

课堂教学内容有：

(1) 中国文化系列讲座

(2) 编剧学系列讲座

(3) 中国戏剧简史

(4) 百·千·万字剧编剧工作坊

(5) 中国戏曲表导演常识

社会实践内容有：

(1) 中国名城名镇考察与城乡社会调查

(2) 中国戏剧观摩与讨论

(3) 学生剧作修改、排练与演出

2. 教学团队构成

(1) 师资力量配备

如何配备师资力量？我的要求是，每门课程都要选择最合适的老师。经反复思考，确定的具体人选与课目分别是：

中国文化系列讲座，由叶长海、王邦雄、孙祖平、姚扣根、宫宝荣、王云、刘庆、李伟、徐煜、张伟品等教授讲授。

中国戏剧简史，由丁罗男、张福海教授讲授。

中国戏曲表导演常识，由宋捷、费三金、童强教授讲授。

编剧学系列讲座，由著名剧作家、戏剧家组成的专家团队讲授。

百・千・万字剧编剧工作坊，由陆军教授、黄溪副教授讲授。

(2) 教学教务助理配备

A. 上戏学生“伴读制”

除了翻译，还专门设置了“伴读”团队。共有二十余位编剧学博、硕士生全程参与。“伴读”的目的，一是本身设计的课程质量都较高，适合本校研究生选修；二是中美学生的相互交流也是重要的学习内容。

B. 学习生活值日制

为了让哥大学生在上戏学习与生活顺利愉快，我还专门安排了学生轮流值日制度。以保证哥大学生在中国的每一天 24 小时内碰到任何问题，都有上戏学生在第一时间内予以帮助解决。

3. 教学方法选择

这里主要是指专业课教学方法的选择。

毫无疑问，哥大研究生良好的学习态度、学习习惯、学习方式告诉我，他们到中国来，决不是或至少决不会仅仅是满足于对异国他乡风土人情的猎奇心理，而一定是希望在剧本创作方面能获得与本国导师给予的不一样的指导。同样毫无疑问，作为中方导师的我，实在不具备他们自己的导师黄哲伦教授那样的学养与能力。我所要思考的，如果仅仅给外籍学生以旅游意义上的精妙安排与亲切关怀，本项目的教育意义、学术意义将丧失殆尽。我当然不愿这样来亏待这个项目。换句话说，给外籍学生安排具有中国特色的文化艺术讲座，风土人情考察，一定会受到他们的欢迎，唯独在剧本创作上，如果没有一些新颖的、既具有导师个人色彩又具有普遍指导意义的“干货”，哥大的学生显然是不会满意的。

那么我该如何对哥大学生进行有效性的专业教学呢?

客观地说，国内编剧专业艺术硕士研究生教学进行了十多年，但成熟的培养模式并没有形成。我个人虽然长期在从事这方面的教学，积累了一定经验，但也一直在摸索之中。事实上，我们的编剧专业艺术硕士研究生教学基本上采用的是已成熟的编剧专业本科高年级时段的教学模式。因为第一，国内艺术硕士的生源大都来自应届毕业生，且有较多数量的学生在本科期间就读的专业与编剧甚至与艺术无关，所以，国内研究生编剧教学与本科教学的界线不是十分清晰。第二，编剧教学的关键很大程度上取决于技术层面上是否具有科学性与有效性，而本科训练中有些方法应该同样适用于研究生阶段的训练。

不妨乘此机会介绍一下国内最有代表性的上海戏剧学院、中央戏剧学院、中国戏曲学院三所专业戏剧院校的编剧教学模式，简称上戏模式、中戏模式与国戏模式。①

---

① 参见陆军:《戏剧观:戏剧写作教学的灵魂:“上戏”60 年编剧教学模式之初探》,《戏剧》(中央戏剧学院学报),2014 年第 6 期。

一是上戏模式。

上戏戏剧写作课程分为六个单元：第一单元：戏剧元素训练（故事，动作，场面，情境，悬念，发现与突转，语言，戏剧元素综合训练）；第二单元：独幕剧写作；第三单元：戏曲写作；第四单元：戏剧改编与大戏结构；第五单元：电视剧写作；第六单元：毕业创作。

二是中戏模式。

中戏戏剧写作课程分为八个单元，第一、二单元：散文创作；第三单元：简单事件小品创作；第四单元：复杂事件小品写作；第五单元：短剧（独幕剧）写作；第六单元：多幕剧写作；第七、八单元：毕业创作。

三是国戏模式。

国戏戏剧写作课程分为九个单元，第一单元：叙事散文写作；第二单元：小说写作；第三单元：话剧小品写作；第四单元：戏曲小品写作；第五单元：戏曲影视写作；第六单元：唱词与念白；第七单元：中型戏曲剧本写作；第八单元：戏曲传统剧目整理改编；第九单元：毕业创作。

应该说，上述三种教学模式各有特色，三所专业院校分别以此为国家培养出了众多优秀的编剧人才。但是，认真研判以后发现，将这三种教学模式中的任何一种模式搬到哥大研究生专业教学上来都不太合适。因为，第一，三种模式的区别或各自特色主要是在学习编剧的起步阶段，而哥大学生早已过了这一阶段；第二，三种模式学程四年，本项目学程在一学期之内；第三，对哥大学生而言，最有特点的当然是戏曲剧本创作思维训练，而且我本人也熟悉，但让外籍人士在短期内接受戏曲创作训练，缺乏可行性。剩下的只有一种可能，那就是将本科高年级毕业创作时段师带徒的方式引用到哥大研究生教学上来。但我又担心，这一方法能让哥大学生满意吗？综合考量下来，我决定将自己在长期的戏剧创作、教学与研究过程中形成的一种新的编剧教学方法——百·千·万字剧编剧工作坊运用于哥大研究生的剧本写作教学。

所谓百·千·万字剧编剧工作坊，简单说来就是，我把剧本比作一棵果树，编剧是种树人。要种出一棵好的果树，必须落实三个环节：一是精选果核（即戏核），它决定树（一部戏）的属性与品质是否上乘；二是细育花朵（即戏眼），它决定树（一部戏）是否有观赏性；三是精塑树形（即戏骼），它决定树（一部戏）的造型即结构是否完美。戏核对应百字剧训练，戏眼对应千字剧训练，戏骼对应万字剧训练（详见《百·千·万字剧编剧工作坊释义》，载拙著《编剧学论稿》，中国社会科学出版社 2018 年版）。

这一教学方法的特点在于，它既适用于初习戏剧者的编剧技术训练，同时也适用于较成熟的编剧能力提升的创作历练。在哥大研究生剧本创作教学中，本训练方法获得了较为理想的教学效果。

三、教学效果：专业与人文的收获

评价教学效果，一般都会参考这样几个指标：一是课程内容的准确性与先进性；二是学生有无学习上的满足感；三是能否激发学生的创造性；四是对以学分制进行教学管理的研究生来说能否做到自始至终全员参与、全程参与，等等。但我认为，教学的有效性不仅仅体现在学生身上，也应该体现在教师身上。学生与教师的双重成长才是教学有效性的理想境界。想到不久前看过的一部话剧，由美国著名剧作家罗姆鲁斯·扎卡里亚·林尼根据欧内斯库·盖恩斯小说改编的《我的灵魂永不下跪》（范益松译），就是一个生动的教与学有效性的案例。格兰特·维金斯受托去监狱探望蒙冤的学生杰弗逊，启发他要在白人面前勇敢地站起来，有尊严地去面对死亡。剧作生动展示了“死刑前的一课”既使杰弗逊告别了噩噩耗耗、愚昧麻木的过去，也让作为老师的格兰特·维金斯体悟到了教育的意义，决定放弃逃避现实的念头，继续留下来为让更多的黑人孩子堂堂正正地站起来而继续执鞭讲台。当然，这是一个特殊的教育案例，与我们的戏剧教学没有任何可比性，但教与学共同成长的道理却具有生动、深刻的借鉴意义。

考察指导哥大研究生剧本写作这一教学活动的有效性，学生方面的收获主要表现为：

第一，创作上的成就感。已完成学程的六位学生，分别在上戏导师的指导下完成了六部剧作：穆雷·凯特的《家庭教师》，本·胡佛的《佛罗里达计划》，史蒂夫·福利亚的《外滩群岛》，艾利克斯的《在漫山青草下》，戈登·佩恩的《走进军营》，麦克斯·蒙迪的《许是明日》。除了前面介绍的《家庭教师》与《佛罗里达计划》，《外滩群岛》用诗一般的语言和想象力展现了双胞胎姐妹中一方在海边溺亡之后，另一个幸存的女孩锲而不舍地寻找妹妹的灵魂，最终走向大海的故事，其中在海边用鱼竿垂钓灵魂的场面充满灵动。《在漫山青草下》以作者自己的记忆为线索，写了女孩从哥伦比亚到柏林再到中国一路的所见所闻，讲述了作者对战火中的故乡的怀念、羁绊、逃离与爱，也畅想了和平的未来。《走进军营》展现了残酷、真实的美国军营，揭露了人性的最黑暗面。作者是哥大编剧专业三年级的硕士研究生，曾在军队服役，亲手埋葬过他的战友，他独特的人生经历也给了他的作品以极大的张力。《许是明日》在封闭的环境中展现了无法离开马桶的妻子和她的丈夫之间的畸形的家庭情感生活，具有很深的哲学思考。

所幸的是，这六部剧作全部被搬上了上海的舞台，并全部正式出版。其中话剧《在漫山青草下》在上戏展示时，编剧艾利克斯的父母与姐姐专程从哥伦比亚国赶到上戏来观看演出，场面温馨感人，至今令人难忘。《家庭教师》入选 2016 先行青年创意戏剧节，在话剧中心上演时，哥大校方破例批准为编剧解决往返机票，让穆雷·凯特专程来上海观看演出。剧本在《上海戏剧》杂志发表后，还获得了“兴全杯”第三届全国校园戏剧征稿比赛特别奖。《走进军营》《许是明日》在上戏新空间演出后，《解放日报》首席记者以《上海戏剧学院和哥伦比亚大学名师互换硕士带教、创排剧本两部美剧短时间内成功换位排演》为题予以报道，专家评价为：“戏编得好，抓住现代人疾病和美国兵营特征，用夸张手法表达现实。这样的跨国合作创排符合世界一流大学的教学演出水平。”

客观地说，在有限的三个月的学程中，要指导学生完成剧本修改，还要将剧作搬到舞台上正式演出，即使在学生创作演出机制十分完善的哥大，也是一件极具挑战性的难事。我们能如愿以偿，主要得益于学校演艺中心等管理部门及师生们方方面面的有力支持。而哥大学生能亲眼看到自己的剧作与中国观众见面，他们在学习上的获得感与专业上的成就感就不言而喻了。由此也充分说明上戏尚有丰沛的创作与演出的资源潜力有待于我们去发掘、去利用。

第二，文化上的认同感。

在教学活动中，哥大研究生对有关中国文化艺术的各类课程都有浓厚的兴趣，特别是中国戏曲表导演常识的讲座，因为主持人宋捷教授边讲授边作唱念做打的示范表演，尤其让学生们感到生动形象，十分受益。除此之外，去名城名镇考察、去松江家庭农场调研、去城乡居民家作客等活动，都给他们留下了深刻印象。而对哥大学生来说，与始终陪伴着他们一起学习的热情、诚恳、好客的上戏学生的感情交流更是一笔宝贵的财富。

至于老师方面的收获，我相信参与教学的每个人都有自己的感悟。以我为例，至少有两点：第一，收获了专业教学的不同经历。我设计“百·千·万字剧编剧工作坊”教学法的动因之一就源于本教学活动。而在行课期间，有关“戏核”“戏眼”的原理、效用、方法等能获得哥大研究生的认同，使我进一步认识到编剧教学模式创新的意义与价值。第二，在具体的教学实践中，我改变了过去有时候会以“居高临下”的姿态，比较粗暴地要求学生一定要按自己的要求修改剧本的习惯。出于对外籍学生的尊重，我对剧本的修改意见既保持一贯坚持的观点犀利清晰的表达特点，又强调尊重学生在剧本修改时的自主选择。而实际效果是，即使学生不一定全盘照搬导师的具体修改方案，但学生会以自己的方式领会并贯彻导师的意图，有时候会有更好的创造性发挥，这样的教学效果尤其令人满意。

还有一个重要收获也许不该忽略。在上戏第一次派出两名优秀学生去哥大学习时，哥大方面一是要求学生必须用英文撰写一份自我介绍以及到哥大来学习研究的内容与目标，二是要通过英文面试。而哥大学生来上戏，我们对学生的专业与语言能力则没有任何测试要求。为此，在完成一期学生的合作培养后，我向阿伦森教授提出了以同等条件接受双方学生入学的要求，获得阿伦森教授的支持。从第二期起，我们的学生就不需要再通过哥大方原来设定的专业与语言的测试了。这说明，上戏派往哥大的学生专业优秀，品行端正；哥大学生在上戏也是“不虚此行”，学有所获。从而从一个侧面印证了哥大对上戏专业教学的有效性表示认可。

至于参与“伴读”的上戏学生的收获，主要体现在课程本身的信息量，英语交流的实践过程，以及哥大同学认真学习的态度与习惯的影响，我想就不在此一一赘述了。

陆军

（作者为上海戏剧学院二级教授。本文为作者主持的2016年度国家社科基金艺术学重大项目“戏曲剧本创作现状、问题及对策研究”（16ZD03）阶段性成果）

家庭教师

编剧　凯特·穆雷

翻译　杜冬颖

校对　杨　蕊

人物表

梅雷迪思　27 岁,美国高考家教。
格雷格　16 岁,高中学生。
桑德拉　40 岁左右,格雷格的母亲。
杰　克　40 岁左右,格雷格的父亲。
乔　希　30 岁,梅雷迪思的未婚夫。

序幕

[梅雷迪思坐在电脑前面。屏幕上出现摄像头拍摄的屏幕截图。

梅雷迪思 当我22岁的时候，我老板叫我“压抑的裸露癖”。我忘了是因为什么，事后看来，这可能是性骚扰，但现在，我在这里，开始录制这样的视频日记，所以我猜，我已经在证明他是正确的了。难道真的会有人看吗？人们是如何找到这些视频的？他们又是为什么要找这些视频？这些都是很重要的问题，也许我会在未来的几天，甚至几个月的时间里为它们作出解答。通过这个媒介，我真正感兴趣的是，当我们明知道其他人在观看，但不知道他们是谁的时候，我们如何表达自己。我们是否会更加诚实？这点重要吗？我们会知道的，不是吗？

1

[在波士顿上流社会的一个设施完善的餐厅里。梅雷迪思坐在格雷格的对面，这个16岁男孩戴着棒球帽，帽檐朝后，正在看一本高考辅导书。

梅雷迪思 时间到。

格雷格　拜托。

梅雷迪思　停笔!

格雷格　我搞砸了。

梅雷迪思　我敢打赌,你做得还不错。

格雷格　我忘了"有害的"是什么意思了。

梅雷迪思　谁不是呢?

格雷格　你什么意思?

梅雷迪思　你查一下吧。

格雷格　你不知道?

梅雷迪思　人无完人,格雷格。

格雷格　我们每小时付你 150 美元,你居然都不知道"有害的"是什么意思?

梅雷迪思　你爸妈每年交三万美元送你去预科学校,你不也不知道嘛。(格雷格打了个响指)

梅雷迪思　用你的 iPhone 查查。

格雷格　在厨房里。我们上课的时候,你不让我看的。

梅雷迪思　我觉得你可没听过我的。

格雷格　是你不信任我,不是吗?

梅雷迪思　让我们看看你能得多少分。

[梅雷迪思仔细检查格雷格的考卷,不看正确答案,有条不紊地判卷。

[格雷格摆弄他的铅笔。他来回摆动。梅雷迪思一边说话一边判卷。

格雷格　你想喝点什么吗?

梅雷迪思　好啊,你这有什么?

格雷格　什么都有。

梅雷迪思　我现在特别想喝啤酒。

格雷格　啤酒，好的。

［停顿。

梅雷迪思　我开玩笑的。

格雷格　不，你没开玩笑，我这就去给你拿。

梅雷迪思　太好了。

格雷格　不过我也要喝一瓶。

［梅雷迪思低头看了她的表。

梅雷迪思　我们一人一半吧。

格雷格　这也太逊了。

梅雷迪思　是吗？分啤酒喝很逊？

格雷格　你想要哪种？

梅雷迪思　你选吧。

格雷格　太好了。

［他走出去。她继续判卷。厨房里发出丁零当啷的声音。格雷格拿着两杯啤酒和两个杯垫回来。他把玻璃杯放在杯垫上。

格雷格　我做得怎么样？

梅雷迪思　不错。

格雷格　只是不错？

梅雷迪思　喝你的啤酒吧。

［格雷格猛灌了一口啤酒。然后，做鬼脸。

格雷格　这周末有什么计划吗？

梅雷迪思　不要分散我的注意力。

格雷格　我们学校有一个舞会。

梅雷迪思　听起来挺有趣的。

格雷格　我想也是。

梅雷迪思　你有舞伴吗?

格雷格　没有。

梅雷迪思　难道现在大多数人都不带舞伴?

格雷格　我不知道。

梅雷迪思　舞会后有什么计划吗?

格雷格　我朋友的父母出城了,所以,我们要去那。他的弟弟说他有黄啤酒。

梅雷迪思　听起来比我的周末计划精彩多了。

格雷格　这不是真的。

梅雷迪思　好吧,你有 10 道文字题是错的,还有两道数学题错了。

格雷格　我知道了。

梅雷迪思　不过还是不错的。别忘了你两个月前什么样。

格雷格　我知道。

梅雷迪思　你是个很聪明的孩子。只要多注意一下句子结构就行了。

格雷格　我只是不擅长这个。

梅雷迪思　你需要学学规则。

格雷格　是啊。

梅雷迪思　我们还有一刻多钟。你想做什么?

[停顿。

格雷格　我能问你个问题吗?

梅雷迪思　说吧。

格雷格　你是女孩。

梅雷迪思　对吧。

格雷格　我长得帅吗?

梅雷迪思　当然。

格雷格　真的?

梅雷迪思　干嘛这么问?

格雷格　学校里有份名单。我想是彭伯里的女孩们所做的最感兴趣的前十名帅哥排名。

梅雷迪思　嗯嗯。

格雷格　我排名第三。

梅雷迪思　祝贺你。

格雷格　嗯,谢谢。

梅雷迪思　所以,你不需要我告诉你,说你长得很帅。

格雷格　可是,既然我这么帅,为什么没有女朋友呢?

梅雷迪思　你有试过追求谁吗?

格雷格　嗯?

梅雷迪思　你约过女孩吗?

格雷格　没有,我上的是男校。

梅雷迪思　对呀。你已经有答案了。

格雷格　可我不认识什么女孩。

梅雷迪思　也许你不想听这个,不过你有一生的时间去和女孩打交道。

格雷格　哦,拜托。

梅雷迪思　我是说真的。

[他们听到了钥匙发出的叮当声。

格雷格　该死。

梅雷迪思　快点喝。

［他们咕嘟咕嘟地喝啤酒。当梅雷迪思猛地放下玻璃杯时，杰克走了进来。

梅雷迪思　嗨。

［格雷格小心翼翼地放下玻璃杯。

格雷格　嗨，爸爸。

杰　克　怎么样了？

梅雷迪思　很好。我们正在研究句子结构。他只有句子结构做错了。

杰　克　嗯嗯。

梅雷迪思　我想他能很好地应付下个月的考试。

杰　克　不错。

［杰克象征性地按了按格雷格的肩膀，离开了。

［停顿。

格雷格　该死。

梅雷迪思　没事，放松点。

格雷格　该死。

［灯光变化。

2

［梅雷迪思坐在电脑前，解开纽扣。她正在读电脑上的信息。她的电子邮件投影到屏幕上。

电脑语音　六条新信息。

梅雷迪思　阅读。

电脑语音 第一条新信息：卡桑德拉，我无意中（哈）看到你的网站，忍不住要给你写信。你的照片非常漂亮。我渴望能看到你的脸。如果你愿意分享，请回复。我想要了解你的全部。请回信说明。我会照做。

Tomcat 23

梅雷迪思 保存。

电脑语音 下一条新信息：我想要你。

梅雷迪思 删除。

电脑语音 信息删除。

下一条新信息：卡桑德拉，您对申请购买所要求的叙述方式真逗，我希望这样说可以达到标准。我想要穿过48小时的红色丁字裤和中筒袜，附带图片。

在方便时提供价格。

梅雷迪思 保存。

电脑语音 下一条新信息：你是个贱人。请自重。

梅雷迪思 删除。

电脑语音 信息删除。

［此时，梅雷迪思正穿着一件相当奢侈的紧身胸衣和中筒袜。她拿起一个包，上面写着“心之所欲。”

电脑语音 下一条新信息：梅雷迪思，我们已经支付你格雷格·詹姆士最后四节课的学费。453莫尔伯勒街，请您在几天之内查收支票。

劳拉

800预付

水街15号

马萨诸塞州波士顿，邮编：02109

［梅雷迪思脱下袜子，叠好，小心翼翼地放进包里。

梅雷迪思　保存。

电脑语音　下一条新信息：梅尔，今晚共进晚餐怎么样？我会工作到七点，请给我留言。

梅雷迪思　保存。

［她正要脱下内衣，看到信息后停下。

梅雷迪思　重复。

电脑语音　梅雷迪思，今晚共进晚餐怎么样？我会工作到七点，请给我留言。

［梅雷迪思从包里拿出电话后拨打。

梅雷迪思　嗨，莎拉，我是梅雷迪思，你能帮我接通乔希的电话吗？

［她站着，看着她的腿。

梅雷迪思　嗨，乔希，是我。刚刚看到你的邮件。

［停顿。

噢。

［停顿。

没关系。我可以自己热点东西吃。

［停顿。

我也爱你。

［她挂断电话。灯光淡出。形象转化到视频博客。

梅雷迪思　我男朋友和我打算明年结婚。但是，像我这样不追求完美的人，我做了我的婚礼素材集。现在它是我收集的理想中的场景图片。有结婚的部分，我不想模仿。实际上，这是最多的。我发现，参加的婚礼越多，在 Facebook 上看到她们晒出的照片越多，我就越不想办那种盛大的婚宴。像每一个这种年纪的女孩一样，我也会在早晨5点钟起来，看皇室婚礼与圣公会一同唱赞美诗，但是我自己的婚礼却不想那样做。我追求的是简单的东西。只是想给我的朋友、家人带来愉悦，不会让我抓狂的东西，不是那种当其他人浏览 Facebook 相册时觉得奢华的婚礼。关于最后一点我是认真的。我知道每一个人都很看重这些。所以，是的，严格上说我正在规划我的婚礼，但到目前为止没有具体的计划。

3

［在詹姆士家的餐厅里。桑德拉正在叠衣服。格雷格走进来。

桑德拉　嗨，亲爱的。

格雷格　有什么吃的吗？

桑德拉　有啊，你想吃什么？

格雷格　我不知道。我快饿死了。

桑德拉　等我叠完衣服，我给你做点吃的。

格雷格　我自己可以的。

桑德拉　我不介意为你做。

格雷格　不用，我自己可以做的。

桑德拉　练习题做得怎么样？

格雷格　嗯，还好。

桑德拉　你跟布拉德谈了吗？

格雷格　……

桑德拉　格雷格。

格雷格　怎么了？

桑德拉　我们今天早上不是说让你和他谈谈下次比赛阵容的事儿吗？

格雷格　是的。

桑德拉　所以呢？

格雷格　没有时机说。

桑德拉　只需要一分钟。

格雷格　我知道。

桑德拉　（*她看了看表*）教练，我能和你聊一会儿吗？

格雷格　妈妈，我知道了。

桑德拉　我在想是否可以首发与贝蒙特队的比赛？

格雷格　好吧。

桑德拉　上周和 Nobles 队打比赛时只能坐冷板凳，我有点沮丧。

格雷格　明白了。

桑德拉　（*回头看了看表*）30 秒。

格雷格　我明天会谈的。

桑德拉　你是新人，这是你最重要的一年。

格雷格　我知道。

桑德拉　好的，我做好了。你想要一个火鸡三明治吗？

格雷格　好呀。

桑德拉　我还买了你喜欢的奶昔。

格雷格　太好了。

桑德拉　去洗个澡，我去端饭。

格雷格 谢谢。

桑德拉 你能把这些拿上去吗?

格雷格 可以。

[他把叠好的衣服拿走。桑德拉看着他,然后走进厨房。杰克走进来,弄了点喝的,然后上楼去了。

桑德拉 (舞台后面声音)杰克?你在家吗?

[没人应声。她戳了一下他的头。灯光变化。

4

[梅雷迪思在公寓的电脑前通电话。她身后的投影是电脑的一个屏幕截图,内容是她的内衣网站,她一边讲电话一边往网站上加东西。她拿着一个空酒杯。

梅雷迪思 这些样片看起来太棒了。我看起来太迷人了。

[停顿。

哦,拜托。我真是要感谢上帝发明了 Photoshop。

[停顿。

还好吧。有一个男孩——

[停顿。

不,不。他是我上高中时迷恋的那种男孩。

[停顿。

怎么了?他是大学足球赛的队员,根据 Pemberley 女孩们排出的名单,他是班里排名第三的帅哥。

［停顿。

我知道，我比他大十岁。不过，觉得他可爱也没什么嘛。

［停顿。

电脑语音 新邮件。

梅雷迪思 乔希很不错。他每周至少有两次在办公室加夜班，他得到了去新德里发展的机会，所以高兴坏了。

［停顿。在她读新的邮件时。

妈的！

［停顿。

没什么，我得走了。

［她挂断电话。屏幕切换至梅雷迪思的视频博客。

梅雷迪思 下午好，勇敢的朋友们。我承诺过会制作有冒险性的视频，但似乎还没有实施。今天，大曝光。自从我制作视频日记以来，一直在纠结，而今天发生的事恰好证明，在如今这个时代要保持匿名是不可能的。所以，我将要揭露一件关于我的有趣的事情。

［戏剧性的停顿

我在网上卖内衣。穿过的内衣，给陌生人。可你们知道吗？比起我在很长一段时间中所追求的事情，这给我更多的乐趣。我承认大家对于这种工作本来就有偏见，更别说是由我这种从世界一流的法学院毕业拿到博士学位却找不到工作的人来从事了，不过我并不觉得羞耻。所以，我一直保持低调。但是，如果您愿意对我努力经营的事业表示支持，可以访问 www.heartsdesire.net，查看所有商品。

［灯光变化。

5

［桑德拉和杰克正在对饮。杰克刚刚回家。

桑德拉 格雷格在今天的比赛中出场25分钟。

杰　克 很好。

桑德拉 我跟他说要和教练好好谈一谈，他做到了。

杰　克 嗯嗯。

桑德拉 他真的很讨厌坐冷板凳。

杰　克 当你是备用守门员时是不容易上场的。

桑德拉 迈克·希尔森就能打全场，这太不公平了。

杰　克 希尔森更优秀，他是老队员了。

桑德拉 可是他已经被录取了。

杰　克 他要去哪所大学？

桑德拉 他妈妈说，他在犹豫优先申请耶鲁还是布朗。

杰　克 他很棒。

桑德拉 梅雷迪思上的布朗大学。

杰　克 那个家教？

桑德拉 是呀。

杰　克 但她却是个家教？

桑德拉 我不知道。

杰　克 浪费了15万美元。

桑德拉 现在这种经济情况，这可能是她唯一的选择。

杰　克　你不能永远当一个家教。

桑德拉　也许可以。

杰　克　如果格雷格这辈子只能做个高考家教,我就不认他。

桑德拉　杰克。

杰　克　我是说真的。

桑德拉　为了避免这个,他在一开始就要好好学习。

杰　克　他在楼上吗?

桑德拉　是啊,在做另一套题。

杰　克　是应该这么做。

桑德拉　我想,他对梅雷迪思有好感。

杰　克　为什么?

桑德拉　你见过她吗?

杰　克　见过啊。

桑德拉　她很漂亮。

杰　克　是啊。

桑德拉　格雷格没见过什么女孩。

杰　克　嗯。

桑德拉　往好了想,他长得还不错。

杰　克　像他爸爸。

桑德拉　像他爸爸。

[他们对饮。过了一会儿,格雷格走进来。

桑德拉　你做完题了吗?

格雷格　我快饿死了。

杰　克　什么时候开饭?

桑德拉　还有半个小时。

格雷格　啊。

杰　克　吃饭前，我得去书房。

桑德拉　我发短信叫你。

杰　克　（大笑）好的。

格雷格　爸爸，我今天上场打了25分钟。

杰　克　你妈妈告诉我了。

格雷格　真是太棒了。

杰　克　你失球了吗？

格雷格　没有。

杰　克　救了几个球？

格雷格　两个。

杰　克　干得好。

［杰克上楼了。

格雷格　周六的比赛会进球的？

桑德拉　当然。

格雷格　太好了。

［灯光变化。

6

［梅雷迪思和格雷格坐在餐桌旁。这次，他们每人面前摆了几瓶啤酒，没有杯垫。

格雷格　你男朋友是做什么的？

梅雷迪思　是未婚夫。他是个律师。

格雷格　那不错呀。

梅雷迪思　是的。

格雷格　你们是怎么认识的?

梅雷迪思　在法学院。

格雷格　你怎么不当律师?

梅雷迪思　我没通过考试。

格雷格　(不知道这是什么意思)好吧。

梅雷迪思　我大三的时候,我有点青年危机,我调节自己状态的时候就开始做家教了。

格雷格　有用吗?

梅雷迪思　还不错。我挺喜欢干家教的。

格雷格　胡扯。

梅雷迪思　是真的,我真挺喜欢的。

格雷格　我能理解你做家教,但是做高考家教?简直就是地狱。

梅雷迪思　你可能不信,但我觉得还是挺有意思的。

格雷格　有意思?

梅雷迪思　这是个解决问题的过程。我喜欢揣摩对方错误的思维方法并纠正它。

格雷格　你是受虐狂吗?

梅雷迪思　其实是虐待狂。

格雷格　(假装知道)这有什么区别吗?

梅雷迪思　虐待狂是喜欢给予痛苦。受虐狂是忍受痛苦。

格雷格　好吧。

梅雷迪思　所以,做一名高考家教会让我变成虐待狂,是吗?

格雷格　那你能停止施加痛苦吗？

梅雷迪思　只有在情感上。

格雷格　如果你未婚夫晚回家，你不会打他吗？

梅雷迪思　不总是。

格雷格　他这个人很无趣吗？

梅雷迪思　（大笑）不，他不无趣。

格雷格　我好兄弟的爸爸是个律师。塞巴斯蒂安·怀特。他就是超级无聊的人。

梅雷迪思　塞巴斯蒂安·怀特？

格雷格　你认识他？

梅雷迪思　他在乔希的律师事务所上班。

格雷格　世界真小。

梅雷迪思　（看了看她的表）好啦，你成功把话题转移了10分钟。来说说这道题吧。

［停顿。

格雷格　周六的比赛你会来吗？

梅雷迪思　好啊。在哪比赛？

格雷格　在家里。我父母也在。

梅雷迪思　什么时候？

格雷格　2:30。

梅雷迪思　哦，我两点还有另一堂课。

格雷格　你可以在下半场的时候过来。

梅雷迪思　好吧，我尽量。

格雷格　太好了。

梅雷迪思　好啦，问题可不会自己给出答案。

格雷格　我喝多了。

梅雷迪思　别傻了。

格雷格　是你把我灌醉的。

梅雷迪思　别闹了，让我们看看这道题吧。

［格雷格看了看试卷。

格雷格　哦，这是条抛物线。

梅雷迪思　是啊。

格雷格　哦，我明白了。

梅雷迪思　所以，答案呢？

格雷格　D。

梅雷迪思　很好。

格雷格　还想喝啤酒吗？

梅雷迪思　不，我还得去见另一个学生。

格雷格　你在骗我吧？

梅雷迪思　没有。而且她给的学费更高。

格雷格　真的吗？

梅雷迪思　没有啦，开玩笑的。

格雷格　噢。

梅雷迪思　我是固定收费的。

格雷格　知道了。

［桑德拉走进来。她看到了啤酒但是什么都没说。

桑德拉　嗨。

梅雷迪思　嗨。

格雷格　（跳起来，拿起瓶子）你忙完了？我把他们扔到回收箱里。

桑德拉　他学得还好吗？

梅雷迪思　还好。

[格雷格离开。桑德拉盯着梅雷迪思，像是在询问她对于啤酒是否有话要说，梅雷迪思什么都没有说，桑德拉换了个策略。

桑德拉　我想他正在试图取悦你。

梅雷迪思　取悦我吗？

桑德拉　反正他没有取悦我。

梅雷迪思　很显然，他被教育得很好。他很有礼貌。

桑德拉　谢谢。

梅雷迪思　他邀请我周六去看他的球赛。

桑德拉　哦，你会来吗？

梅雷迪思　那天下午我还有其他家教课，但我会尽量赶过去的。

桑德拉　昨天，他出场了 25 分钟。

梅雷迪思　他跟我说了。

桑德拉　我跟他说，他应该和教练谈谈不让他上场比赛的事。另一个守门员经验丰富，可是如果格雷格想要被录取的话，他需要有机会展现自己。

梅雷迪思　我没想到他会这么棒！

桑德拉　他很适合守门。而且能准确预测射门的方向。

梅雷迪思　我不是很了解。

桑德拉　他非常谦虚。

[格雷格再次进来。

格雷格　我把垃圾拿出去回收了。

桑德拉　谢谢。

梅雷迪思　（对桑德拉说）我们还要做一下小结，你要留下来听听吗？

桑德拉　不，不，你们继续。

［桑德拉离开。

格雷格　她说你了么？

梅雷迪思　她为什么要说我？

格雷格　啤——酒。

梅雷迪思　我不确定她看没看见。

格雷格　上帝保佑，我爸妈什么都看不见。

梅雷迪思　可能他们只是选择看他们愿意看的。

格雷格　可能是吧。

梅雷迪思　下礼拜，我想让你做另一套测试题。另外，我希望你能继续复习句子结构。

格雷格　怎么复习？

梅雷迪思　就是学习句法。

格雷格　我是不是五年前就应该学？

梅雷迪思　也许吧。

格雷格　可能是因为我书读得不够多。

梅雷迪思　你是应该多读一些。

格雷格　有什么推荐吗？

梅雷迪思　你是想读些有趣的，还是想学习句法？

格雷格　都想。

梅雷迪思　好吧，那你喜欢什么？

格雷格　我不知道。

梅雷迪思　你知道男生都喜欢看什么吗？不管出于什么原因都是《大师与玛格丽特》。

格雷格　你喜欢吗？

梅雷迪思 不像他们那么喜欢。

格雷格 好吧，那你喜欢看什么？

梅雷迪思 下次我带给你。

［灯光变化。

7

［梅雷迪思坐在电脑前面。再次，屏幕投射在她身后。她穿着一件睡袍，里面穿着性感内衣。

梅雷迪思 （正在打字）新商品上柜。黑色连衫衬裤。酒红色文胸和内裤。金色饰片平口裤（我太喜欢了，简直想自己留着）。泡泡状绿色紧身胸衣，搭配吊袜带。各式新款蕾丝丁字裤，请咨询具体颜色。

［画面切换至梅雷迪思的摄像头拍摄。

我知道你在想什么：一个聪明漂亮的女生怎么会选择去卖性感内衣呢？有两个原因，一个是童年压抑。（梅雷迪思笑）说真的，我读过一篇文章。大三那年春天，尽管我拥有很棒的学历，也渴望去改变这个世界，但我还是找不到工作。我的父亲是一名哲学家，他跟我说，我应该跳出固有的思维模式，关注当前，而不是未来。所以，我花了大量时间浏览网站，希望发现能激发我想象力的东西。某个星期，我决定加入和平工作团，直到我意识到，我不打算再追随他们游历各国。从那以后，我打算开一家蛋糕店，但由于助学贷款和缺乏糕点装饰技术方面的问题，导致这个计划成为一个笑谈。之后，我读了一篇关于二手内衣零售的文章。而且，我研究得越多，我就越好奇。当你认为你在布朗大学这样的学校是最性感、最活跃的女孩时，你可能需要用现在的生活证明你过去的错误。所以，我获得了一位摄影师朋友的支持，帮我拍照片，然后用我高中时学的计算机技术创建了一个 kickass 网站，一个月后网站上线。网站一开始发展得很慢，不过经过巧妙的病毒式宣传，我的网站迅速打开了知名度。快要毕业的时候，我正在银行实习，可由于工作太忙，没时间去考试，后来我觉得那其实没有必要。我开始做 SAT 家教，以便支撑在线内衣零售业务。瞧吧。一年后，我解决了资金问题，拥有 75 名男性客户和 5 名女性客户，内衣店如果有新货都会和我联系。而且你想知道我为什么一个月都没有性生活吗？

［灯光变化。

8

［杰克和桑德拉在餐厅。

桑德拉 梅雷迪思能来看比赛真好。

杰　克 是啊。

桑德拉 除了她浪费了常春藤学历以外，你对她还有别的看法吗？

杰　克 没有，我没跟她见过几面。

桑德拉　格雷格的学习成绩有进步。

杰　克　不过,他能顶住压力比赛吗?

桑德拉　那次失球不是他的错。

杰　克　他是守门员。

桑德拉　不是那么简单的。

杰　克　你什么时候变成专家了。

桑德拉　我看他踢球已经 11 年了,杰克。

[停顿。

桑德拉　我想格雷格一直在偷喝冰箱里的啤酒。

杰　克　为什么?

桑德拉　我买的 Sam Adams 啤酒都不见了。

杰　克　喝几杯啤酒怎么了?

桑德拉　他长大了。

杰　克　不就是啤酒嘛。

桑德拉　一杯啤酒就能让你跑神。

杰　克　他又没在比赛前喝酒。

桑德拉　我真无法相信,你那么不重视这个事儿。

杰　克　我们年轻的时候也喝酒。

桑德拉　我没有。

杰　克　我有。

桑德拉　看看你现在的样子。

杰　克　你想让我和他谈谈吗?

桑德拉　我自己可以。

杰　克　我会和他谈的。

桑德拉　没有比说谎更让我烦躁的了。

杰　克　我一定会和他谈。

桑德拉　他是个好孩子。我不想让他变成讨厌的运动员。

杰　克　他不会的。

［格雷格走进来。

格雷格　你们俩在说我吗?

桑德拉　是啊。

格雷格　说我什么哪?

桑德拉　你爸爸想问你一个问题。

格雷格　说吧。

杰　克　你妈妈觉得你一直在偷喝冰箱里的啤酒。

［桑德拉一脸惊愕。

格雷格　你为什么不问我?

［停顿。

桑德拉　我——

杰　克　我觉得这不是什么大事儿。

格雷格　我们学习的时候,我把啤酒给梅雷迪思了。

桑德拉　真的?

格雷格　我觉得这没什么问题。

桑德拉　这的确没什么问题,格雷格,但是……

杰　克　我们会和梅雷迪思谈的。

格雷格　我希望我没给她惹什么麻烦。

桑德拉　真想不到。

杰　克　我会和她谈的。

格雷格　她还会教我,对吗?

桑德拉　我们之后再说。

格雷格　她真的帮了我很多。

桑德拉　但是前提是我们信任她，格雷格。

格雷格　就是几杯啤酒而已，我相信她可以再买回来的。

桑德拉　我们会处理这件事的。

格雷格　如果下周来一个新的家教，我会不高兴的。

桑德拉　在考试之前，我们不会这么做的。

格雷格　所以，还是不要换家教的好。

杰　克　我们会判断什么对你是最好的，格雷格。

格雷格　我上楼了。希尔森有个聚会。我说我会去的。

桑德拉　有女生去吗？

格雷格　我不知道。

桑德拉　需要送你一程吗？

格雷格　斯科特会来接我的。

桑德拉　你饿吗？

格雷格　不饿。

［格雷格上楼去了。

桑德拉　你怎么回事？

杰　克　怎么了？

桑德拉　你是 12 岁吗？我想让你和他谈谈，不是要让我像个疯子。

杰　克　我没觉得这样会让你像个疯子。

桑德拉　你弄得好像我和他谈这个很不舒服一样。

杰　克　你没有啊。

桑德拉　你觉得他应该知道这个吗？

杰　克　他都 16 岁了，又不是傻瓜。他知道你对他隐瞒了什么。

［桑德拉站起身要离开。

桑德拉　冰箱里还有些剩菜，你热热就行了。我走了。

杰　克　走？

桑德拉　是的，走。

［她离开了。杰克从口袋里掏出一条红色的内衣，闻了闻，然后塞回口袋里。

［灯光变化。

9

［梅雷迪思在她的公寓里。在打电话。格雷格在餐厅里打电话。

梅雷迪思　我敢保证，没事的。

格雷格　可如果他们把你炒了怎么办？

梅雷迪思　让我和你爸爸谈谈，放心，没事的。

格雷格　但愿如此。（停顿）感谢你能来看我的比赛，尽管我表现得很糟。

梅雷迪思　是我让你不走运了。

格雷格　我可不这么看。

梅雷迪思　等你参加高考时，我们就会知道了。

格雷格　是啊。

梅雷迪思　那我们周三见？

格雷格　行啊，嗯，你今晚不想来我朋友的聚会，是吧？

梅雷迪思　你觉得我还会去参加高中生的聚会吗？

格雷格　这也没什么啊。

梅雷迪思　我要和乔希去吃饭。

格雷格　好吧，你的未婚夫。

梅雷迪思　我会带他去看你下一场比赛。你会喜欢他的。

格雷格　是啊，好吧。

梅雷迪思　玩得愉快。

［停顿。

格雷格　如果我这次考得不错，我就不用再补习了，是吗？

梅雷迪思　是啊。

格雷格　你还教其他课吗？

梅雷迪思　没有，除非你想考法学院。

格雷格　我敢说我能行。

梅雷迪思　你太年轻了。

格雷格　我知道。

梅雷迪思　下周见，格雷格。

格雷格　嗯，再见。

［格雷格灯光淡出。梅雷迪思打开电脑，查看邮件。

［杰克出场。

杰　克　梅雷迪思，

我想跟您说说给格雷格上课的事儿。您对工作很认真，也很投入，对此我们深表感谢，不过，我和桑德拉都觉得您和格雷格的关系有点不正常。在跟您说之前，我没有和您的老板提这件事，所以，您能不能明天下午抽时间和我见个面。您什么时候有空请通知我。

杰克。

［梅雷迪思看另一封信。

杰　克　卡桑德拉，

我已于昨日收到您的包裹。谢谢。请问我能再订一条猩红色的丁字裤吗？希望您能尽快寄给我。您有我的地址和我的支付信息。

JJ

［梅雷迪思看着观众。

梅雷迪思　我习惯把这个称之为罪证。现在，这个起作用了。

［灯光变化。

10

［餐厅。杰克一边喝啤酒一边读报纸。格雷格下楼来，从他身边走过，视而不见，然后从冰箱里拿了一杯喝的，之后便上楼了。门铃响起。格雷格跑下来开门。

格雷格　（画外音）嗨！

梅雷迪思　（画外音）嗨，格雷格。

格雷格　（画外音）他在那儿呢。你谈完了就上来。

梅雷迪思　（画外音）　好。

［梅雷迪思上场，手里拎着一个大手提袋。

杰　克　你觉得去他房间合适吗？

梅雷迪思　我没觉得有什么不合适的。

杰　克　你 27 岁了吧？他只有 16 岁。

梅雷迪思　我是他的家教。

杰　克　桑德拉和我觉得，你的行为不像一个家教。

梅雷迪思　我不明白你的意思。

杰　克　格雷格跟我们说了啤酒的事。

梅雷迪思　噢。

杰　克　说实话我本来不想管这件事，但桑德拉很担心，因为他年纪还小。

梅雷迪思　他跟你们说什么了？

杰　克　他跟我们说，你喝了啤酒。

梅雷迪思　是的。

杰　克　我的意思是，我可不想让一个醉醺醺的人来做家教。

梅雷迪思　就是几杯啤酒而已。

杰　克　我想你不是来和我吵架的。

梅雷迪思　你知道，我上的是耶鲁法学院，是吧？

杰　克　我不知道。

梅雷迪思　所以，或许我可以用其他方法说服你。

杰　克　我深表怀疑。我明天会和你的老板谈，我们会给格雷格找一个新的家教。

梅雷迪思　你介意我上楼去和格雷格说再见吗？

杰　克　是的，我介意。

梅雷迪思　那好吧。那你能不能把这个给他？

［她从手提袋里拿出一本书。是《傲慢与偏见》。

杰　克　你认为他会读吗？

梅雷迪思　这可不好说。

［杰克把书放在桌子上。

梅雷迪思 噢。这是给你的。

［她从小盒子里拿出一样东西，递给他。这里有一个识别过程的时间停顿。他慢慢打开，拿出一条红色的丁字裤。

杰　克 这是什么？

梅雷迪思 你最近的订单。

［长时间停顿。

杰　克 谢谢你？

梅雷迪思 我会给劳拉打电话，跟她说我需要休息一下，我们会给格雷格安排一名新的家教。

杰　克 好。

梅雷迪思 如果有什么需要我帮忙的，请告诉我一声。

［她离开了。杰克把内衣扔在地上，撕破盒子，走出了厨房。格雷格下楼来（他显然是偷听到了），捡起那本《傲慢与偏见》，然后看到了那件内衣。他把它捡起来，用困惑并轻微嫌弃的眼神看着它，之后塞进口袋里。他走出去。

变相国度

编剧:本·胡佛

翻译:杜冬颖

人物角色

亚伯｜乔治·华盛顿｜罗纳德·里根
布施｜约翰
梅厄｜杰里米
华特｜华特瑞·D
巴尔的摩｜艾米｜莉莉
尼亚加拉(双胞胎姐妹)｜艾瑞卡
玛瑟林｜汤米
奥兰多｜海兹

[华特坐在晚宴长桌的中间。桌旁还坐着12位客人。这是在圣路易斯的最后一次晚餐。(不过,能邀请圣路易斯成为座上宾也是颇为荣幸之事……)

[如同一场精致商业晚宴,气氛慵懒而闲适,大家品尝着美酒佳肴,觥筹交错,尽享乐之能事。

[烛光闪烁,文艺复兴时期的音乐——

[“叮”! 钟声响起,吸引了大家的注意力。

布　施　有人认为自己可以设计出吸引人的地方,并在这座城市大受欢迎吗?

一个不依赖啤酒或烈酒吸引人的地方?

如果有的话,那他应该是脑子出问题了。

[华特无意中听到这话,一切都仿佛凝固了。

梅　厄　哦,我的天。

哈哈哈。

我真拿那家伙没办法。

[又一声“叮”,一切仿佛回归如前,除了有些愤愤不平的华特。愤怒不断累积,他歇斯底里起来,但没有人回应(因为大家都听不到)。时间一分一秒地过去,其他人渐渐散去,只剩他独自坐在桌边。

[钟声再次响起,剧幕缓缓升起,美国总统林肯的卡通版声

音响起。

亚　伯　四十三年前

也

就是

公元

一九七一年

华特

伊莱亚斯

迪士尼

将在佛罗里达州

引进

全新之举。

充满幸福喜乐

全新的

美国

观赏、关注

参观

与消费

如同此前诞生的其他新鲜事物一样

本着自由、平等的

精神应运而生。

对他而言

这样一个无趣的人

（绝大多数时候

沉浸在他的火车世界时除外）

这样一个忧郁的人
(绝大多数时候
指间夹着香烟时除外)
低声抽泣
泪流满面
看电影时
哭泣
哭泣
其他人围绕着他
让他有感而发时
无论喜悦或悲伤:他总是哭泣。
尤其是火车飞驰而过时。

他提出要修建一个新型公园,同时供孩子和家长纵享玩乐。因为当他陪女儿们在公园的旋转椅、旋转木马或类似游乐项目玩乐时,总是因为游乐设施操作员脏兮兮的马尾辫和山羊胡而变得神经紧张、焦虑不安,这让任何一个家长都无法置若罔闻。难道这样邋遢不堪的嬉皮士能够负责孩子们的生命安全吗?

华特站在那儿,思绪落在一条无形的栅栏之上,栅栏内是买了票的孩子,栅栏外是其他没买票或无法玩耍的孩子和所有家长。他顿感无聊,认为不应受到如此冷遇。

因此,华特决定:

我的公园不仅娱乐孩子。

无论 6 岁还是 60 岁，我要唤醒所有人的童心。

无论它埋藏在内心的多深处

也无论他或她是多么的天真无邪

我要做的是，寻获它，并告诉它

在你面前真情流露

生活的趣味和欢愉

在你面前真情流露

活力青春的笑声

在你面前真情流露

人类仍然在追寻梦想

我们站在这里

置身于魔幻王国

在这里

鲜少有人会一直记得

我们入住的主题酒店

游艇俱乐部、海滩度假村，海豚、天鹅

抑或购买的纪念品

让我们念念不忘的是华特赋予的

一切

在这里

我们学会

如何去爱

如何获得快乐
如何成为
真正的美国人

无论其如何永恒
这并不仅是为华特而建的土地
而是为了我们自己
为了生活
在此地
全身心致力于实现他构筑明日之城的
崇高理想。
这是我们的领地
踏上这片神奇的土地,我们决定

不会让他
白白死去
他对于这个王国的奇妙构想
将存于上帝的庇护下
将在华特·迪士尼公司的视界内
他对这片土地的构想将被赋予新生
公司的私有利益
由公司而生
为公司奉献
感谢华特及其忠实团队
将长久存在。

［长时间停顿。

［机器人亚伯开始剧烈摇晃，好像坏了一样，（我们无法看见），他的内齿轮相互间激烈摩擦，红色的液压油好像要从颈柱里喷薄而出。

［他好像对这种程序操作非常排斥。过了半晌，亚伯被拦腰折断。最后，又奇迹般地自我恢复了。

但是
现在
我们正在参与一场伟大的战斗
带着极大的疑问
伟大之处：为什么？
一个主题公园是否可以做到？
那一部电影呢？
或者设想所及，能实现平等娱乐的
任何事物？
地球上真正最快乐的、有待挖掘的领地？

［剧幕返回初始状态，亚伯消失。

［其他人都已离开，华特仍坐在桌边。桌上还有残羹剩肴，酒杯和瓶瓶罐罐。华特有一本记录竞争者的写字夹板。

［巴尔的摩　穿着一件60年代的泳衣走了进来。

巴尔的摩　你好，亲爱的！

华　特　你是谁？

巴尔的摩　（她摆了个造型）我是凯·鲍尔默。默林是一个新兴大都市，拥有不到一百万居民。它距离华盛顿特区很近，人口众多，是旅游胜地。而且，这里土地广阔，非常具有开发潜力。

我们非常欢迎您的加入，迪士尼先生。

华　特　平均有几天是阳光充足的？

［她与华特沟通的方式可能会令他的妻子莉莲相当不舒服。

巴尔的摩　哦，这个我不知道……

华　特　好吧，那道路情况如何？

巴尔的摩　近95号高速公路，一直到华盛顿特区的风景都非常美丽。这里有一个和纽约火车站一样繁忙的大型火车站——宾州站，还有其他通往国内甚至国际城市的友谊国际机场。

华　特　谢谢你，巴尔的摩，请代我们向你的姊妹城市哥伦比亚特区问好。

巴尔的摩　谢谢您，迪士尼先生。

［巴尔的摩优雅地离开，如同她的到访一般。并送给了他一个飞吻。

［圣路易斯走了进来，于是华特向她挥挥手示意。她优雅地离开，如同她的到访一般。

［尼亚加拉双胞胎走了进来。她们摆了个造型。

华　特　你们是谁？

尼亚加拉　我们是尼亚加拉。

华　特　可你们有两个人……

尼亚加拉姐妹　一个来自纽约，一个来自加拿大。

华　特　谈谈你们自己的情况吧，人口、可用土地，还有季节性气候。

尼亚加拉姐妹　我们那儿有25万人口，气温一般在十几度到五十几度之间（美国的平均华氏温度，因为……我们是美国人）。此外，还有一个旅游胜地，在我们之间有一个2 600英尺宽的天然瀑布。你可能听说过它。您甚至可能曾带妻子在那儿度蜜月。

[接着，她们其中一位继续说道：

华特，说说您和太太在哪里度蜜月？

华　特　所以，这意味着你们那儿会很冷吗？

尼亚加拉　或许，您可以为我们带来温暖，迪士尼先生？

华　特　我会再和你们联系的。

[尼亚加拉姐妹优雅地离开，如同她们的到访一般。

[华特的家乡，密苏里州的玛瑟林走了进来，造型满怀乡情和诚恳。

华　特　太熟悉了，我没想到你能来。玛瑟林，亲爱的，他们怎么也把你卷进来了？

玛瑟林　你忘了我吗，迪士尼先生？迪士尼先生？

华　特　华特，请叫我华特——只有陌生人才叫我迪士尼先生。

[他打量了她好久。

华　特　是啊，有日子没见了，不是吗？

玛瑟林　难道你不想知道我的情况吗，华特？我们都已经和后台的女孩们谈过了，讨论了你的问题，她们也尽可能回想，试图弄清您正在做什么。

华　特　我已经知道你的情况了。跟我说说其他的，那里还有火车吗？我父亲花园里的树还在吗，长高了吗？我和罗伊在树皮上刻的名字缩写还在吗？我和罗伊、赫布离开时，把名字缩写刻在了树上，而且相互约定，无论发生什么永远不离不弃。

在冬日明亮的夜晚，还能看见那只猫头鹰吗？

玛瑟林　华特，难道你忘了，在你跑出来的那个晚上，那只猫头鹰把你吓了一跳，后来你就把它给杀了。你担心它会把你的父母吵醒。

华　特　是的，我想是我干的。但我不是故意的。我那时太年轻，也太容易冲动了。

……

好了，回忆足够多了。对不起。我只是认为这样做没什么用。你仍然在密西西比河西部地区。请你保密，我们其实想要去东部地区。

［华特从桌前站起身来，微微抽泣，把玛瑟林进来时的那股兴奋劲给浇灭了。他给了玛瑟林一个拥抱，并亲了亲她的脸颊。

华　特　这是为了你好，我们不要破坏美好的回忆，这不是因为我不爱你。

玛瑟林　我明白的，华特。

［玛瑟林优雅地离开，如同她的到访一般。

［奥兰多走了进来，摆出造型。

奥兰多　您想知道什么？

华　特　所有。

奥兰多　人口：不到40万。温度：温暖，每年约250天都是阳光明媚。交通：95号高速公路，佛罗里达收费公路，4号州际公路，附近还有一个机场。地价：非常便宜。

华　特　请继续……

奥兰多　此外，迪士尼先生，希望您不要介意，我还知道您喜欢格布哈特的罐头和丹尼森的辣椒罐头和豆制品罐头，奥兰多杂货店里到处都有卖。当然，如果您愿意加入我们的阳光之州，我们V8果汁无限量供应。

华　特　我想我只能……

［华特站起来，朝这名女子走去，深深地吻上她的唇，然后和她手挽手走了出来。

［顺便把灯关上。

［在约翰和艾米的卧室里，艾米拉了一下灯绳，把床头灯打开，是时候睡觉休息了。

艾　米　我想你应该准备迪士尼了。

约　翰　……你说什么？

艾　米　心理上。你应该做好准备。

约　翰　你在说什么呢？迪士尼现在变成动词了吗？

艾　米　它本来就是个动词。

约　翰　所以，我们现在要迪士尼了……你今天迪士尼了吗？就好像说，我要去看医生，他们问我最近一次排便是什么时候。你今天早上的迪士尼黏稠度如何？

噢。呈固体，很……紧实？紧实这词适用于门诊吗？

艾　米　约翰。

约　翰　是的。

艾　米　什么？

约　翰　固体还是紧实？形容排便？

艾　米　你答应过去迪士尼度蜜月的。

约　翰　的确如此。我是这样说过，可我没想到是以这样开玩笑的方式说出来。

艾　米　这就是我想要的。

约　翰　我很乐意为你这么做。因为我爱你。

艾　米　有时我很怀疑这一点。

约　翰　哈，咱俩在一起两年多，结婚也有几个月了，你还在怀疑这个？看起来你好像经常这样。

艾　米　是啊，我可能……

……

天啊，就像是童话故事，呵。蜜月快乐。新婚快乐。

约　翰　艾米，木已成舟。彻底的。百分之百。我就在这儿。我深陷爱河。和你一起。千真万确。我准备好了。现在，我只想要米老鼠的耳朵，把我扔进“台风湖礁”水上公园吧。

艾　米　宝贝，我迫不及待地想要去奥兰多。

［停顿。

约　翰　你是说迪士尼。

艾　米　我说了什么？

约　翰　你说奥兰多。

艾　米　是呀，有什么区别吗？

约　翰　有啊，奥兰多有很多可看的东西。有环球影城，虽然也属于迪士尼公司，还有米高梅，只是现在不这么叫了，还有乐高乐园和肯尼迪航天中心，肯定还有其他很多东西。

［他看了会儿电话。

是呀，还有鳄鱼乐园，听起来很棒吧。

［有一瞬间他放弃了，因为艾米不喜欢鳄鱼乐园。

但是，我们还是要去迪士尼乐园……就在奥兰多和基西米之间，在一片芦苇丛生的天然公园里。天哪，维基百科很神奇是吧？试想一下，当年华特建造这个乐园时，是无法得知其是否成功。

艾　米　这是不可能失败的。

约　翰　但谁知道呢？难道你没听说过，嗯，那什么，世界博览之类的？就是——

［他学机器人，模仿“这是一个小小的世界”展览里卡通玩偶的声音：

这是一个小小的世界

这是一个小小的世界

这是一个小小的世界

这是一个小小的、小小的世界。

——由百事可乐赞助。

艾　米　哦，这不公平。

约　翰　我只是想感受去迪士尼的心情。

艾　米　这会变成我的噩梦的。我会抓狂的。

约　翰　那不是你最喜欢的展览吗？

艾　米　我妈妈后来告诉我，小时候的我会和每一个玩偶打招呼，或机器玩偶，或随便你怎么叫吧。我逛遍每一个角落，欣喜若狂，流连忘返，就像一个小机器人一样边走边比画。

……

我还拍了一张照片，那时是夏天，天气太热了，我的脸被晒得红扑扑的，头发被太阳照射得黄灿灿的，看起来就像是一个来自斯堪的纳维亚的玩偶。

约　翰　你只是小时候喜欢这些吗？就只有这些吗？比如，我可以想象你刚刚放完暑假，然后——

艾　米　你从来没去过吗？

约　翰　只去过一次，大约八岁的时候。

艾　米　哎呀，我怎么不知道呢？

约　翰　我敢打赌，我们订票时，你肯定是被在场那些公主给迷住了，你根本不记得我说了什么，可能只除了信用卡号码。

艾　米　是哦，信用卡号，因为是用我的信用卡预订的。

约　翰　说得好——作家的人生。

艾　米　是呀，小时候觉得很好玩。

约　翰　我敢打赌，你从来不想去其他地方。

艾　米　才不是呢，不过我父母也很喜欢。他们说，他们也很喜欢去，也不会觉得无聊。

约　翰　我不知道，只是觉得……我真是太兴奋了，我们的蜜月会很精彩，不过仔细想来，如果我们有孩子的话，真得谨慎一点。关于怎么告诉他们。关于……迪士尼之旅。而且你知道吗，花销可不菲啊！我们预订后，票价就涨到 99 美元了。即使我们买到折扣票，或者能露营，或者上帝保佑能找到园区以外的酒店，但你不觉得那会让人不舒服吗？我们开车去那里的汽油费，或者甚至飞机票，你和我还有孩子，克拉拉？我们给她取名克拉拉怎么样？还有餐费，好吧，我想我们有些时候可以自己煮饭，或者……

艾　米　约翰……

约　翰　怎么了？

艾　米　可以！现在我们迪士尼吧。

约　翰　是啊，我想是的。

［艾米吻了吻她的迪士尼王子，关上灯。

艾　米　睡前你想看什么电影吗？

约　翰　我只想看《花木兰》。

艾　米　在我们出发之前你要一直这样是吗？

约　翰　嗯。

［她用枕头拍了拍他。

［过了一会儿，电影片段出现，亚伯消失。这是一个关于华特·迪士尼世界历史时刻的剪辑影片，包括华特的儿时影像（尽可能全面）（包括送报纸，在闷热的楼梯间熟睡，或是乘火车的片段），青年罗伊的影像（《微笑格兰》的片段），以及迪士尼乐园的影像（载客工具、单轨列车、揭幕仪式，甚至还有迪士尼世界的宣传影片。比如，在1966年10月拍摄的关于未来世界主题乐园的视频）——我们仍然在试图弥补失误。

［电影结束后，剧幕升起，我们没有看到亚伯，却听到了首任总统G.W.的卡通化声音。

华盛顿同胞们：

当我第一次来到这个魔幻王国的时候，它让我产生了前所未有的巨大渴望，这就是，

它就位于南方的沼泽地带，我们这一代人可能尚未发现，

如果你们有兴趣的话，可以自己找出其所在位置，

在这里，

他们的身心都会得到滋养。

向魔幻王国致意。我此前从未听过华特·伊莱亚斯那深沉而洪亮的爱尔兰口音，我被它的建造者们深深鼓舞。

即使是现在——

当我安于家庭生活，远离崇拜和溢美之词，

我依然虔诚地希望，

自己能够无比坚决地在此度过有生之年。

这段晚年隐居生活对我来说无比重要，也更为弥足珍贵。

在迟暮之年，我感受并听从北部雪鸟的召唤，来到这片南方沃土，踏上这片充满欢庆的土地。

这里没有冰雪。

然而，却有训诫之声：

建造者华特·伊莱亚斯的声音足以唤醒

那些最聪明、最富经验的动画设计师、梦想工程师和追随者。

这是向所有人宣告——

对付出大量的时间和精力挣得来之不易的血汗钱背后的条件和原因持怀疑态度。

在我们的国家，

在一个平凡的假期来到一个普通的主题公园游乐玩耍并不会让像我这样的人觉得不可思议，

觉得负担不起。

怀着这种矛盾的心情，我敢说，通过欣赏每一部可能会影响我一生的迪士尼动画电影来了解我的职责，是我忠贞不渝的奋斗目标：

在我有生之年，我要让建造者华特·伊莱亚斯·迪士尼用平实的语言来表现和延续我的理想。

《狮子王》让我梦想能拥有一片绿树成荫，受统治者庇护的土地。

《海的女儿》让我大声疾呼所有人都应该有属于自己的声音，并获得心灵上的满足。

《白雪公主》让我意识到努力工作和诚实忠诚的重要性。

《小飞象》让我梦想能有一扇能听到同胞呐喊之声的大耳朵。

另外，我最喜欢的两部动画电影：《救难小英雄》和《森林王子》，让我充满幸福感，了解无穷无尽的可能性。

我唯一祈望的是，

能亲自游览这些地方，倾听建造者的心声，

这些设想中的假期生活所带来的美好回忆和人文幻想令我心驰神往，

或者说，这种对我影响深远却又未曾实践的热切心情，从未让我觉得过分夸张和毫无兴致。

我只担心与无数同胞分享这样的艰苦跋涉，这所谓的幻想回忆。

同胞们，我担心你们对我的期望值太高。我踏上这片人迹罕至的土地，

事实上，除了迪士尼本人，没人知道这趟奇幻之旅的目的地是什么样子。即便我此次之行会摄入相册，但是在晚餐后的樱桃派聚会中，家人、孩子、邻居和看客们还是会对非凡的迪士尼世界津津乐道。

基于对上述问题的认识和理解，出于对各位同胞的信任，我用短短35个字起誓，这是历史上每一位美国总统都会重复的誓言。一旦郑重履行誓言，美国梦便会持续下去：

我郑重宣誓，我将忠实执行华特·迪士尼世界的旅游大使之职务，尽我所能，维护、保护和捍卫华特·伊莱亚斯·迪士尼的美国持久形象。

［剧幕返回初始状态，华盛顿消失。

［汤米·博罗特——在嫁给华特的首席动画设计师后，她更名为汤米·威尔克，而这名动画师的名字也叫汤姆。她是华特的秘书长，正在重新布置举办“最后的晚餐”的餐桌，以便作为华特的办公桌。

［办公室的沙发上铺着一条毯子，这是一条带有西南地区设计风格的针织软毛毯。毯子稍稍动了一下，华特从里面探出头来。他大声打着哈欠。

汤　米　哦，天哪！先生！我没看到您。对不起，我把您吵醒了。（然后，恢复镇定）早上好，先生。

华　特　（面带微笑）早上好，汤米。

汤　米　嗯，华特，对不起，您吓了我一跳。我没想到您这么快就回来了。

华　特　我没走多远，汤米，今天的事项，你知道的。

汤　米　（她鼓起勇气）您听说了吗？肯尼迪先生来到得克萨斯州了。

华　特　是的，汤米，我听说了。我们回到新奥尔良的酒店时，就告诉我们了。

这次旅行挺无聊的。在办公室以外的地方我无法专注。

汤　米　您有特别的事情需要帮忙吗？

华　特　我需要好好想想。

汤　米　好的，华特。

［她离开了。

［华特走到窗前，打开窗站了一会儿，然后吹起了口哨。然后，他站在窗前继续吹口哨，直到有只花栗鼠爬过，两只蓝

色小鸟落在华特的肩上。这只花栗鼠就坐在他的手里。①

华　特　你们好啊。

［花栗鼠吱吱叫，小鸟附以和声。

华　特　你们听说了吗？

［它们想了一会儿他在说什么。

我正在建造一个全新的迪士尼世界。我刚从现场回来，选择挺多的，圣路易斯、首都、一些洼地、新奥尔良，我已经想好了。我已经决定好了。我们会最终找到理想之地的。

［一只小鸟在抖羽毛，另一只绕着华特的头盘旋。华特从口袋里掏出一把花生来喂花栗鼠，一时间它的嘴里塞满了花生。

华　特　我告诉你一个秘密，没人知道：佛罗里达州中部有个地方，就是那个地方。这是一片未开垦的宝地。我们可以完全决定在乐园周围兴建什么。

［花栗鼠本来在华特衣服里睡觉，现在爬到华特的外套袖子上，取代了蓝鸟的位置，它趴在华特的耳朵上轻声私语。（华特打断了他）

华　特　不，不！小猪题材的影片是无法超越的！

［汤米再次走进来，动物都躲了起来。

汤　米　先生，一切都还好吧？

华　特　如果有需要，我会给你打电话的，博罗特小姐。现在，让我一个人静一静。

---

①　这种情况实现起来有点难度。*我想象的是一组电影片段，比如《欢乐满人间》这部电影，迪士尼将动画人物和真人演员结合在一起。考虑到像多平面摄像技术，如何才能把这种电影搬上舞台呢？*

[在她离开之前。

你不用太担心我，博罗特小姐。你有其他事情可以做。你去做其他事吧。

[汤米溜了出去。

华　特　我说到哪了？

[思索中，动物们再次出现，华特回想刚才的话。

这不仅仅是一个主题公园，也不是又一个迪士尼乐园——这个我已经做过了，我不知道你们听见了没有，不过确实相当不错。就在佛罗里达州，我们要建造一座新的城市，这是一座整洁、美观、令人兴奋的城市。

[思索中，回到办公桌，卡通动物自窗台散去。他开始在纸上做记录。

唯一的问题是——我确定我们会解决它，这只是一个小问题，而且我们以前也解决了很多问题——迪士尼乐园会吸引 1 500 万人，其中 600 万是加州居民，还有其他的年度观光客，不过，佛罗里达州有些地方是沼泽，最近一次人口普查显示，那儿仅有不到 500 万人口。（思索中）所以，我们要吸引北部的人。

[门铃响了，华特拿起对讲机。是汤米的声音。

华　特　怎么了？

汤　米　迪士尼先生？迪士尼先生？先生，莉莉的电话。

华　特　请接过来吧。

汤　米　好的，迪士尼先生。

华　特　哦，汤米？对不起，我刚才的态度不太好。我在想事情，有点心烦意乱。

汤　米　没关系，先生。

华　特　华特，叫我华特好吗？叫我“先生”让我很低落。

汤　米　我并不想打扰您。您太太的电话。

［对讲机滴一声，莉莉的电话接通了。

华　特　嗨，莉莉。

［话筒里传来莉莉的声音。

莉　莉　我不知道你去工作室了。

华　特　有事情要做，今天早上汤米看到我的时候，我也是这么说的。我的生日快到了，你知道的。

莉　莉　好多年了。

华　特　哦，我知道的，不过我昨晚还梦到了呢。我梦见我和罗伊坐在那间到处布满灰尘的房间里，我记得她翻着那些卡片，盯着我的手掌，然后拿着念珠，边烧香边对我说：“我不想这么说，不过你真的活不过35岁。”然后问我们要了五美元。

莉　莉　真的，华特，已经过了30年了。

华　特　看来我是摆脱不了了。也许还不止这些呢，我不想半途而废，也不想让你或罗伊收拾这个烂摊子。我得把事情理顺，莉莉。你会理解的，对吗？我有很多梦想。等我死后，我不想在升入天堂时看到那些未完成的梦想。

莉　莉　华特，你就没想过用潜望镜吗？

华　特　再见，莉莉。

莉　莉　回家再说吧。无论多晚。别做得太晚了。

［华特挂断电话。

华　特　（几乎是自言自语）我几乎没时间谈恋爱，我爱米奇胜过所有女人。

[然后，他继续工作，通过对讲机对汤米说。

汤米，是否可以安排与佛罗里达项目顾问会面？他们安排好后，我想和他们讨论下一阶段的工作。

汤　米　[通过对讲机。

没问题，华特。我问问他们什么时候有空。

华　特　这是唐·塔特姆、梅尔·梅尔顿、卡德·沃克和鲍勃·福斯特。

汤　米　还有罗伊。

华　特　汤米，不要自作聪明。我的兄弟当然会来，这还需要你提醒吗？他当然要来了。难道会议不该讨论资金方面的问题吗？

汤　米　华特，我能问个问题吗？

华　特　可以，但只能问一个。

汤　米　你会让我给这个新建的公园起名字吗？

华　特　这取决于你想起什么名字。你有什么想法吗？

汤　米　嗯……我想叫它华特欧匹娅。

华　特　谢谢你，汤米。这就够了。

[她离开，咯咯地笑。门一关上，最后晚餐的餐桌就变成了酒店前台。华特穿了身服装，改变风格，变成了游艇俱乐部度假酒店的接待员。①华特变成了华特瑞·D，前台上铺着帆布（上面摆着一个钟，以便为客人服务）。

[艾米和约翰拿着随身小包走进来，因为从机场出来后有免

---

① 游艇俱乐部是一家独特的酒店，因为游泳池底下铺着沙子，就像在大海里一样。它被称为“暴风湾”。

费旅游服务，可以直接把行李送到他们的房间。

［他们按下门铃……“叮”的一声。

［他们草草办理入住手续，一声不吭，而此时华特瑞·D正要起身离开前台，这时艾米已经忍不住了。

艾　米　抱歉，我敢打赌你在这儿会有意想不到的收获。

约　翰　艾米，你知道的，我想在这里说这些，你知道这里真的是一个很神圣的地方，因为他已经死了……

艾　米　是啊，我知道这是不可能的，不过这是一个神奇的地方，不是吗？……先生，您是华特·迪士尼吗？

华特瑞·D　哈哈哈哈。（约翰和艾米一起大笑起来）

华特瑞·D　很遗憾，不是，我就是我……如果他还在世，我要找到他，狠狠地揍他一顿，告诉他，是他长得像我！不过，跟你们说句实话，可能就是因为这张脸，我才找到这份工作的。

艾　米　哈哈，对了，你知道的，大家都在传，说他的尸体被冷冻在加州工作室下面。

约　翰　或许，当办公室人手不足的时候，他还能大显身手……

华特瑞·D　希望如此。

［然后，提供门卡，从前台里拿出一个小册子。

詹姆士先生和太太（他眨着眼睛）你们住在307号房间，这是我们游艇俱乐部别墅的卧室。进房间后您会看到落地玻璃门，打开后直接进入私人阳台，在那里您可以欣赏潟湖的精致美景。服务设施包括设备齐全的厨房，您的选择很明智，此外还有一间洗衣房，和一个很大的漩涡按摩浴缸。

约　翰　怎么了？

华特瑞·D　还有其他问题吗？

艾　米　什么时候可以吃早餐？

约　翰　这儿有全套厨房，一切都没问题。

艾　米　我们只在这里呆一个星期。

约　翰　我们真的需要一个全套厨房吗？

艾　米　别破坏气氛。这只是第一天——该死！

华特瑞·D　对不起，我无意听到你们的谈话，不过客房已经全部订满了，没法换房，所以您就住这间吧。（气氛有点僵）这个信封里有您的门卡，还有您提前预订的公园周游券。这有张插页上有每个主题公园的开放时间和游乐项目。

你们以前去过迪士尼乐园吗？

艾　米　去过。

约　翰　嗯。不，其实没有——我不知道为什么要那么说，很奇怪，说得好像我去过似的。

华特瑞·D　好吧，那就让我跟您说说吧。

约　翰　好的，说来听听。谢谢。

华特瑞·D　您可以沿着左边的走廊进入电梯。进房沐浴更衣后，步行短短五分钟，穿过暴风湾，就能进入未来世界主题公园，您可以在那玩一下午。如果您有任何问题的话可以告诉我。

［华特瑞·D离开。

艾　米　这个地方真是太美了。

约　翰　这里的装饰太华丽了，看看这些木制品，还有白色搁板，都是新英格兰风格的，或许还应该有其他风格的，原汁原味的那种。

艾　米　真的吗？

约　翰　是啊，说真的，就是……就是很漂亮。当然啦，我不是说——

艾　米　好吧，对不起，你没明白我的意思，让我把话说完。你真的一直要像个怨妇一样吗，你就是这样，就算已经举行过婚礼，但我们也还是新婚，而且你也说过你爱我，想和我在一起，也答应过我要好好度蜜月，你还记得吧？你非要像现在这样扫我的兴吗？

约　翰　对不起。

艾　米　好啦，现在一起看看房间吧。

［沉默不语，他们走到电梯间，按下电梯按钮，坐电梯来到三层的房间，注意到门的钥匙孔上挂着“请勿打扰”的牌子。①

约　翰　哈。已经为我们准备好了。

［艾米瞪了他一眼。

约　翰　对不起啊，我都不知道能不能开玩笑了。

艾　米　不能。

约　翰　那我们进去看看吧。

［艾米用电子门卡打开门，进去后他们发现艾瑞卡和杰里米已经在房间里，而且正在做一些“不希望被打扰”的事。

［艾米走了进去。

艾　米　他们忘了关电视。

［然后，快速走出来，直到走廊里。

哦，天哪，约翰，里面有人。

---

① 这一刻，我对现实空间的界限感到模糊，世界有三个空间（到目前为止）：现实空间（家、酒店等），华特的空间（他的办公室、工作室/沙发），还有永恒空间（总统任职期间）。有两个空间相互混合，我不知道该怎么表述每个空间的规则。

约　翰　怎么了？

艾　米　要揍他们一顿吗？

［艾瑞卡穿着浴衣来到门边。

艾瑞卡　你好，需要帮忙吗？

约　翰　呃，你们住的是我们的房间。

艾瑞卡　什么？

约　翰　307号房，是吧？湖景房？全套厨房？漩涡按摩浴缸？

艾瑞卡　是呀，当然，是这间房，不过我们已经入住了。我们是今天早上入住的。

约　翰　好吧，我想我们也没什么办法。

艾　米　（表示反对）真的？（然后，朝艾瑞卡走去）看这里，这儿有前台那个人给我们的宣传册，而且……哦，这里没有……我不知道……你能证明这是你们的房间吗？

［艾瑞卡回到房间拿钥匙。当她回到走廊时，把门关上，然后再用钥匙打开。

艾瑞卡　难道这还不能证明吗？

［然后，艾米也拿钥匙开了门。

艾　米　怎么回事？

艾瑞卡　我不知道。也许，你们上周来这儿，忘了还钥匙了？

艾　米　嗨，这是我们的行李吗？

艾瑞卡　这是别人的。搞错了。

艾　米　绝对是搞错了。

［他们相互僵持起来。

约　翰　好啦，好啦。会搞清楚的。是吧？

我们还是到前台去查查吧。行吗？我们得把行李放在这儿。没问题。

[他们下楼……

[来到前台找华特瑞·D。

华特瑞·D 是呦，我们好像是重复预订了。

艾　米 ……

这就完了？

华特瑞·D 好吧，等一下，让我查查看还有没有其他房间……

艾　米 我完全不能接受。

华特瑞·D 这个周末预订的人很多。不知道为什么，父亲节在这很流行。如果我是一位父亲，我会希望收到领带或袖扣、安乐椅或其他礼物，而不是把几百美元花在这么拥挤的度假村里……没有。游艇俱乐部、海滩俱乐部、天鹅海豚度假酒店都没有空房间了。（不断敲击前台电脑的键盘）好吧，或许我们可以预订露营？不过，他们通常是最先订完的。电脑显示没有位置了。

艾　米 你就只能做这些吗？

华特瑞·D 除非您想重新预订？

艾　米 ……

约　翰 那是一个套房，对吧？

艾　米 约翰。

华特瑞·D 是的。

约　翰 如果我们都同意的话，也许可以和那对夫妻一起住在那里，那个房间可以容纳两个以上的房客对吗？

艾　米 约翰，我可不想和陌生人共度蜜月。

华特瑞·D 不过，如果这样的话，只要他们同意，我可以给你们打折，提供免费夜床服务，而且额外提供两条米奇毛巾。

[约翰和艾米上楼回到房间，敲门，艾瑞卡打开门。她站在门口，好像在说，“怎样”。

一时间气氛尴尬。

约翰清了清嗓子。

艾　米　我想，嗯，或许是我们出师不利吧？

[又沉默了一会儿。

我觉得，

最好能让我们都有个快乐的假期。

我的意思是，

我们是来度蜜月的。

而且，我只是想说

嗯……

刚才对你态度，我很抱歉，你看起来也是个不错的人，

嗯……

我愿意和你，还有你的男朋友，或者老公，不管怎么称呼吧，

我愿意和你们共用一个房间。

如果你们也愿意让我们同住的话。

大方点，让我们住吧。

我会非常感激的。

[杰里米来到门口。他还穿着浴袍。

约　翰　嗨。

杰里米　嗨！

艾　米　怎么样，你说呢？

杰里米　什么？

艾瑞卡　他们想跟我们同住一个房间。

艾　米　我不是说我们想这样。

杰里米　这不是客房服务吧?

约　翰　难道我看起来是客房服务生吗?

杰里米　我不知道。我只是饿了。

艾　米　你说什么?

艾瑞卡　这对我们有什么好处?

艾　米　真的吗?

对你们大有好处,你们不想借此机会做点什么吗?

难道不想做点其他事吗?

你看看我们,难道不觉得我们非常需要帮助吗?

我们夫妻俩可不富裕。只是想来看看迪士尼。

我先生从没来过这儿。

他……能来这儿,他可兴奋了,他很想呆在这里。

充分体会迪士尼的乐趣。

我告诉他这里有他梦寐以求的东西,沙地游泳池,

特色早午餐,

想要的//

东西应有尽有。

约　翰　[在上一段台词“//”处打断她。

他们还会给我们打折。

艾瑞卡　那好。

[她走开了,杰里米伸手表示欢迎。

杰里米　欢迎,室友们。

[艾米和艾瑞卡在房里聊天,分享他们的蜜月,很显然,这是

在试图打破尴尬气氛。

[约翰和杰里米站在阳台上聊几天后游玩的事。

杰里米　我要在这里抛开一切杂念。你以前来过这儿吗?

约　翰　只来过一次。

杰里米　那你还记得吗?

约　翰　我爷爷以前就住在附近,我所有的记忆都和魔幻王国有关。太空山?太空船地球?他也有这种白色沙发椅,所以,我看到时吓了一跳。我们去公园后就会坐在上面。后来,我八岁时他去世了,我们就再没去过。

杰里米　天哪。你这混蛋可真幸运呀。

我们每年都会来,每次我都觉得自己要裂成两半了。

约　翰　我总觉得大家对布朗尼蛋糕情有独钟。

杰里米　我也是。我还有一些。不过,这是不一样的。

每年都做同样的事,我忘记这有多糟糕了。伙计,这可真不容易,简直就是项挑战。你能明白吗?

约　翰　可以想象。我不是个大烟鬼,所以……

杰里米　稍微在戒了,只是还没真正准备好。

[停顿。

我在网上看到,大家都在谈在迪士尼乐园的过瘾感受。

约　翰　在迪士尼世界!

杰里米　我给你看。

[他们回到房间,打开网上的“论坛”。有个帖子是:如何在迪士尼世界抽过瘾。剧幕上(43 位总统……)来自达斯·达利关于“骄傲的碎石机(proud stoner)”的建议:

杰里米　这个。

[我们可以在迪士尼世界抽个过瘾，所以我要尽量和散步闲逛的人保持距离。

有几个注意事项：

——随时准备逃跑。

——我以前在那见过缉毒犬。幸运的是，当我经过它时，它被其他事情迷住了，这才没有闻出我有大麻烟卷。

——只要有可能，尽量选择阴暗的地方。

卡通城火车站和太空山之间有一条小道。尽管是个开放区域，但是相当安全。

注意事项：驶过的火车、他人、演艺人员，我看见过有演艺人员从树丛后走出来，穿过这个区域。如果你在这抽，我建议最好有人替你把风。一个人看着一端，另一个人看着另一端。

离大雷山很近的区域：这里非常空旷，握住过河用的扶手就可以。

注意事项：这里很拥挤，是一个指定的吸烟区，所以会有人在那。

恐怖塔附近：迪士尼好莱坞影城关闭后，这里就空了。这里有一个吸烟区，躲在户外餐车后还是不错的。

注意事项：警惕点就好。

海底总动员附近的吸烟区：这是个开放区，不过也是很好的观景地点。

注意事项：这个地方人太多了，要提高警惕，还得提前预订。

我对动物王国没什么建议。

我知道，迪士尼乐园这个小世界里没有摄像头，在迪士尼世界中还从未被发现。不过还不确定。

我还要重复的是：准备随时逃跑。

杰里米　伙计，这可是件大事，我们明天就试验一下。

约　翰　你是说我们吗？

杰里米　当然啦。

约　翰　我还有疑虑——我甚至都不太认识你，真的……

杰里米　明天你就会了。

约　翰　嗯，可是，呃，还有，我可跑不快。如果我们被发现了，伙计——

杰里米　我们不会被发现的。就用这些指南？你的冒险精神都到哪去了？

约　翰　我跑得很慢，我会被抓住的。

杰里米　闭嘴。

约　翰　难道你没看过纪录片吗？地下隧道里有摄像头，他们称之为设备门。好像我们要从那里逃脱似的。

杰里米　跑就是了，夹杂在人群里。装得像个普通的满身出汗的家伙。

约　翰　想象我现在是个妄想狂？忘掉热，如果有一个王子，或者是巴斯光年，又或者是其他什么人追我们？我可能会出汗的。

杰里米　像个男子汉一样，你会没事的。

嗨，伙计，对不起，我不应该提这种可耻的建议，我们是一路的。我知道我们什么都没做，不过能有个同伴一起度假真是太好了。艾瑞卡对这里很着迷——我不知道为什么，不过管他呢，也许我们真的能成为朋友？

约　翰　是啊，我也很抱歉——艾米的性格很强势，有点怪，但也挺可爱的。

杰里米 想要开心就等明天吧。晚安。准备好……

[杰里米走进去，关上灯。过了一会儿，约翰也跟过去准备睡觉，并且小心翼翼地不吵醒别人。

[他们关灯睡觉后，转眼到了第二天早上——下雨了。

[艾米已经醒了，正在收拾东西。约翰醒来，当他听到雨声时松了一口气。

约　翰 哦，该死。我想，我们今天出不去了。

艾瑞卡 你们带雨衣了吗？

约　翰 怎么了？

艾瑞卡 我们带雨衣了。你们带了吗？

约　翰 雨衣？

杰里米 （正好进来）跟你说过，她很仔细的。我们就是为了这种情况才买雨衣的。你来这儿就会知道下雨天去公园还要多花钱，因为得买雨衣。（真的，好像规律一样）下雨也不能阻碍我们。

约　翰 我们带雨伞了吗？

艾瑞卡 我们有，可以借给你们。

[艾米继续收拾东西。

杰里米 准备好了吗，伙计？

艾瑞卡 准备什么？

杰里米 他的人生。他只去过一次，艾瑞卡，他不知道应该带什么。

[她停了一下。

艾瑞卡 只去过一次？

真的吗？

你只去过一次迪士尼乐园？

约　翰　我昨晚告诉他的，我跟他说，我的爷爷以前住在这里，如果没地方可去的话，我父亲可能也没得玩了。他是个老烟枪。

艾瑞卡　华特也是。

约　翰　哦，当然不是。不过，从那以后，游乐项目就没有改过吗？他会疯掉的。他不喜欢封闭的空间或路线，我看过他们为游乐设施设计路线的方法，这样你就能看到其他人。真疯狂。我敢肯定他不会的。

艾瑞卡　对那些从没去过迪士尼乐园的人来说，你肯定知道很多关于他和公园的事情……

约　翰　我在读中学时做过有关迪士尼的一个项目。八年级时，我去了蒙特梭利学校，参与了城市规划项目。

杰里米　书呆子。

艾瑞卡　我爸爸带我们去的。每一年。他对此很积极。这是他的作战培训。他像个将军一样指挥我们，他总是希望我们成为他的军队、士兵，能上战场打仗——而我却不知道要跟谁打。

杰里米　他精神正常吗？

艾瑞卡　（打他，同时指着面前的某件东西）这就是我父亲给我的。

约　翰　我父亲从来不假装……我发誓，他从没想过这个词。我们去的那次？即使现在说这个，我也不记得他也在那。

艾瑞卡　皇天不负有心人。你会看到的。

［雨小了。

雨停了。我们走吧。艾米，你去吗？

［艾米沉着脸，走到走廊上。

［艾瑞卡收拾好东西，跟了上来。艾瑞卡走出房门后，杰里米在房间里呆了一会儿，先做了个吸烟的手势，然后又做了个滚动的手势——可能是在嘲笑约翰，离开房间之前又拍了拍他的背。

［约翰很快跟了出来。

华特、海兹和汤米在华特伯班克工作室的一个侧间里，成为"欢笑之地"。①

［华特的私人护士，海兹正在为华特的脖颈做按摩——华特晚年时曾经打马球受的伤复发，他需要每晚做按摩和护理——汤米会为他准备饮料：一杯加苏打水的苏格兰威士忌，这是他的最爱。

海　兹　怎么样？

华　特　嗯？

汤　米　华特，今天开会吗，关于佛罗里达州项目？

华　特　我想，我们现在可以称之为冬季项目了……

汤　米　好吧，您决定就这么叫了吗？

华　特　你知道吗，有时候，我真想撒手什么都不管。

可又一想，汤米和她的女儿们还需要我。

汤　米　是啊，我们需要你。

华　特　所以，我得坚强起来。

再说了，苏格兰雾也就是雾罢了。

［海兹挤压他的脖子，他脸部抽搐，疼得叫起来。

---

①　正好可以作为华特的工作室。*不一定是一个独立的空间，只要能在醒目位置放置一个沙发就可以了。*

汤 米 笑了一下，回到办公桌旁。

华 特 下次事先说一下行吗？

海 兹 仁慈一点没坏处，不是吗？

华 特 哦，汤米知道的，我只是回了一下嘴而已，就像她也回击我一样。我们之间就这样说话，海兹。你什么时候变得这么有保护意识？

海 兹 问你一个问题。

华 特 这些家伙都很聪明，我的佛罗里达项目团队，他们已经想到解决办法了。如果他们这周能早些听我的，可以节省不少时间。我也是，站在那个天桥上时我就想明白了，我说："就是这样！"如果罗伊听到，如果他的团队听到了，就会说，有时候那些人在会议上做的分析让我很烦。我知道有这么一个地方，那儿的人都很友善，就在佛罗里达州的城镇里，不应只是天上有，我觉得这里一定会让人流连忘返。

海 兹 "梦想本来就有很多种，不要错过任何一个观点。"

华 特 是啊，他们带给我其他视角，不是吗？好吧，海兹。你用我自己的话说服了我。这里有高速公路。对了，还有可用的土地，就是这里了。

我需要得到社会的尊重——你知道这是我建造迪士尼乐园的目的之一。在经营这里十年后，我想我们已经做到了。不仅仅是社会，还包括整个国家。但是，我忍受不了那些在公园周围四处涌现的破旧汽车旅馆。他们都是机会主义者，是寄生虫。所以我希望能购买更多土地。

海 兹 你已经吸取教训了，是吗？

华 特 哦，当然了，我们已经派鲍勃·普里斯尽可能地买更多的土地，我们希望他能找到两万英亩。

海　兹　我确信这会是一个不错的新乐园，今后这个乐园一定会让你感到骄傲的。

华　特　不，不，不，现在就到这儿吧，我们不是要开发第二个公园。它不仅仅是一个娱乐企业。它对教育和其他很多领域都有好处，另外，对我来说，家庭也很重要。如果你能通过这些让家庭更和睦，那就有了主心骨，不是吗？迎合家庭的口味。家庭的每一位成员。所以，我们要找到一种全新的做事情的方式。

海　兹　那到底是什么呢？

华　特　我也不知道，我们要从头开始。

海　兹　从零开始？

华　特　是呀，当然，绝不会有另一个迪士尼乐园。海兹，我已经说了要从头开始，我想会有办法的。但是，要等同于迪士尼乐园。你知道，这些年，我有过很多想法，我讨厌重复自己，所以，我们得看看是不是要离开加州，以及还会有什么想法。现阶段，还没有成形。

海　兹　那好吧。听起来你要有事情做了。

［她拍了拍他的头(诸如此类的动作)，然后离开了。

［现在，华特一个人坐在办公室的沙发上，把苏打水倒入威士忌，发出嘶嘶声。他的肩膀上随意披着一条阿富汗毛毯，颜色就如同美国西南部的沙漠。

［他看向窗外，凝视街对面医院的停车场。时间一分一秒地过去。地板上的阴影蔓延至整个房间。华特目不转睛地盯着。

［最后，阳光照在一个发亮的东西上。

华　特　海兹，我不是跟你说过要收拾好再走吗？

［一个小亮点照在华特的脸上，离眼睛很近。他站起来，穿过房间，忍痛弯腰一探究竟：是一枚硬币。

华　特　哦。

［华特像寻到宝藏一样，把它放进胸前口袋里。

［约翰和艾米在公园玩了一天后回到房间。和早上离开时相比，他们看起来热得不行。艾米戴着米妮帽子，蒙着面纱，约翰的脖子上挂着喷雾扇。

［约翰扑通一声倒在沙发上。艾米走到窗前傻笑。

艾　米　我从没想过会有这么一天。

我们来了，约翰。你和我在这儿。

我们在这儿了。

你知道我们在哪儿吗？

约　翰　奥兰多。

艾　米　［在他说完之前。

是呀。

你说对了。

奥兰多版的

迪士尼世界。

约　翰　我想，你现在一定热血沸腾了。

［艾米也坐在沙发上。

艾　米　我从未想到我们是如此亲密。

当我们在公园里，

吃着米奇老鼠巧克力，

你说，看到我的脸，就像看到迪士尼一样。
我希望这一切永远不要结束。

约　翰　你能这么说真是太好了。（他搂住她的肩膀）

艾　米　的确结束了。
今天已经结束了。
要回到现实了，约翰。
我们不再离开迪士尼世界了。
我真的很伤心。
但我仍然爱你。
约翰，你呢？
今天，你和我？
我觉得我们完成了一件大事。
就像我们已经，我们就像
真的
就像
我们
的确已经变得更加亲密了。
好像我们已经越过了那堵心墙。
就像公园的围墙一样
当我们走进迪士尼乐园
当我们跨过未来世界主题公园的门槛
当我们迷失在挪威的田野上
我感觉像是在孕育着什么。
孕育着对你的爱。
我觉得，我现在能够体会那种感觉了。

我觉得就像是在孕育一个孩子一样。

约翰,你呢?

现在什么感觉?

我仍然有那种孕育生命的感觉。

我感觉我就是从未来世界里来的。

我就要有一个像迪士尼家族那样的孩子。

我马上就会有一个小华特宝宝。

小华特

等他长大后,我要给他穿上灰色的小西装。

我会让他留胡子。

然后,第一个排队去太空山。

[她站起身,去卫生间。

[约翰闭上了眼睛。过了一会儿,艾米回来了,穿得很性感。(她仍然戴着米奇耳朵)

快来呀。

就像华特·迪士尼

[她坐在他身上,疯狂地吻他。约翰也没有拒绝。二人情意绵绵,艾米随口说着,"哦,华特。"

"当你向星星许愿。"

或者,"这是我的幻想。"

[突然,房门的电子钥匙卡哗的一声,门打开了。把手一转,杰里米进来了,后面跟着艾瑞卡。

[约翰把艾米推开,她跌在沙发上。

杰里米 (同时地)哇哦。

艾瑞卡 (同时地)哦,天哪。

[杰里米用一只手捂住眼睛，用另一只手捂住艾瑞卡的眼睛。他们尽量保持平静。

艾　米　（匆忙离开房间）对不起，对不起，对不起，该死……

约　翰　（她进入房间后，门就关上了）你们都明白的。

[杰里米把手放下，坐在约翰旁边。

杰里米　嗨，伙计……

艾瑞卡　这也太不雅了，杰里米。别坐在那儿。

杰里米　嗨，拜托，他们是在度蜜月。

艾瑞卡　那是我们的沙发。他们应该弄干净的。

约　翰　准确地说，这是迪士尼的沙发……

杰里米　准确地说，这张沙发是我们//共用的。

艾瑞卡　[在上一段台词"//"处打断他

不过，华特可没坐过，不是吗？

约　翰　你知道的，他已经……嗯……死了，不是吗？

杰里米　（在约翰惹祸上身之前插嘴）艾瑞卡，宝贝儿，他们没有独处的时间，我能理解。一个人刚从迪士尼战场上回来，是会有些烦躁的。你期待什么呢？（用肘推了推约翰，但冲着艾瑞卡说）还记得咱俩刚进来的时候吗？我们也在房里啊。

约　翰　那是我们第一次到这儿的时候。

我们开车到这儿的时候//已经忍不住了。

艾瑞卡　[在上一段台词"//"处打断他

好吧，好吧，是他的想法。成年人是可以有性行为的。我理解。

[她小心翼翼地坐在沙发上。过了一会儿，她也习惯了。

第一天过得怎么样？

［沉默片刻。

约　翰　哦，你是问我吗？

是啊。

很……不一样？

我觉得很热闹。

我觉得和以前相比，我对这个世界有了更多了解

我想，这是他的运气，是吧？我的意思是，这是他的主要目的吧？

让那些不太走运的人，或者没能力旅行的人，能欣赏世界上的其他地方

让他们能看到那些地方

只要去，

嗯……

去奥兰多就行？

艾瑞卡　真的很美，不是吗？

杰里米　失陪一下。

［他走到卧室，敲门。

约　翰　我只是不明白为什么会有那么多外国人？

我不明白

是感觉太迟钝吗？

我的意思是，可能是，不过好像，

我不明白为什么有那么多人是从挪威博览会来的。

他们欣赏到了，

也尽情玩过了。

还有，你听到所有日本人谈论

(他用手势打引号)

“日本领地”吗?

他们确定这是真的吗?

是呀。就是这个样子。

然后向他们的外交部汇报?

这就是所谓的迪士尼乐园吗?

艾瑞卡　增加了真实感吗?

约　翰　当他们回去后,有人会问他们“假期过得怎么样?”

真是太棒了。太舒服了,就像在家里一样!

艾瑞卡　什么样的人都有。

(杰里米再次敲门)

杰里米　嗨,艾米?艾米,你没什么事吧?

约　翰　对不起,我不知道原来所有人都喜欢这儿。

艾瑞卡　这里就是一个大熔炉,适合所有的人,如果不能接纳所有的人,这里就不是迪士尼乐园了,所以它对所有人都是欢迎的。

杰里米　她还好吧?

约　翰　我去看看?

杰里米　请吧?

[约翰坐过去,打开门。

[艾米在里面,盖着被子,盯着天花板。她的脸上依然笑容灿烂。

约　翰　艾米?你没事吧?

[她一言不发。艾瑞卡和杰里米过来看艾米。

杰里米　她看起来情绪还好。

约　翰　我想她是过于兴奋了。

艾瑞卡　你在开玩笑吧？

约　翰　她有时候就这样

自己都浑然不觉

但是

嗯，我想这次不一样。

艾米，你没什么事吧？我是说，你脑子没坏吧？

你还好吗？

你需要什么吗？

[他们等待着她的回答。

[她深深吸了一口气。

[然后呼出来。

[她深深吸了一口气。

[她就这样吸气、呼气好几次。

[她坐直了，就像被华特·伊莱亚斯·迪士尼的精神附体一样。

艾　米　这里太漂亮了。我再也不想走了。

约　翰　好吧，好吧，或许我们就不走了？

杰里米　是时候该走了。

[约翰走到一边，对杰里米说。

约　翰　是呀，可我不想让她知道。

别把事情弄得更糟，你知道吗？

有些谎言是善意的谎言。

[艾瑞卡加入他们的行列。

约　翰　如果她的眼睛不睁那么大，我也不会觉得奇怪了。看看她的眼珠。就像吃饭用的大盘子一样。

杰里米　哦。

艾瑞卡　是不是中暑了?

约　翰　中暑?

［杰里米走过去,让艾米仰卧。他撑开艾米的眼皮检查。

艾瑞卡　哎呀!或者这样!

杰里米　伙计们,她是吸大麻了。

约　翰　怎么会呢。她不会这么做的。

杰里米　可她确实是吸了,伙计。

［杰里米凑过去,仔细看着约翰的眼睛。

约　翰　你干什么呢?

杰里米　只是检查检查。

艾瑞卡　我小时候见过一次。我在后院里舔一只青蛙。它是绿色的,我当时以为是一根冰棒。

约　翰　那你舔了多久啊?

艾瑞卡　哦,我不是说艾米也舔青蛙了。这可不一样。

杰里米　(看看他的表)我想她还得持续几个小时。

约　翰　怎么了?

艾　米　(喃喃自语)

一行蚂蚁穿过一个巨大、宽阔的区域
一名棒球选手遭到命运的捉弄
时间静止了
她有沙漏般的身材
但她的脸幻化成蝶
像蒲公英般四处飘散

艾瑞卡　那只青蛙让我难受了一下午。我盯着天空，一只乌鸦飞过来啄我的脸。我以为我死了，或者是奄奄一息。

我不是说艾米也快死了。我不是这个意思。艾米不会死的。

杰里米　她不会死的。

约　翰　你知道她碰到什么事儿了吗？

杰里米　嗯，听我说，她是过于兴奋，处于梦游状态。

约　翰　（对杰里米发怒）是你做的吗？

艾瑞卡　（附和约翰问道）你做了什么？

杰里米　过来，我给你们讲个故事。

[他一边用手招呼，一边把二人带到客厅。

[他把他们让到沙发上。

我给她的是迷幻药。

[他也坐到沙发上，坐在二人中间，搂着艾瑞卡。

就是这样。我说的就是这个事儿。

约　翰　你是认真的吗？该死，你干吗要这么做？

杰里米　我以为那是你的苏打水呢。

看着我的眼睛。我也很兴奋那！

我还以为是我们一起干什么事了呢，伙计。昨晚，你都在说抽烟的事。在乐园里吸。

估计挺有趣的！比树有趣多了，你知道的。

如果我真这么做的话，估计比你做巨人滑梯有趣多了。

约　翰　她不会被你毒死吧？你知道我在说什么吗？

艾瑞卡　我还以为你是说你不会在乐园里吸呢。

杰里米　我……

嗯……

是呀，

我说过的。

［气氛紧张，沉默。

对不起？

约　翰　你这个混蛋。

［他们坐在那儿，双臂交叉。

［剧幕照旧升起，下一个卡通版总统罗纳德·里根出场，迪士尼是他的朋友，曾经为他的政治生涯提供支持和出谋划策。

罗纳德·里根　五十年前，华特·迪士尼前往奥兰多，在市政厅与当地居民和世界各地的人交流。自那时起，数百万人涌向奥兰多。今天，我来到这座城市及其姊妹城市——加州阿纳海姆市进行访问。

作为美国人，我们来到奥兰多，在此表达自我。但我必须承认，我们被吸引到这里也出于其他原因：感受这片魔幻之地的沧桑，它的历史似乎比我们的民族还要久远；感受这片人迹罕至的沼泽处女地；最重要的是，感受快乐和华特实现梦想的能力。或许，他真正了解美国人民。你们看，就像我面前的很多美国人一样，今天我来到这里，因为无论我走到那里，无论我做什么，就像歌词里唱的那样："我还有只皮箱在奥兰多(Ich hab noch einen koffer in Orlando)。"

今天我们欢聚一堂，是要向整个北美地区和全世界宣布，我们要与阿纳海姆和巴黎的迪士尼度假区，以及与获得迪士尼游轮经营许可的船只同步前行。据我所知，东部地区、东京、香港和上海也能看到和听到这一幕。我要向世界各地聆听我们的人致以最热烈的问候，以及美国人民的良好祝愿。虽然我们距离遥远，但我愿意向在场的同胞还有你们表达我的心声。我愿意加入你们，加入你们的同胞，这是我坚定不移的信念：Es gibt nur ein Disney。

我身后这个巨大的建筑物就是著名的太空船地球，这让我们想起了华特长久以来的梦想，建造一座城市，充满现代都市气息，废弃的铁丝网、混凝土、奔跑的狗、不知名的摩天大楼，以及汽车、卡车和其他机动车，排出的浓烟和废气令人窒息——而城市萎缩是集权主义国家的普通男女必须要面对的问题。然而，在现实中，显而易见的是，在奥兰多这些并不存在：在实施改进计划的前几年，想想阿纳海姆市，当酒店的霓虹灯广告牌先于迪士尼乐园映入眼帘，不由得让我们意识到，这个地球上最快乐的地方，尘垢遍地，机会主义到处盛行。站在太空船地球面前，所有人都会想起华特的梦想，每个人站在穹顶之上，若有所思，看着尚待实现的现实。

华特说过：未来世界主题公园得益于美国前沿工业中涌现出的新理念和新技术。这将是一个永远不会完工的未来社区。它将会展现、试验和展示新材料和新体系。它将永远处于不断发展演化的状态中。只要它尚未完成，未来世界主题公园将会作为成功样本。今天，我想说的是：只要我身后的这栋建筑尚未建成，只要这座乐园依然能制造欢乐，那么未来世界成功与否并不重要，重要的是这关乎全球一半多城市人口的生存和幸福。不过，我不是来这里感叹的。

我觉得在奥兰多，尤其是在华特·迪士尼世界，传达着希望，即使是在这个空旷的大圆球里，也能看到胜利的影子。

[约翰独自一人，坐在沙发上。

[过了一会儿，艾米怯怯地走出房间。她一脸惊愕的表情。

[一开始，他没注意到她。他浑然不觉。

艾　米　约翰。

约　翰　你醒了。嗨，你感觉怎么样？

艾　米　我累坏了。我觉得，我的脑袋痛死了……

约　翰　你知道吗，我从来没想到中暑是那么可怕的一件事。我们能让你恢复简直是万幸。你还记得那个医生吗？我们打电话给一位迪士尼医生，我想酒店有随时提供服务的专业医护人员。我们叫了一位，然后——

艾　米　我知道是怎么回事。

约　翰　哦，

[过了一会儿

艾　米　我得走了。我都收拾好了。我要换房间。我要待在公园里，搭顺风车回家，但我不想……我不能和这些人待在一起。

约　翰　你也要离开我吗？

艾　米　是的。这是你的错。

约　翰　哇哦，等一下，你……

艾　米　如果你没有怂恿那个人，或者没有跟你说在公园里吸大麻的事儿，或许他也不会给我下药了。是你把他带坏的。如果能让时光倒流，当我在家里看着《花木兰》，看到龙都会把我吓坏，而如果发生这种事儿？我只能怪你了。你把我的迪士尼梦想全毁了。永远毁了,约翰,我要好好想想是不是要原谅你。

约　翰　这想法太有意思了……

［她站起来要走。

艾　米　再见。

约　翰　艾米,你也太差劲了。你还是要和我一起搭顺风车回去的是吗?我们还要一起回家的?我们已经订好机票了,不是吗?在我们回家之前,你就只想躲我是吗?

［艾米走出卧室,手里拖着行李箱。①

［杰里米和艾瑞卡走进来。

杰里米　哇哦,你要走了?

［艾米没搭理他;艾瑞卡用手肘推了推他。

杰里米　我想,嗯,艾米,我对发生的事深感抱歉。我昨天不是故意要害你的。只是,你知道的,我只是想让约翰放松一下,或什么的。我就是开玩笑随口说的,可没想到真的把事情搞砸了。所以,真的很抱歉。(拿她的行李箱)所以,别走了行吗?

艾　米　约翰,别给我打电话。

［艾米推开艾瑞卡和杰里米,离开房间走了。

［一时间鸦雀无声。

杰里米　老兄,我真该死,对不起啊。我不知道她是这么古板的人。

约　翰　你就是个混蛋。

艾瑞卡　可不是。

---

①　我不知道这里究竟是什么地方……一个单独的房间?还只是一扇门?

杰里米　但是，嗨，时间还早。想去公园散步吗？

约翰……

艾瑞卡　他已经没感觉了，或许最好还是出去走走？

约　翰　是啊，也许是。

［他们出去了……

［不知何故！打破空间规则——他们遇到了华特(此时他打扮成分时度假的推销员)。

推销员　你们三个想不想免费看个东西，这样就有机会加入迪士尼度假俱乐部？

杰里米　或许可以。有什么不愿意的呢？

推销员　你们可以在度假村里免费住上一晚。你们只要听一下加入俱乐部的事就行。

［他们面面相觑，想了一下，最后还是选择坐下来，听他说说。

［约翰、杰里米和艾瑞卡坐下来看了15分钟，看看他们有没有机会在迪士尼世界度假区获得分时度假的机会。

［这应该有一个标牌或是一个投影，(又或是什么东西？)证明处于幕间休息时间。这不是本戏的一部分，如果观众想要去洗手间可以离开。

［在本戏结尾，那些在幕间休息期间留在剧院里的人(没有留下的人，无论如何，他们也是观众)可以有机会获得分时度假的机会。举办本次戏剧的剧院应该分到一份利润。

［剧终。

外滩群岛

编剧　史蒂芬·佛格力亚

翻译　杨　蕊

人物表

朱妮，女，20 多岁。
布鲁克，女，60 多岁。
桑迪，一只狗，年龄不限。
劳埃德，男，60 多岁。
怀，男，20 多岁。
本，男，20 多岁。
渔夫，男，40 多岁。
卡洛琳，女，30 多岁。
科尔曼，男，20 多岁。
奈特，男，20 多岁。
三个灵魂。

可由一名演员分饰本、奈特、渔夫和科尔曼。
三个灵魂可安排现有演员兼饰。

设定

地点：新伯尔尼，北卡罗来纳州及周边。
时间：2016 年。

备注

不同幕次之间的更替在朱妮不退场的情况下发生。虽然主角没有退场，不同幕次之间的时间间隔可能是几小时也可能是很多天甚至更长。我们经常会看到朱妮刚刚躺下却又马上起身开始表演下一幕的内容。

第一幕

醒来吧，朱妮

［朱妮躺在沙滩上，睡着了。

［海浪声。

［海鸥叫声。

［朱妮惊醒，她儿时的音乐缓缓响起。

［她看了看水面，环顾左右。

朱　妮　芬奇？芬奇？

［有哪里不对劲。

［她呆立着。

朱　妮　芬奇！芬奇？芬奇！

［朱妮颓然跌倒在水中。

［一架军用喷气式飞机从头顶经过，发出震耳欲聋的声响。

道别

［布鲁克（朱妮的母亲）上场，抱着一个大纸壳箱和一瓶牛奶。

布鲁克　亲爱的，这我知道。但是我真的觉得你该再好好想想。

朱　妮　想什么？

布鲁克　已经过了两年。我也不愿意接受这个事实，我的心一直被撕扯，只要我听到一点消息，看到一点希望，你知道我一定会……

［布鲁克放下纸壳箱跟里面的东西交流。

布鲁克　早安甜心，你准备好吃早饭了吗？

朱　妮　你从哪找到了这家伙？

布鲁克　我偶然在路边看见了这小家伙。她妈妈把垃圾桶撞翻了钻进去，让桶滚起来，从马路正中间穿过。哦你这个可爱的小家伙，还好没压到你。

朱　妮　从垃圾桶里捡浣熊，你是想再得一次狂犬病吧。

布鲁克　我没得过狂犬病，它也没有。

［布鲁克把牛奶瓶放进纸壳箱。

布鲁克　小克莱门汀，这个女孩说的话你一句都别听，她那是嫉妒。

朱　妮　我只是想说，最近医院的狂犬疫苗一定会售罄。

布鲁克　小克莱门汀从没得过狂犬病。她只是有……一些别的什么小毛病。（你以为我的女儿会感激我给迷失者的爱？）难道不是我收留了她，是我用爱把整个家族包围起来。我倒是不知道我们谁出身的地方比垃圾桶能干净多少。

朱　妮　妈妈，女人的胴体总是美好的。

布鲁克　你知道我指的不是这个。

朱　妮　所以你又重操旧业了？

布鲁克　你指什么？

朱　妮　像在我小时候那样收养流浪动物，还好我总算搬出去了。

布鲁克　反正我找到了这个旧箱子，空着也没什么用，就先把她放这里养着。我想啊——还没问过你姐姐，不过你先听听看这个主意怎么样——我想这个小家伙再长大一点或许可以住在卡洛琳的房间。

朱　妮　没听过哪个浣熊能有这待遇。

布鲁克　（对着朱妮）我只是想想而已。要是把它扔在外面它会出事的。我说得对么？一张你爸爸的老照片掉在地上，被它发现了给撕了个粉碎。虽然心疼，但实话说，那张照片上你爸爸对着镜头坏笑，小克莱门汀一眼就看穿了。你是个聪明的小姑娘，对吧？我们家族的所有女性都很聪明，我们用智慧过活。你想要喂喂它吗？

朱　妮　不要。

［布鲁克盯着朱妮。

朱　妮　可以吗？

布鲁克　它会非常开心的。

［朱妮走向纸壳箱拿起了牛奶瓶。

朱　妮　这小家伙真是可爱死了。

布鲁克　我就说吧，你马上就要开始思念它了。

朱　妮　妈妈。

布鲁克　这很正常。我很高兴你又开心起来了，至少还算开心。我在家里也终于不必一直要穿衣服了。我刚才想说什么来着？

朱　妮　你要把卡洛琳的房间给一只浣熊。

布鲁克　我考虑过要让它住在你和芬奇的房间里，反正你现在也要搬走了。但是你知道的，你随时都可以回来。

朱　妮　我知道的。

布鲁克　随时。我真希望你立马就回来。然而我觉得我还没有完全准备好。对芬奇也是。

［短暂的停顿。海浪声。朱妮放下奶瓶。

朱　妮　我要的东西你带来了吗？

布鲁克　我把你的风扇和适配器放在门口了。

朱　妮　我说的不是这个。

布鲁克　哦。我把它们打包好了。

［朱妮走过去拿包。

布鲁克　你会保管好的，对吧？

［朱妮检查包里的东西。

布鲁克　呃，我……跟你一样，一直想象着她可能在下一秒开门进来。呃，没错，就像我之前说过的。已经两年了。我从来就不该去幻想它发生，真的，一点都不该去期待。我们俩每天忙着挣钱还芬奇的学生贷款，本该无暇顾及其他——关于贷款，我跟你爸爸也讨论过——

朱　妮　这跟钱有什么关系？

布鲁克　我跟你爸很早之前就明确了，我们不在乎钱，我们支付得起——他付得起，起码一大部分——甚至我们也可以暂时不去想贷款的事。这对我们来说没有区别，但是这涉及了一个核心问题。

朱　妮　什么问题？

布鲁克　已经两年了。我们是不是该……说再见了？

［猛地停顿。海浪声达到本场最大声(但不是非常响)

布鲁克　你觉得呢？

［朱妮试图振作起来，盖过海浪声。

朱　妮　像你说的，我觉得她还在某个地方。

布鲁克　我们这些可爱的老太太和老头子们每天孤零零守在家里，

你真该为他们祈祷，因为他们可能会在各种病痛的折磨下带着困惑与饥饿辞世。看不到其他人，只剩下你可怜的老母亲了，就这样日复一日。一想到圣主耶稣是怎样温柔地把你姐姐抱在怀里，可能我们真的该告别了。要不这一切还会继续困扰我们。

朱　妮　这是充满希望的废话。

布鲁克　这是圣·保罗说的，我们要时刻怀有希望。

朱　妮　你怎么知道她很安详？如果她真的不在了的话，她也一定是充满了孤独与恐惧。她的四肢在死撑着向上浮。她的喉咙注满了咸咸的海水，想要叫我的名字，但是我却听不见。

布鲁克　朱妮，放下吧。我们知道你一直沉浸在悲伤里，我们也都如此。但是你为什么不想想告别的好处呢？所有人一块放下？

朱　妮　像葬礼一样嘛？

布鲁克　是告别。仅此而已，不是大操大办。只有真正在乎她的人会来。如果怀特愿意的话也可以来参加。

朱　妮　随便吧。

布鲁克　我想要大家都聚在一起。朱妮？

［朱妮取出一个酒瓶喝起酒来，水声淡出。

布鲁克　朱妮，别走。我只是想让你考虑一下，仅此而已。我们为什么不聊聊别的呢，我好久都没见到你了……

别试图逃跑

［朱妮在家里，一直喝酒。

［她把袋子里的东西一一取出。

[芬奇的物品：衣服，杂志，照片和一只兔子毛绒玩具。

[广播播报声。

广　播　今日头条将为您持续报道海军受贿丑闻事件。美国海军官员丹尼尔·杜泽克上校因泄露国家机密被判处46个月监禁并处10万美元罚金。去年1月15日，杜泽克承认受贿事实并认罪。此案涉及一个名为“胖子伦纳德”的新加坡商人，据其所称他为杜泽克本人及其同谋者召妓以换取军事机密。

[朱妮叫桑迪过来，它与她一起蜷在地板上。

广　播　体育方面，今天金州勇士将迎来对阵达拉斯小牛队的比赛。如能取胜，勇士队的战绩将会是65胜7负。而这一成绩将比历史最佳战绩的公牛队同期战绩还要领先两个胜场（95—96赛季，历史最佳的72胜的公牛队的前72场战绩为63胜9负）。主教练史蒂夫科尔称追赶历史的机会是球员们自己争取到的，所以他也将把是否轮休的决定权交给他们（通常在保证季后赛席位的情况下，在常规赛的最后几轮，NBA球队会对主力球员进行轮休以保证球员们在季后赛之前能得到充分的休息）。

[朱妮把包扔在一边。

朱　妮　嘿，桑迪，我和你妈妈闻起来一样嘛？大家仅看脸的话根本没法区分我们。除非他们靠得足够近看得到她额头上流动的血管。如果看我们小时候的照片，你还可以根据表情来区分，很难具体说出哪里不一样，太细微了。但是只要你仔细端详，就会发现——你好！这是芬奇。你好！这个是我。（译者注：类似于握着小狗的前腿，跟照片里的两个人分别

打招呼）

朱　妮　你闻照片是分不清我们俩的。也许就是因为这样你跟我成了好伙伴。总会有一天她推开门进来，带我们一起回家。

［桑迪跑到包旁边把毛绒兔子叼回来给朱妮。

［海浪声，海鸥叫声。

［广播声音转换。

广　播　你留下一个吻就离开我只能与孤影为伴，在静默中漂流。

［朱妮盯着它看了一会儿。

广　播　如果你喜欢我们的节目，欢迎到当地会员站为国家人民广播捐款。如果在夏季捐款……

你的阴霾

［劳埃德（朱妮的父亲）上场，在剥一只梨。

朱　妮　桑迪，抓住他。

［桑迪摇摇晃晃地跑过去舔劳埃德掌心的梨汁。

朱　妮　该死。这条狗根本不知道咬人。

劳埃德　你好，宝贝，我能进来么？

朱　妮　你已经进来了。

劳埃德　你这地方不错，看上去搬家进行得很顺利。我刚才给你的植物浇了些水，它们看上去有点干。

朱　妮　人们喜欢让植物干，这就是他们送花的目的。

劳埃德　只是有点干不碍事的，你能相信活到我这个岁数却还是不了解植物吗？难以置信啊。

朱　妮　我最近失眠。

［朱妮拿出狗粮。

劳埃德　你还是睡不着?

朱　妮　开玩笑的。

［朱妮把狗粮倒进桑迪碗里。

劳埃德　这些梨子真好吃。

朱　妮　来找我有什么事,爸爸?

劳埃德　多琳跟你问好,她邀请你随她们去参加这周日的麦克风之夜。

朱　妮　我会考虑的。

劳埃德　或者你也可以去沙龙找她,她很想你,就这样。

朱　妮　告诉她总会抽一天去看她的。

劳埃德　不是这周末?

朱　妮　不了吧。再定吧。

劳埃德　听着,我没收到你烤肉派对的回信。

朱　妮　桑迪!桑迪!

劳埃德　你妈妈还有你姐姐卡洛琳都会来,大家能聚在一起太好了……

［弱弱的海浪声。

［桑迪嗷嗷着跑上楼。

劳埃德　那他就是第一个不来参加的了。

朱　妮　他麻烦着呢。

劳埃德　是吗?

朱　妮　他才该被你们送去接受治疗。你怎么还在聊这个?你知道我不会去你的烤肉派对的。

劳埃德　哦。

朱　妮　对不起,爸爸,我……

劳埃德　没关系，随你心意吧，如果你改变了主意，我们准备好了足够的食物。

朱　妮　好的。

劳埃德　想顺便和你聊聊别的。你不吃个梨吗？

［朱妮拿出一包切片芝士，塑料袋窸窣作响。她打开袋子用味道吸引桑迪。

劳埃德　不是坏事，没什么可担心的。以我目前看来，根本不会碍着你。

朱　妮　妈妈已经告诉我了。

劳埃德　是吗？

朱　妮　葬礼，是的先生。

劳埃德　好吧，我很高兴你们已经聊过了。我不知道她要和你说，这和我预想的不一样。

朱　妮　非要这样吗？这是谁的主意？新的牧师是不是也插了一脚？

［停顿。

［朱妮儿时的音乐和缓地响起。

［朱妮的语速可随着以下对话逐渐加快，但是她没有爆发。

劳埃德　你看，这并不是什么大事。我们又不是要在挂满铃铛和装饰的教堂里面唱“伟大的爱”——结束也意味着另一种开始，而且——

朱　妮　结束什么，爸爸？该死的费尔南多凭什么决定什么时候结束——

劳埃德　这事和弗兰克没关系。是你妈妈的想法。

朱　妮　那你又是怎么想到——算了，我不在乎是谁的想法，我们不能这样做。我们不能。告诉妈妈我们不能。

劳埃德 不是马上就要进行。不是下周，不是下个月，你不来我们什么都不会做的。我们只是想让你考虑一下，所以——

朱 妮 桑迪！

[朱妮把饭碗扔到地上，发出很大声响。

[声音急收。

[她背对劳埃德。

朱 妮 让我们谈谈你来这里真正想说的吧。

[停顿。

劳埃德 如我所说，你没什么可担忧的，以防你有所耳闻时会感到惊奇，我还是希望亲自告诉你，这样你有心理准备。

朱 妮 我什么都没听说。

劳埃德 你知道怀（芬奇的恋人）在慢慢地走入正轨，你知道的，对吗？

朱 妮 你觉得你在跟谁讲？我才是经历了那场飓风的人。

劳埃德 他一直在努力，受了不少苦，像你一样。

朱 妮 和我不一样。

劳埃德 你们各自都在经历着痛苦。你失去了一个双胞胎姐姐，他失去了一个妻子。这是两种关系，嗯，两种美好的情感。

朱 妮 桑迪！该死！来吃晚饭！

劳埃德 过来，宝贝。

朱 妮 真是烦死人了，桑迪。

劳埃德 需要我去抓他吗？

朱 妮 你先说完。

劳埃德 怀也要加入我们组织的夏令营。

朱　妮　他现在才参加夏令营有点太老了吧。

劳埃德　所以我们让他在餐厅工作。

朱　妮　你疯了吧。

劳埃德　嘿!

朱　妮　他是个瘾君子,判了刑的。

劳埃德　他已经在戒毒了,而且他是个很不错的小伙子,厨艺一流。你也知道,对于一个在那些治疗、那些项目还有其他手段帮助下想要改过自新重新来过的人,如何找回规律、找回关爱、找到可以被治愈甚至重新焕发精神的这样一个充满爱和责任感的地方,是他们可能遇到的最大的困难之一。这是比利巴尔几个月前告诉我的。我感觉,这就像独自扬帆出海,“我可以的,我一定能做到”这样激励自己。把握好风向,你把控帆索修正,全速前进。但忽然你发现风向变了,忽左忽右无法捉摸,强烈的侧风甚至要把你掀翻。你用一只手控制住舵柄,另一只手一点一点推控帆索试图挽回,然而还是于事无补。结局要么是你的舵面坏了;要么船被打回岸边;也可能帆架被彻底吹散。而你才发现自己早就呛了好几口海水。我们要成为这稳定的风向,让怀可以顺利起航。你能明白我说的吗?

［朱妮点了点头。

劳埃德　众人之需亦是怀所需,尤其是在经历了饭店发生的事之后,我想怀现在需要的是一个容身之处。

朱　妮　桑迪,过来吃你该死的饭!

劳埃德　你妈妈没预料到你会这么喜欢这只狗……

［朱妮突然转身。逐渐怒火中烧。

朱　妮　那人事部同意了吗？你的保险费够去雇用一个毒贩子吗？

劳埃德　他已经不再卖毒品——

朱　妮　你要让他待在孩子身边？

劳埃德　他只是帮厨，我会严格进行药物管理的。我不觉得他对于孩子是个危机。总之，我们会保证一个整洁的环境。再说了，来露营的小孩子还没到想要吸毒的年纪呢。

朱　妮　真是够了！这太愚蠢了，简直是愚蠢之极。

劳埃德　这个小伙子像我们所有人一样，都该有被原谅一次的机会。

朱　妮　他不是小伙子。他是芬奇的丈夫！

劳埃德　我们是个基督徒夏令营。作为一个基督徒，我有责任去帮助那些……

朱　妮　胡扯！那你为什么不去帮助那成百上千的一直在申请职位的瘾君子和有犯罪前科的人呢？你基督徒的责任感还真是——

劳埃德　他是我的儿子。

［背景音渐弱，我们可以听见桑迪的嗷嗷声，同时也能听到弱弱的海浪声。

朱　妮　已经不是了。

劳埃德　是我带这个年轻人去航海，是我教他怎么驶船。我们一起喝阿诺德帕尔默斯冰茶，看开幕式，在国庆节的时候一起烤肉。你姐姐不在了，不意味着我会停止关心他。

朱　妮　我希望你可以关心关心我。

劳埃德　你姐姐深爱着怀，我们难道不应该照顾他吗？

［朱妮的肢体随着声响作出反应，她没法与父亲四目相交。她的话语也变得直白。

朱　妮　让他走，就让他走吧。

劳埃德　这跟你没有任何关系。

朱　妮　那你干吗要来?

［劳埃德注意到狗的嗷嗷声，走向楼梯。

劳埃德　我把它抱下来吧。

朱　妮　别管它!

［劳埃德停下。

劳埃德　你想让我离开吗?

朱　妮　我会给你打电话的。

劳埃德　记得回复多琳麦克风之夜的事。

朱　妮　如果她愿意弯下她的腰的话，可以亲吻我的屁股。

［劳埃德顿住。

劳埃德　她的脊柱不好。

［他拿起夹克和钥匙。

劳埃德　她非常非常关心你，和很多人一样。我希望我们能……让你感受到。

朱　妮　我知道，爸爸。

劳埃德　或多或少考虑一下你妈妈的提议。记得如果你回心转意想去烤肉派对的话。

朱　妮　有足够多的食物。

［他走向朱妮亲吻她的额头。

劳埃德　小朱朱。

［劳埃德走到门边。

劳埃德　记得吃梨。

［我们能听见桑迪用爪子刨东西的声音。

[朱妮坐下。

荡然无存

[怀上场坐在朱妮对面。

[朱妮面前摆着一瓶啤酒。

朱　妮　让你不愉快了?

怀　有点吧。

朱　妮　就是让你不愉快了。

怀　是啊。

[怀查看手机。

朱　妮　真有趣。

怀　你有些敌意吧?

朱　妮　你的治疗师教你这种说法的?

怀　是你从你的治疗师那里学来教会我的。

朱　妮　我不愿说白,小朋友,但不能因为你得不到某个东西就去否定这个恶臭的世界。

怀　我没有否定任何人。上帝让我们自己抉择。所以他让水果放在了我们触手可及的地方,我只是想让一个老朋友帮个忙。

[朱妮惊讶于怀展现出的成熟,这无异于一个任性发疯的孩子突然平静起来。

朱　妮　那我想你也不会否定引发大屠杀的希特勒了?

怀　什么?

朱　妮　那你会不会反对他烟斗上挂着的毒品烟头呢?

[停顿。

怀　对于一些人来说，控制怒气最困难不过了。但是对我来说——

朱　妮　去死吧，怀。

［停顿。

怀　看到灵魂被套上枷锁。我不是说让你改变或是什么。

朱　妮　不。

［朱妮喝光了她的啤酒。

怀　我是说我自己。我的枷锁，那么沉重。它们也许会让我面对你和其他我在意的人时失态。

朱　妮　我有印象。

怀　威尔逊牧师说过，“怀，如果你不把这些枷锁脱掉，你就必须要逆流而上，不要随波逐流”。

朱　妮　威尔逊牧师？

怀　威尔·威尔逊牧师，他经营的康复部门中心隶属但独立于新团体教堂。

朱　妮　你指的是保龄球馆上面的那个？

怀　我们暂时从属于“给自己一个保龄球”。

朱　妮　我不觉得那能算是教堂。

怀　正是如此。你知道的，你姐姐离开前，我是从不踏进教堂一步的。我和妈妈从一个老头子那里听够了有关上帝的鬼话，我们决定他们俩谁的话都不信。

朱　妮　我听过一百遍了。

怀　我是去年九月份接触到新团体教堂的。那时候我疯狂迷恋圣经旧约，待在球馆那里从头到尾读了十遍，但这是在我做了那么多混账事之后的觉悟……我应该向你道歉……

朱　妮　保龄球馆。

怀　就是因为落沟球，我想告诉店主我很不满意他们的球道是弯的这件事，但等我反应过来我就已经深陷其中了。（意味深长地）我深陷其中了。

朱　妮　我明白了。

怀　我看到了一个男人，他取下了右手的手套，肚子上还沾着一点烟灰，对我说："孩子，你该去别的地方。"这个人就是威尔逊牧师。

朱　妮　我才不相信。

怀　我也不敢相信这是真的。但他们拥有完整的体系，并不基于你的信仰。只有关于选择与行动。

［朱妮又拿出一瓶啤酒，举杯敬他。

朱　妮　选择与行动。

怀　这就说明了为什么有时你的选择与行动不一致——

朱　妮　所以你现在在我爸爸那干活了？

怀　哦，是的。只要一切正常。

朱　妮　真不错。

怀　他真是太宽容了。你知道基于我的历史和现状，想要找份工作有多么难。

朱　妮　他就是基督教慈善事业中最容易受骗的人。

怀　他是个好人。

朱　妮　你们都是混蛋。

怀　你不想让我工作？

朱　妮　我不想让你在这工作。

怀　我明白了。

朱　妮　“我明白了。”

［朱妮喝着啤酒。

怀　你比以前更刻薄了。

朱　妮　我从没友善过。

怀　是啊。

［怀查看手机。

［海浪声渐起。

怀　反正，又不是全世界的工作都是如此，我还有许多选择。这只是新伯尔尼的情况罢了，也不是新伯尔尼所有的工作都是如此，只要找那些不介意你是否有贩毒前科的工作就好。如果能找到这样的工作，在其中挑选只要厨艺别无他求的就行了，还要排除跟 MJ 的主厨有关系的饭店，还得排除跟他岳母有关系的。

朱　妮　你早就应该离开这里。

怀　是啊，嗯。我这么想过，但当时没条件走。你还在装备厂上班？

朱　妮　是“如愿垂钓”。你闻不到我身上的鱼腥味儿吗？

［怀查看他的手机。

怀　一个绅士从来都不会，嗯……在这儿点薯条还给配糖浆？

朱　妮　你不用配着吃。

怀　我本来还有点饿。

朱　妮　用不着。

［朱妮的酒瓶空了，她又开了一瓶。

怀　你想让我怎么做，朱妮？

朱　妮　我想知道你怎么在露营营地工作。我们生命中最糟糕的日子都在那里。你怎么能去那？动感邋遢乔酒吧离芬奇失踪的地方不到 1 000 尺。那也是为孩子们开的啊？

怀　我有点喜欢这个工作。

［海浪声达到本场的顶峰。有一瞬间，似乎有某种东西侵袭朱妮，她的胸部无声地剧烈起伏。但很快，她又恢复了正常。

怀　我能够待在她附近，这让我觉得很平静。康复部门说应该拥抱灵魂。与她们一同创造新的回忆，这样就可以比以前、比不这样做时更好地接纳生活。要知道悲伤的灵魂是非常沉重的，而且……

朱　妮　沉重的灵魂变成了枷锁？

怀　没错。

［停顿。

怀　你会不会也偶尔这样想？你宁愿去，呃，不是宁愿。好吧，就是你想要离芬奇近一些？之后也许……一年前我几乎没法看海，会让我发疯地感觉到她就在周围，也许我正跟她朝着同一个方向。但是现在不管有多难面对，我都可以依靠这个信念。这样很好。

［朱妮不停地喝酒。

朱　妮　我会杀了我自己。如果我一直离她那么近，我会自杀的。如果当时我冲向沙滩，去海盗失事点那里看看。

怀　又不是你想这样的。

［怀的手机屏幕亮起来。

朱　妮　到底是谁总给你发消息？

怀　E-Lo。

朱　妮　E-Lo。

怀　你爸爸问我是不是要去他的烧烤派对。你去吧?

朱　妮　难以置信。

［朱妮喝了一口啤酒,然后重重地把酒瓶放在桌上。

怀　你别再喝了。

朱　妮　哦,我的上帝,我居然从你这儿听到这话,你以前……

怀　我是说今晚,你已经喝得够多了。

朱　妮　这能助眠。

怀　你还是睡不着?

朱　妮　我努力睡了。

怀　如果你想要加入康复部门——

朱　妮　上帝啊老天啊!怀,你这可不像是参加康复项目,更像是传销。

怀　基督教不是传销。

朱　妮　我父母他们那是基督教,你这个就是传销。

怀　我的牧师告诉我人们总是故意这样说。

朱　妮　你给了他多少钱?

怀　那是为了添置一种被称为干船坞的新设施。

［朱妮把脸趴在桌子上。

怀　一种隐喻说法是因为船和枷锁,但究其根本我们是为自己而活。我希望你也能跟我一起去。我很担心你。

朱　妮　我绝不会跟你去的。你就像所有人一样,都是垃圾。

怀　这是能让人康复的方法。你难道不想变好吗?

朱　妮　我忘了你是个无知的乡巴佬。

［停顿。这句话很伤人。

怀　这样说不太好。

朱妮　你是对的，我太过分了。

怀　因为是你，这尤其伤人。

朱妮　我很抱歉。

怀　你不知道这感觉有多糟，因为你说这话的时候看不见自己的脸。我不得不坐在这里看着你，仿佛看到我的妻子在愤怒地羞辱我。我在试图变好。

［他看着她。

怀　我在试图变好。

不是为了你的钱

［本，一个海军士兵，登场了。

［朱妮在莫尔黑德市的一个酒吧里。

本　小姐，你好！

［朱妮醉醺醺地转过头，敬了一个礼。

朱妮　你好，军官先生！

本　你怎么知道我是……

朱妮　恰巧蒙对了而已，（又扫了一眼他的发型）或许是因为你的海军发型。

本　我是本。

朱妮　朱妮。

本　朱妮，好名字！你想，呃，跟我和弟兄们一起玩飞镖吗？

朱妮　那要看你们为什么玩了。

［这个回答让本有一点窘迫。

朱妮　我喜欢你脸红的样子。

本　说实话，我们只是为了消磨时间。今天正好闲着没事。看那边，那是扬基、珀特勒和埃文。

朱　妮　你们都好可爱啊。

本　也许吧。

朱　妮　你们是在切里岬工作吧？

本　你怎么知道？

朱　妮　我一直住在这里，天天听你们从头顶飞过，但飞机太高了，即使晴空万里，也从来没看见过。

本　那个叫军用机。

朱　妮　啊？

本　没什么，你看到过基地前张贴的标语吗？

朱　妮　原谅我们的噪音，那是自由之声。

本　原谅我们的噪音，那是自由之声。

朱　妮　真是愚蠢，军队就喜欢搞那一套。

你们弄出的声音实在太大了。小时候我和姐姐一听到就要捂耳朵，尤其是你们突破声障的时候。

本　不，我们不会突破声障的。

朱　妮　不可能，我听到过。

本　那完全是违反规定的。我们不允许在人们上空那样做。如果有人胆敢违反规定，会受到严惩的。

朱　妮　我发誓我在成长过程中听到过很多次。头顶那巨大的嘶嘶声和爆裂声，就像有人一拳将天空打透了似的。我们管那个叫声爆。

本　哦，那不是声爆。只是有些傻瓜在高速飞行而已，穿过大气层时太用力了。

朱　妮　穿过，打透。我总是希望天空真的可以被穿透，哪怕只有一秒，那样我就可以看到天空的另一边是什么样子了。

［停顿。

本　所以，呃……你想去……

朱　妮　嗯，我们走吧。

［朱妮把钞票放在柜台上，抓起手提包，开始向门口走去。

本　（想起她的名字）朱妮？他们在那边。

朱　妮　飞镖是小孩子玩的。

［本向后看了一眼，跟着朱妮出了门。

本　很抱歉我的车这么差劲，真是太不好意思了。

朱　妮　没关系。

本　你没有车吗？

朱　妮　我不想开。

本　先提醒你一下，你不要见怪，呃……抱歉这边也要打开，好了，稍等一下。

朱　妮　车底板上有个洞。

本　我知道，我拿到这辆车的时候，呃，它已经很旧了，而且全身都生了锈，所以我就找人喷了漆，不过车还是很安全的，只要你把脚放在洞的两边就行。

朱　妮　如果没油了，我就拖着它走。

本　对，没错。

［朱妮从手提包中拿出酒瓶。

本　喔哦，不好意思，这附近有警察。

朱　妮　太好了，我真希望被警察逮走，那样我就不用想这整件伤心事了。

本　好吧，可是我不想。

朱　妮　把我关起来，然后就当我不存在，你可以想象吗？

[朱妮把酒瓶收起来。

本　你是做什么的？

朱　妮　我以前是一名老师，教三年级。现在在酒吧吃着玉米饼，然后呆呆地等着像你一样的人。向右转。

本　像我一样的人？

朱　妮　我姐姐不会喜欢的人。

本　想让我带你回去吗？

朱　妮　不，这里左转，然后上 70 路公交车。

本　然后呢？

朱　妮　到新伯尔尼下车。

[朱妮的头靠着他。

本　男生们也不喜欢和我在一起。你要睡一会儿吗？

朱　妮　就一会儿。

不是你头发上的光

[桑迪上场，舔了舔朱妮的脸。

朱　妮　我的天啊，桑迪，现在是凌晨三点呀！好好好，你想做什么真是一刻也不能等。

[朱妮给桑迪系上链子，带他出去了。

[水声响起，朱妮分了心，向河水望去。

朱　妮　河水涨起来了。我知道你想游泳，以后让奶奶带你来，她会不停地朝你扔网球，直到胳膊没力气了才会停下来。你小时候我们就经常这样玩儿，现在我们还是继续往前走吧。

[朱妮没有动，目光仍然凝视着河水。桑迪坐在地上。

朱　妮　你觉得我们该去参加葬礼吗？快跟我说说，小东西。我也不喜欢跟那些人待在一起，他们要不一直看我，要不一直不看我，而我就会像嗑了药似的，他们一句话还没说完就已经把他们之前讲的话忘了。没有我们，他们也可以悼念；没有我们，他们也可以告别；没有我们，他们也可以放弃。（停顿）我们简直就是一团糟，就连怀也表现得比我们好。（停顿）你看到她了吗？你感觉到她好像就是从那边离开的吗？

[朱妮挥了下手，指指她说的地方。

朱　妮　我觉得她的离开与别人不同，因为没有人能真正证明她不在了，而且我一直都看得到她。她正向河里走去，背上都是水珠，闪闪发光。她胖胖的腿就像扫雪机似的一步步朝前移去，屁股一扭一扭，水慢慢地将她淹没，最后就只剩半个人露在外面了。也许我们真的该说再见了，然后我们离开这儿，去一个听不到水声、闻不到咸味的地方，可能之后这一切就不会再发生了。

[桑迪低低地叫了一声。

[朱妮看到码头尽头站着一个人。

朱　妮　现在钓鱼好像有点早。看那边的光。

[水面上闪过一道光。

朱　妮　是摩尔斯电码。

[朱妮向河水走去，嘴里嘟囔着什么。

[桑迪对她低吼着，甚至开始大叫。

朱　妮　最终，失去的不会再回来，疤痕比伤口持久。

[水面上的光亮突然熄灭了。

朱　妮　(对着桑迪)到底怎么回事啊?

阴云越压越低

[卡洛琳(朱妮的姐姐)上场了。自从工作之后她变得更像个职业女性了,这从她的发型和妆容上就可以看出来。

卡洛琳　好了,现在脱掉乳罩,换上睡衣,开始狂欢吧!

朱　妮　天呐,我也好想要这样的阳台。如果我有一个的话,我一定寸步不离。

卡洛琳　噢,这是我坚持要装的。多亏了房产中介,我们这个房子买的时候比市场价低,所以我就把剩下的钱都用在装修上了。你今晚就可以睡在这儿。我希望你会这样做,因为我实在不想让你开车回家。

朱　妮　你考虑自己就好了,我无所谓。现在如果有人让我去做手术我都愿意。

卡洛琳　那好,把酒喝完。考虑到席尔瓦(卡洛琳未婚夫),还是把阳台留给我们俩吧。

朱　妮　我以为至少他可以指望你给他留个地儿,反正他是不会指望我自己走的。

卡洛琳　天呐,将是漫长的六个月啊!

朱　妮　得了吧,你要是母乳喂养,得要九个月呢!

[朱妮瞥了一眼卡洛琳的身体。

朱　妮　你的胸很快就要大得吓人了。

卡洛琳　我的曼陀林背带马上就得穿新孔了。

[朱妮噗嗤一声笑了。

朱　妮　所以,你还在,呃……

卡洛琳 对啊，我还在坚持，尽管有那么多质疑和讨厌的人。

［朱妮举起了手。

朱　妮 这儿就有一个天生讨厌的人。

卡洛琳 我从中得到了许多乐趣，不只你们俩有十足的音乐天赋，我也一直喜欢玩音乐。我们团队在夏末要开一场音乐会。

［朱妮将杯中的酒一饮而光。她看看外面越来越浓的夜色，然后看了下手表。

卡洛琳 说不定我可以骗你来。

［卡洛琳将朱妮的杯子倒满。

卡洛琳 或者拿酒引诱你。

［朱妮又一饮而光，然后敬了下卡洛琳的肚子。

朱　妮 干杯，宝贝。

卡洛琳 很开心我终于告诉你了。这个秘密真不好保守！

朱　妮 我没想到你竟然做到了。

卡洛琳 是啊，我也为自己感到自豪。之前从来没有事情能瞒过你和芬奇。有几次我都确定你会起疑，没想到就那么过去了，你走开去看别的东西了。

朱　妮 我真为你高兴。

［她们都深感触动。卡洛琳哭了。

［她扭过头看着朱妮，一边流泪一边点头，好像她们都深懂彼此。

［波浪声和风声响起。

［朱妮把目光移开。一阵长久的停顿。

卡洛琳 事情永远不会照我们计划的来。天呐，看着我，就几秒，好吗？

朱　妮　你听说妈妈的想法了吗？关于葬礼的。

卡洛琳　我不觉得那是葬礼。

朱　妮　那他妈是什么？

卡洛琳　我也说不清，为了家庭，为了她所需要的。

朱　妮　可是现在太早了，根据卡罗来纳州的法律一个人至少失踪七年才能被宣告死亡。

卡洛琳　好吧。

朱　妮　是真的！

卡洛琳　我知道是真的。

［一阵沉默。

卡洛琳　你感觉到她……我是说，你们是双胞胎，有时候我会想，你是否，感觉到或感受到什么。

朱　妮　不是那样的。

卡洛琳　好吧。

朱　妮　我不觉得她走了。

卡洛琳　但你真的认为她……

朱　妮　也不是，但我不想参加那个葬礼。那种做法根本不对。举办葬礼就相当于宣告放弃，告诉人们她真的不在了。这是不对的。

卡洛琳　也许这是我们必须要做的一件事，之后我们才能准备好迎接接下来的生活。

朱　妮　告诉他们不要做。我知道你也不想参加。你跟他们说，他们会听你的。

卡洛琳　我可以试一下。但我觉得他们更听你的。

朱　妮　如果我们两个都说，可能更有效。拜托了，小卡。现在还不是时候，你知道的，求求你了。

卡洛琳　我会跟他们说的。

朱　妮　谢谢你。

［沉默。水声逐渐消退。

卡洛琳　我觉得摩西先生肯定舍不得让你从渔具店离开，你应该和他谈谈。你要跟他说清楚，之前你努力为他工作，现在需要他支持你的决定。

［卡洛琳移了移座位。

卡洛琳　但如果你真的离开那儿了，你想过接下来做什么吗？我觉得你最终还是会回去教书的。

朱　妮　也可能回去酒吧做服务员。那些日子真是难忘，教完一周的课，周五周六就尽情狂欢。那时候风华正茂，什么事情都不放在心上。

卡洛琳　其实并没有过多久。

朱　妮　我那时真是神采奕奕。

卡洛琳　也经常酩酊大醉。

朱　妮　既神采奕奕，又酩酊大醉。

卡洛琳　而且游走于男人河中。

朱　妮　游走。

［朱妮做了一个缓慢的蛙泳动作，躺倒在卡洛琳身上，卡洛琳轻抚着她的头发。

卡洛琳　也许你真的想回去。

朱　妮　也许会。但我在那儿工作的最后一晚，我告诉科伦佐有一天我会回来把底架上所有的酒瓶都装满酒放在他屁股上面，然后用锤子把它们一个一个敲碎。他真是一个毛手毛脚的混账。

卡洛琳 你自己也是一个毛手毛脚的混账。

朱　妮 这可大不相同。

卡洛琳 因为你是一个女人吗?

朱　妮 因为我比他可爱得多。

卡洛琳 你说你自己可爱得多?

朱　妮 也许我真该回去了。

卡洛琳 也许你需要别人的关注。

［朱妮伸手去拿她的酒杯。

朱　妮 是要下大暴雨吗?水面上方黑压压的一片。现在几点了,不应该这么黑呀。

卡洛琳 据说要下一整夜。

［沉默。朱妮开始焦躁不安起来。

卡洛琳 说到别人的关注,我真是受到了各种千奇百怪的关注。

［没有回答。

卡洛琳 我也不知道为什么,可能是怀孕后荷尔蒙转变的缘故。

［朱妮没有回答。

卡洛琳 我和席尔瓦收到了第一份换妻邀请。

朱　妮 你们干了什么?

卡洛琳 邀请我们的是比我们稍年长一些的布拉德、杨曦夫妇,我们一起玩飞盘高尔夫,布拉德似乎越来越多事,你懂我的意思吧?

朱　妮 他跟席尔瓦相处得很愉快?

卡洛琳 其实是有意显得关系很铁,到最近这两三次一起玩的时候他开始说些奇怪话。

[短暂的停顿。

卡洛琳　“他说了什么?”很高兴你问这个,小朱朱。一开始说了一些关于杨曦夫人的话,她的床上功夫之类的,还有一些隐晦的只有两个人懂的情色笑话,但是你也能大概理解他在讲什么。然后他就开始对我评头论足。

朱　妮　不是吧?

卡洛琳　他突然对席尔瓦说,“我打赌你肯定很喜欢跟着她上楼去”,“每天早上肯定很不舍得离开她那诱人的屁股。”

朱　妮　真是太放肆了,就算你真的有一个漂亮的屁股,当然,你也确实有。说那样的话也是不可接受的。

卡洛琳　你真该看看席尔瓦当时的窘样。

朱　妮　真为可爱的席尔瓦难过。

卡洛琳　可怜他代我受了这种屈辱,总之他受不了这种私密谈话——他跟我在一起五年,连一句淫秽的话都不会讲。

朱　妮　你倒是个猥琐的人。

卡洛琳　席尔瓦太尴尬了,窘迫到都没法反驳这个跟他一起玩飞盘高尔夫的人,所以他只是扭动着膝盖,像傻瓜似的点着头。不过,我猜他们后来意识到用错了方法,因为周日的游戏结束之后,杨曦走过来邀请我与她喝一杯。她开门见山地说:“我和布拉德是开放夫妻,我们也喜欢和别人上床。我想上席尔瓦,布拉德想上你,我们可以一起做,也可以不一起,那无所谓。我们会用保护措施。但不能走布拉德的后门。”对了,我们是在 Applebees 吃的饭。(译者注:Applebees 是一家非常常见的快餐店)

[风变大了。

卡洛琳 朱妮?

朱 妮 嗯?

卡洛琳 是在 Applebees。

朱 妮 呃。

卡洛琳 "所以,卡洛琳,你怎么回答的?"

朱 妮 你说了什么?

卡洛琳 天知道我该说什么,我真的毫无防备。我盯着我的辣酱虾,告诉她我要先跟席尔瓦谈一谈。

[停顿,天开始下雨了。

卡洛琳 "卡洛琳,你什么感觉,你想这样做吗,杨曦性感吗?你想看看布拉德的真面目吗?"

朱 妮 我不知道。

卡洛琳 我没在问你。

[朱妮意识到卡洛琳生气了。

朱 妮 怎么了?

卡洛琳 你根本没听我讲话。

朱 妮 对不起,都怪这天气。

卡洛琳 与天气毫无关系。

朱 妮 我喝醉了。

卡洛琳 那就和我一起待在这儿,做我的好妹妹。

朱 妮 我不就在这样做吗?

卡洛琳 不,你没有,你应该好好听我讲话。

朱 妮 你打算和那些人上床吗?

卡洛琳 无所谓了。你能不能别看水面了?天呐,你好像都不知道我们现在在哪儿。

［停顿。

朱　妮　看着外面的天变得一片灰暗，大风激起一层层水浪，我在想待在外面是多么可怕啊。

卡洛琳　是啊。

朱　妮　我感觉她就在外面。我想跑出去把她带回来。

卡洛琳　她不会待在暴风雨里的。

朱　妮　是啊。

卡洛琳　她已经去了其他地方。

朱　妮　我也是，我已经不是原来那个我了，我的灵魂只剩下一半，以后也会是如此。

卡洛琳　这件事对你的打击太大了。

朱　妮　没有你想的那么大。

［卡洛琳把朱妮的酒杯递给她。

卡洛琳　到早上暴风雨就会过去的。

朱　妮　我知道。

在远方守望你

［朱妮望着外面的暴风雨，躺下睡觉了。雨越下越大。

［外门响起敲门声。是一个披着雨衣的人。

朱　妮　太晚了。

［外面的人把头罩摘掉了。

朱　妮　科尔曼?!

科尔曼　嘿，小姐！我可以进来吗?

［朱妮把门打开。他走进来，靴子还在向外溅水。

科尔曼　呼！呼！呼！哎哟！心情怎么样，小朱妮?

朱　妮　你来干嘛？

科尔曼　噢，我全身都在滴水。有毛巾吗？

［朱妮犹豫了。

科尔曼　（大笑起来）你想让我去浇花吗？

朱　妮　我以为你在海岸警卫队。

科尔曼　以前是，现在，谁知道呢。

［他脱掉雨衣，把它扔在一个椅子上。然后指着酒瓶。

科尔曼　还有酒吗？（法语）

朱　妮　啊？

［科尔曼打了一下自己的头。

科尔曼　抱歉。（法语）

［他又打了自己一下。

科尔曼　不好意思。还有酒吗？

朱　妮　刚喝完，不过我可以再去拿。

科尔曼　不不，你什么都不用做，站在那儿让我好好看看你，这可是一个水手的梦想啊！哦，我总算开始暖和起来了。

朱　妮　来这边吧，把靴子脱掉。

科尔曼　谢谢。

朱　妮　告诉我，这是怎么回事。

［科尔曼跳着过来，把靴子脱掉，里面溅出更多水来。

科尔曼　事实就是我一直在找芬奇。

朱　妮　芬奇……不在了。

科尔曼　哎呀！狗屁！已经有的啥东西不用再找呀。

［他敲了一下自己脑袋。

朱　妮　她死了。

科尔曼　你确定吗？你得到了准确信息吗？

朱　妮　有时候我感觉很孤单。

科尔曼　你感觉孤单，这可以说明一些事情。

朱　妮　我不知道。

科尔曼　好吧，你父母，你姐姐——

［科尔曼打了一个冷颤。

科尔曼　呼！天呐，你们怎么支撑住的！你们这里没有壁炉吗？

朱　妮　我给你拿杯喝的。

［朱妮去拿酒时，科尔曼把袜子脱掉了。

科尔曼　他们请我出门在外时多多留心。我说"是为了芬奇吗？"我根本没有去工作，九个月以来一直都在我爸爸的船上捕鱼，去了很多地方。你记得那艘船吗？叫"蝌蚪"的那个。

朱　妮　我当然记得那艘船。你爸爸出城的夏日夜晚，你总是让我掌舵，然后你和芬奇跑到船头。你不知道那会给我们会惹来多大麻烦。

科尔曼　我希望那些日子还不错。

朱　妮　我不否认，毕竟我们从小就暗恋你。

科尔曼　芬奇和朱妮。每一个经过乳头石的男孩脑子里都会不断闪着你们俩的影子。

朱　妮　你有什么线索了吗？

科尔曼　就算有，也只能跟我的雇主讲，不是吗？

朱　妮　一点都不好笑。别跟我开玩笑。

科尔曼　我没开玩笑，有一些秘密信息，我得想想你父母是否想让你知道。

［他又打冷颤了。

科尔曼　天啊，你不介意的，对吧？

［科尔曼把裤子脱了。

科尔曼　这场雨真是把我的灵魂都浸湿了。

［朱妮冲到他面前。

朱　妮　如果你发现了什么，快告诉我。

［他把她推开，但同时被一摊水滑倒，一屁股跌坐在地上。

科尔曼　圣诞快乐！天不早了，是吧？（希腊语）

朱　妮　告诉我吧，拜托了，看在我们往日的情分上。

科尔曼　哎呀，小姑娘，其实也没有很多，你看看就知道了。

［科尔曼拍拍他的衬衣口袋，里面的水溅到了他脸上。他又翻翻裤子口袋，找到一条小鱼，把它扔掉了。最后他取下帽子，找到一封信。

科尔曼　看这是什么！你可以，呃，把它吹干……

［他把信递给她。但都被水浸湿了，根本没法看。

朱　妮　上面写了什么？

科尔曼　亲爱的朱妮，

朱　妮　一封信？

科尔曼　亲爱的朱妮，这里夏天天气十分明媚，白天也很长。爷爷在后院里用标杆和旋转的横条给我们做了一个玩乐用的旋转器具。他说我们长大离开之前都没玩过，实在是太可惜了。赛斯让我睡在她小时候睡的凉台上。我整晚都能听到河沟里蟋蟀和牛蛙的叫声。赛斯的家族史很久远，据说他们是伊丽莎白女王的后代，家族中一半人去了得克萨斯，在那里靠烘焙咖啡豆发了家，另外一半就留在这里郊区的红色土地上，女的与电工、公交车司机成了婚。所有的叔叔都叫罗伊，以使他们牢记自己的贵族血统。妈妈做的热狗和枫糖浆砂锅很快风靡起来，我要试试能不能把萨奇先生从他的小屋里引诱出来。我好想你，真希望你也在这儿。爱你的，芬奇。

朱　妮　她还活着，她还活着。

科尔曼　我可不会直接得出那样的结论。

朱　妮　可是她写了一封信！

科尔曼　你是说人只有活着才能写信吗？

朱　妮　她在谈论我们的祖父母，我们出生的地方。

科尔曼　你认为他们也还活着。你见过他们吗？（没有。）

朱　妮　那她现在在哪儿，这封信从哪儿来的，芬奇在哪儿？

科尔曼　我来告诉你一些我旅行中学到的东西。有些时候在有些地方，死亡之门会自己打开。我们可以感觉到这两个世界有多近，它们紧紧地挨着彼此。你感觉到了吗，它什么时候打开的？

朱　妮　我一直都感觉得到，就像一阵风吹过我的心田。

［科尔曼嘟哝着抖抖他的衬衫。

科尔曼　好像并没有暖和起来。

朱　妮　你想去里面吗？

科尔曼　不，谢谢，我需要睡眠。（瑞典语）

［他敲敲自己的脑袋。

科尔曼　我该休息了。

朱　妮　我也是。

科尔曼　但我要先把父亲的船还给他。

朱　妮　那可是一段遥远的路程啊。

科尔曼　我当然知道。

［他起身要离开。

科尔曼　在我看来，这里真正的线索是住在隔壁小屋的萨奇。如果我能再醒来，我就要按照这个线索去找，问问是否有人认识萨奇。

［她没有吭声。科尔曼轻拍了一下他的帽子。

科尔曼　朱妮。

老房子

［朱妮把几箱旧文件放在桌子上。她一一翻看着，找到一份她想要的文件，拨通了上面的电话。

朱　妮　喂，你好，我是来自"如愿垂钓"的朱妮，我想找一下……皮德蒙特·萨奇。你好，萨奇先生。我是"如愿垂钓"的工作人员。我发现你 2009 年向我们预定过一次旅行，对吗？我打电话来是因为我们最近有一个新的服务邀请函要邮寄给我们的老客户，所以想确认下您的通信地址。由于该邀请函是邮寄给您的，因此我最好能够——对，我听得到，一般我们是不用纸质文件的——对，没有人比我们更清楚环境的价值，但我们这次提供的服务仅此一次，我希望您能按时收到。是的是的，我保证，什么时候都行。

［朱妮写下一个地址。

朱　妮　谢谢你，萨奇先生。你很快就会接到我们的通知。

［她挂断电话。

劳埃德　仅此一次，是吗？

朱　妮　（吃惊地）天呐，爸爸！

劳埃德 你这葫芦里卖的什么药啊?

朱　妮 最高机密。

劳埃德 即使对最亲爱的爸爸也不能讲吗?

朱　妮 如果能跟别人说的话,我肯定会告诉你的。

劳埃德 你看起来精神很不错。一定是鱼饵诱人香味的妙用。我真不知道我的哥们摩西先生如何受得了这气味的,我也不知道你怎么受得了的。

朱　妮 多亏了你,我才得到这份工作。

劳埃德 我什么都没有做,全是你自己的功劳。亨特打电话对我说,"我知道你的小朱妮正在找工作,我可能不是你的上佳之选,但是我急需她那样的人。"

朱　妮 是的,先生,我可以打打字,接接电话。

劳埃德 而且你对钓鱼十分了解。

朱　妮 但我干不了这个。

劳埃德 那个人尤其喜欢你。我告诉你,他和这一群男孩子——道格·摩西、杰克·戴维斯以及布伦顿·威廉姆——经常随身带着我给他们的你和芬奇的照片,放在钱夹里,走到哪里带到哪里,还常常拿出来向别人炫耀,好像你们是他们自己的女儿似的,他总把你叫做他的向日葵种子。

[朱妮又找到一份文件,她举起一只手,示意她父亲不要讲话。

朱　妮 (对着电话)喂,你好,我是"如愿垂钓"的朱妮,我想找一下阿摩斯·萨奇。哦,是这个名字吧?你也不知道我在哪里可以找到他,是吗?还是要谢谢你,很抱歉打扰你了,嗯,好,不,你也是。好的,女士。再见,保重,那个我恐怕没法帮你。不，那个听起来像……好的，再见。

［朱妮挂掉电话。

劳埃德　按字母顺序一直打吗？

朱　妮　是，你还认识其他叫萨奇的人吗？

劳埃德　萨奇，就是茅草屋顶那个词吗？（英文中 Thatch 也有茅草屋顶之意）我知道一个威尔·撒切尔（Thatcher）和他的妹妹苏西。

朱　妮　不是撒切尔，是萨奇。

劳埃德　住在附近的吗？

朱　妮　不太确定。

劳埃德　这我得想一想，脑子里好像有点印象，但又好像是一团乱麻，死活想不起来。

朱　妮　我懂那种感觉。

劳埃德　不，你不会懂的。

朱　妮　对了，你来找我有什么事，你想钓鱼吗？

劳埃德　当然想啊。

朱　妮　哈！

劳埃德　但是我不去，你知道多琳不会去任何接近水的地方，简直就是一个傻瓜。我叫她小外星人。十年后她才开始觉得这个称呼很有趣。

［电话铃响了。

朱　妮　至少有人想去。

［朱妮看了一眼电话。

朱　妮　真是说曹操，曹操就到。（对着话筒）你好，多琳。嗯，嗯，是的，是，我工作时不喜欢带着它，我很感谢，但我现在在工作。实际上他现在就在这儿。一点也不。

［朱妮把电话递给劳埃德，继续翻那些文件。

劳埃德 是，亲爱的，我正打算这样做呢，哈哈，你说对了。再有一次你就欠我一盒甜甜圈了。你想什么时候都行，但我最好先把药吃掉。不，她一个人在这儿，但我想如果为了上舞蹈课离开一会儿，亨特先生会理解的。就像我说的，她可能不会同意，但问问还是无妨的。不能任凭孩子们乱蹦乱跳，胡闹瞎搞。晚饭时见。

［劳埃德挂掉电话。

朱　妮 多琳去上舞蹈课了？

劳埃德 我告诉过她这是个长期工程，她知道你已经不再去上课了。

朱　妮 不是因为她，只是我现在很忙。

劳埃德 我知道你很忙，这些事情不能拖到明天再做吗？

朱　妮 这事很重要。

劳埃德 也许我可以替你一下午，这里大部分人我都认识。

朱　妮 谢谢你体贴的建议，不过还是得我来做才行。

劳埃德 为什么？

朱　妮 我不能告诉你。

［短暂的停顿。

劳埃德 好吧，看来他们最终还是失去了一位老师。

朱　妮 我很抱歉，但那本来是多琳的问题，她把责任推到你身上，而你现在又想把责任推到我身上。

劳埃德 这话可不太好听。

［朱妮笑起来。

朱　妮 您老就不要跟年轻人一般见识了。

劳埃德 也许我真的想钓鱼。

朱　妮 是吗?

劳埃德 我想和你一起钓鱼。

朱　妮 我早就不钓鱼了。

劳埃德 什么时候开始的?

[劳埃德看了朱妮一眼。

劳埃德 天呐,如果你愿意多跟我聊聊,我肯定会知道这些事情。我发誓这片社区里一半孩子的事情我都很清楚,但却不知道我自己女儿们的事情。就连卡洛琳,跟我在一起时也表现得如履薄冰。

朱　妮 我们很快就可以谈论很多事情了,等下次我见到你的时候。

劳埃德 这倒提醒了我,我给你带了这个,我自己做的。

[劳埃德递给她一张小猪形状的请柬。

朱　妮 不是吧,爸爸,你该坚持无纸化的。

劳埃德 我觉得很可爱呀。威利斯一直在教我如何使用这些设计图案……

[朱妮把父亲推出了门。

朱　妮 难道你不知道世界快要灭亡了吗?

你思绪中的种种

[朱妮双腿伸展在瑜伽柱上,痛苦地哭泣着。

广　播 在萨利纳斯,克林顿的一个活动场所外面聚集着一群特朗普和桑德斯的支持者。他们手里挥舞着标语,并大声抨击着希拉里·克林顿的演讲稿、邮箱门事件以及相对强硬的外交政策。克林顿的支持者约翰·席尔瓦对这一群抗议者感到莫名其妙。

［桑迪过来舔了舔她。

广　播　你为什么不找我，你为什么不找我，你为什么不找我，你为什么不找我，你为什么不找我？

［朱妮关掉收音机，继续做伸展运动。

［脚步声响起，朱妮愣住了。

芬　奇　（提示）桑迪，你在干嘛呢？（宠溺的）

［脚步声逐渐深入房间。

［传来书包拉链拉开的声音。

朱　妮　芬奇？

［朱妮呆若木鸡，好像僵住不动就能把姐姐留下。

［她终于转过身，身后悄无一人。

［她又转回去，继续伸展。

［响起脚步声和关门声。还有轻轻的吟唱声。

芬　奇　（提示）（唱着）

烟囱烟囱烟烟囱，
清扫一下多幸运。
烟囱烟囱烟烟囱，
与你握握手，
好运将流走。

［朱妮起身去找这首歌是从哪里传出来的，感觉像是从门那边传过来的……她把耳朵贴在门上。

芬　奇　（提示）哦，给我一个飞吻，我也算走运了。

朱　妮　芬奇？

［朱妮打开门。听到的是汹涌的波涛声。

不要错过每一扇窗

[朱妮走近渔夫。

朱　妮　早上好。

[渔夫点头回应。

朱　妮　抓到鱼了吗？

渔　夫　我已经不抓鱼了，我来这里陪他们。

[沉默。

朱　妮　我从三岁起就在这儿钓鱼，（停顿）所以我知道你在说什么。

渔　夫　海水里有许多灵魂。他们在黑暗中探寻，拍打着银色的翅膀。你在那里失去过亲人吗？

朱　妮　（十分震惊地）我不知道。

渔　夫　看他们是如何聚到一起的？一群群相互环绕，以此来保暖。回忆的纹理能说明他们来自何处。好好看看，你看到了吗？

[朱妮看看。

[她点了点头。

朱　妮　他们是什么？

渔　夫　你看见他们了。

朱　妮　如果被你钓到会发生什么？

渔　夫　我不再把他们钓起了，他们都不属于我，但如果你希望的话我可以钓一次。

[朱妮摇摇头，一副惊恐的模样。

渔　夫　鱼饵在那边。

[渔夫指向冷藏箱。

渔　夫　但需要收一些费。

朱　妮　我不相信她在下面。

［渔夫迟疑了一会儿。

渔　夫　也许你是对的。他们缺乏洞察力，也许她还在想你是否在岸上。你最近听广播了吗，查看信箱了吗？

朱　妮　你认识叫萨奇的人吗？

渔　夫　我不会在离水这么近的地方说出他的名字，尤其是我在寻找他的灵魂的时候。

朱　妮　他是谁？他在哪儿？

渔　夫　有消息称他在集结一支队伍，等你准备好付钱的时候再回来吧。

直到你忘记了入口和出口

［芬奇在海底跳舞，背对着观众。

［就在她转身的一刹那，灯光转移了，大海消失了，而她，就是朱妮。

［第一幕完。

第二幕

老房子犹在

［朱妮躺在沙滩上，睡着了。

［海浪声。

劳埃德　我坚持请你尝试一下多琳的凉拌卷心菜。

布鲁克　不管你信不信，我还是不喜欢吃那玩意儿。你应该在我们结婚前放弃诱惑我吃它才对。

［海鸥的叫声。

卡洛琳　好，等你洗完澡，我们就告诉他们。请不要开电视，我心脏受不了。

［朱妮逐渐醒来，她儿时的音乐缓缓响起，漂浮在微风中。

怀　不，夫人，我一直在图书馆做兼职。周末时就和大家一起在古老的游艇俱乐部清扫垃圾。

劳埃德　我觉得她听不到我说话。

布鲁克　朱妮？

劳埃德　你不喜欢在汉堡上涂太多芥末，因为这与腌黄瓜的口味不搭。

［朱妮看看水面，环顾左右。

怀　先生，你的凉鞋真的很漂亮，我也一直想买一双。你看，我整个夏天都要待在水里，当然，是不在厨房工作的时候。

卡洛琳　你正好站在啤酒前面，朱妮。

朱　妮　芬奇？芬奇？

怀　朱妮，你气色看起来很不错，最近睡眠好一点了吗？

［朱妮呆立着。

［有什么事情不对劲。

朱　妮　芬奇？

劳埃德　吃奶酪吗，朱妮？

朱　妮　芬奇！

［她踉跄着跌倒在水中。

布鲁克　朱妮。

朱　妮　芬奇！

卡洛琳　朱妮。

朱　妮　芬奇！

[一架军用喷气式飞机从头顶飞过，震耳欲聋。

[随着飞机的声音逐渐消退，我们都来到了劳埃德的烧烤派对上。每一个人都在庆祝。（布鲁克身上套着一个婴儿袋，里面装着克莱门汀，就是那只小浣熊）

布鲁克　我真为你们两个感到高兴。噢，看，克莱门汀说“我也为你开心，小卡，你们庆祝时别忘了我。”

劳埃德　这绝对值得庆祝，我们来一个烧烤派对怎么样？一个小时前就应该开始了吧？

布鲁克　这正是我们需要的好消息，对吗，朱妮？快，说几句祝词。

[朱妮向他们眨眨眼睛。海鸥在下面鸣叫着。

朱　妮　（狐疑地）祝贺你？

布鲁克　那当然咯。

劳埃德　你在婚礼上的发言可得比这个精彩才行。

怀　恭喜你。

卡洛琳　谢谢你，怀。

怀　愿爱充满你们的生活，激情永不消退！

卡洛琳　……谢谢！

劳埃德　说得太好了，孩子。

怀　这话是我从威尔·威尔逊牧师那儿学来的——

布鲁克　你们定日子了吗？

卡洛琳　事实上，我们想尽快就结。

劳埃德　当然要快啦，几年前我就已经祝福过席尔瓦了。

布鲁克　多快呢？圣诞节之前吗？

卡洛琳　可能十月份吧。

布鲁克　哦，天呐，你真是要逼疯我啊，你难道不记得芬奇的婚礼了吗？怀亚特，你记得的，我知道你也记得，朱妮。

［怀在发短信。

劳埃德　美丽的婚礼。多琳跟我说那是她见过最美丽的婚礼。但我告诉她，"听好了，E.T.夫人，你根本什么都没看见，因为你一直把脸埋在我的衣服里，整场婚礼都在哭泣。"

卡洛琳　（对着朱妮）难道你不打算问他是怎样求婚的吗？

朱　妮　哦。

布鲁克　我想听他亲口告诉我。我的准女婿哪儿去了？席尔瓦！

劳埃德　他在帮多琳搬书橱。

［里面传来东西撞倒的声音。

席尔瓦　（画外音）我们没事！

布鲁克　喔，家庭又要壮大了，我实在是太激动了，时机也刚刚好。你们告诉他父母了吗？我的天，我们还没见过他们呢，你告诉我一次他们住在墨西哥什么地方？

卡洛琳　达拉斯。他们下周就来拜访我们，到时候我们会请你们所有人过来吃饭。

怀　需要我带什么东西过去吗？

劳埃德　（试图化解尴尬）怀，你还想喝柠檬水吗？瓶子里还有很多。

［布鲁克试图再次把朱妮拉到谈话中来。

布鲁克　（对卡洛琳说）我知道现在还早，但你要确定挑选一套能盖住这些文身的伴娘服，要不米米奶奶会生气的。

卡洛琳　她上一次都挺过来了，朱妮会很漂亮的。

劳埃德 我以前去罗利时，都一直不理解，怎么好像每个人都有文身似的，后来慢慢长大才明白，那些人不是水手就是流氓。

[一直低头看手机的怀抬起头来。

怀 别忘了毛利人。

布鲁克 哦，她总是迫切地想与众不同。这可能是由于她是双胞胎的缘故，总是尽一切所能把自己与对方区分开。我告诉你吧，朱妮，其实你可以采用更容易的方法。当你还是婴儿的时候，我总是在你的大脚趾上涂上鲜红色的指甲油，那样我就可以把你们分辨开，保证你没法再偷吃芬奇的饭。这种方法相比文身而言没那么痛，也不会留下永久的印记。

卡洛琳 妈妈！

布鲁克 我只是在逗她玩儿。

卡洛琳 反正你马上就是伴娘了。

朱　妮 那芬奇呢？

[一阵沉默。

[朱妮在接下来的交谈中表现得并不纯真：她发泄出许多情绪，尤其是气愤。

朱　妮 我们不应该再等等吗？是不是太快了？

卡洛琳 朱妮，我一直都在等。

朱　妮 但如果她可以到呢，如果我找到她了呢？

卡洛琳 那是不可能的。

布鲁克 卡洛琳。

朱　妮 但你急什么呢？我就不懂了，是因为你怀孕了吗？

[停顿片刻。

卡洛琳 耶稣上帝啊！

劳埃德　嘿，注意措辞。

布鲁克　你怀孕了？

朱　妮　天呐。

卡洛琳　看你干了什么好事？

　　怀　哇哦，恭喜恭喜，小卡，真是双喜临门！

布鲁克　我猜这是计划之外的吧？

卡洛琳　我们讨论过这件事，现在好像并不是时候，但我不知道何时才算到时候。我本来一年前就应该结婚了，但是没结，一直拖到现在。

劳埃德　为了芬奇吗？

卡洛琳　（其实是为了朱妮）不，是为了她。（对着朱妮说）两年前我确实是为了芬奇，从那之后我就一直在等你振作起来，因为我想让你像正常人一样出现在我的婚礼上，而不是喝得酩酊大醉或表现得像个疯子。然而，我等到的却一直是，'再等等，你妹妹会回来的。'或者'卡洛琳，现在还不行，我们要出去找找你妹妹。'我想，生活照旧进行。

劳埃德　宝贝，我真是太开心了，我马上就当外公了。我为你还是要先结婚的决定骄傲。

卡洛琳　我很愿意这样做，爸爸，我知道这一直都是你的心愿。

劳埃德　现在很多人都觉得这无关紧要，但这是你在上帝面前，在你亲友的见证下许下的承诺啊。

朱　妮　我从来没让你等我。

卡洛琳　你从来没让任何人做任何事，你就是坐在那儿，消耗所有人的时间和精力，花费我们全部的心力，还有爸爸妈妈的辛苦钱。

布鲁克　卡洛琳，住嘴！你也是，克莱门汀！

卡洛琳　必须有人跟她说这些。妈妈，要不是你把钱都花在她的心理治疗上，你现在都该退休了。她居然现在还在幻想着芬奇会回来参加我的婚礼，天知道你花的钱是不是值得。

劳埃德　我们不谈钱，好吗？

朱　妮　你根本不知道你在说什么。

卡洛琳　爸爸两年里没有外出布过一次道，他们一直在观望，在等待，头发都掉了好多。你关心过他们吗？我甚至连婚礼的事情都不想告诉他们，因为我知道他们会说“太好了，你妹妹怎么说？”或“恭喜恭喜，朱妮也应该听到一些好消息。”但我也需要一些好消息！

朱　妮　不要管我！

卡洛琳　这就是我提议我们应该举办葬礼的原因。

朱　妮　你说什么？

卡洛琳　没错，这是我的主意。

［怀发完短信，将手机放入口袋。

朱　妮　你竟然骗我。

卡洛琳　我只是想帮你，和所有其他人一样。

朱　妮　你真是个混蛋。

布鲁克　女儿们！

朱　妮　你根本就不在乎，你只是想让所有人都把焦点放在你身上。

卡洛琳　就五分钟，然后抽出十月的一天就够了！你怎么敢说我不在乎——

朱　妮　你就是不在乎，你只是想让一切回到以完美的卡洛琳为中心的日子，你不在乎我们家庭的一员是不是真的离开了，你不介意拖着我们大家去陪你。

卡洛琳 我拖着谁了？

布鲁克 你们两个都闭嘴，太不像话了！

卡洛琳 你闭嘴！

劳埃德 不许那样跟你妈妈说话。

布鲁克 不，随便她说吧，我和克莱门汀要进屋了。

［布鲁克没有进屋。

朱　妮 你这个叛徒，你简直道德沦丧。

卡洛琳 你这个疯子，你需要尽快去看医生，但要等你找到一份能付得起医疗费的真正的工作。

布鲁克 她没疯。

怀 真是一个支离破碎的世界。

卡洛琳 你少插嘴。她一直都是烂醉如泥，完全像一个瘾君子。她最近每个周末都去杰克的酒吧勾引海军士兵。

朱　妮 我没有。

卡洛琳 你猜怎么样，小宝贝？你这个活在酒精里的笨蛋总是把我的号码给那些猥琐男。（卡洛琳掏出手机）我硬盘里的东西可以让人们津津乐道好几个月了。

劳埃德 这个话题我们以后再谈。

朱　妮 你为什么跟他们说这个？

卡洛琳 你为什么告诉他们我怀孕了？

朱　妮 反正他们早晚会发现的。

卡洛琳 我想亲口告诉他们！

朱　妮 我没疯！

卡洛琳 那就别表现得像一个疯子。

［怀径直走到他们中间，摊开手掌。

卡洛琳 你要干嘛，怀？

朱　妮 走开。

［她们想要移到边儿上去，但怀跟着她们移动。

怀 卡洛琳，你看到你妹妹的船开始渗水，你想救她出来。

卡洛琳 什么？

怀 朱妮，你感觉你的船没问题，但你姐姐却坚持拿桶过来救你。

朱　妮 没。

怀 她拼命拖你上岸，但你说船上还有其他人。

布鲁克 让他们朝彼此怒吼吧，我听不下去了。

怀 你们两个都没疯。（对着朱妮说）我知道让人抛弃同伴很难，但你必须要回到岸上来，否则接下来遭殃的就是你和其他船员。

劳埃德 天啊，他真会讲道理。

朱　妮 她给我写了一封信。她还活着。

布鲁克 你说什么？

怀 你说她给你写信？

朱　妮 她还在广播上给我传递消息，在 NPR 上，有时我能感觉到她的存在，我发誓我感觉到她就在我身后。

卡洛琳 我说的没错吧？

怀 那是不可能的，朱妮。

朱　妮 你才是身在异教团体中的人！

怀 新团体教会不是异教，我星期二那天问过威尔逊牧师。

卡洛琳 就是保龄球馆那边那个教会吗？

怀　我们很快就要换地方了，你知道劳氏旁边那个商场吗？

劳埃德　你们都在说什么呀？

怀　就是我一直跟你们谈论的人，是他们帮助我重新站起来。

朱　妮　他们都是异教徒，他们已经把怀一半的储蓄都搜刮完了，而那些其实都是芬奇的钱。

卡洛琳　他拿朱妮的钱买毒品。

怀　他们没有搜刮我任何东西，他们帮我重新振作起来。

劳埃德　孩子，我尊重你，也支持你皈依宗教，但你一定要谨慎选择你参加的教会团体，很多人因为选错而误入歧途。我希望你不要和露营者谈论这些。

怀　真没想到你竟然会这样说，因为通过阅读教会手册，我发现教会的许多教义正是孩子们应该学习的东西，比如航行之类的。我简直不敢相信。

劳埃德　好吧，我也许会稍微舒服一点，如果你能——

怀　那本手册就像矩阵中的一个标志或义理模式——也就是威尔逊牧师口中的“loom”，你知道“loom”是什么吗？

劳埃德　当然啦，不就是织布机吗？

怀　不不，不是那个意思。说的是人望向海的时候，会在岛的上方发现一些隐约的景象。有岛屿的地方，光线是不一样的，空气中有闪烁的亮光，就像光晕一样。有时候，就算你看不见岛屿，也是可以看见它的。这就是你为什么知道这里的原因。你跟随了这个幻象。

劳埃德　这听起来真美好，我也看得出来这对你很重要。但是我觉得我们要谈的是这个夏天即将发生的事情，这才是我们应该聊的。

怀　我没有胡说！劳埃德。你女儿是在嫉妒，因为她找不到振作起来的方法。

劳埃德　放松。

卡洛琳　他说得对。

朱　妮　我没有嫉妒。

怀　你先是惹了满身麻烦，然后现在又疯了似的把它讲出来。

布鲁克　克莱门汀小姐都会觉得你们在说蠢话。

怀　你先是把你姐姐的丑事闹得沸沸扬扬，现在你又盯上我了。在我想要帮忙的时候，你就在你父亲面前给我难堪，贬低我。这里的每个人都是想要帮助你的。

卡洛琳　我就是这么说的吧？我早就说过。

朱　妮　你们没有人想要帮忙，你们只是想要把我糊弄过去，让我快点变得正常起来。这样你们就能把这件事藏到身后了。

卡洛琳　看看她吧。她的悲伤可比咱们纯粹多了。

怀　我们没人要把这件事遮掩起来，我们和你一样伤心难过。

卡洛琳　你还不知感激、自艾自怜……

布鲁克　我们还是冷静一下吧。这种事不是第一次发生在你爸爸的烧烤聚会上了。老天，我记得有一年天气太热，你不得不放屁来让你的屁股凉快些。因为一些小矛盾，我已经对他够生气了，后来每五分钟我就喝光一杯潘趣酒，这样我就不用和他讲话了。你的老朋友摩斯医生还认为，如果他把杜松子酒倒进我的柠檬汁里，肯定会很有趣。没多一会儿，我就拖着一个人直冲到河里了，身上只穿着内衣。

劳埃德　那时候，有好多年轻人觉得很有趣。

布鲁克　一些岁数大的人也这么觉得。

朱　妮　我要去喂桑迪了。

劳埃德　你不能开车。

布鲁克　我要亲自盯着你。

劳埃德　我不知道你妈妈怎么想,但我觉得你应该继续去看看医生。

布鲁克　我也这样想。

劳埃德　很好。

布鲁克　嗯。

朱　妮　我不要。

劳埃德　就看到你好转起来。

朱　妮　不。

布鲁克　亲爱的,除了“不”以外,你还应该说点别的。

朱　妮　不了,夫人。(停顿)她这样毫无意义。

布鲁克　这就是你专业的精神科诊断?

劳埃德　没听过一个专业名词叫做“诊断偏差”吗?

布鲁克　快闭嘴吧,劳埃德。

卡洛琳　这不是那个词原本的意思。

朱　妮　看病太贵了。

劳埃德　你难道不知道我们愿意为你的健康付出一切吗?

朱　妮　你们上次已经花了很大一笔钱了。谢谢您关心我,妈妈。你本该退休了的,我知道的。

布鲁克　退休对老家伙们来说就和一只脚迈进了棺材一样。

朱　妮　退休的人可以去旅行、去享受人生,而不是为他们已经长大成人的女儿成天担心。

布鲁克　我能去哪儿旅行呀?我怎么能离开克莱门汀呢?

朱　妮　妈妈。

布鲁克　这不是你来决定的。我关心的是你能赶快收拾好自己的心绪。如果你真的在意我怎么生活，就赶快好起来。

劳埃德　我知道你为钱的事担心。这都是很正常的事情，每个家庭都有这样的烦恼。孩子，我和你讲过，过去的我憎恶向别人借钱的感觉。但是现在我明白了，把他们的给予看成是一种投资，然后记着这笔钱帮我们脱离了怎样的困境，这样比较轻松。

朱　妮　你不会想要在我身上投资。

布鲁克　是啊，够奇怪的。

朱　妮　你恨我。

布鲁克　你说什么?

朱　妮　你恨我，我让你失去了她。我就在那儿，可我甚至不知道发生了什么。如果她当时是溺水，我是在她求救的时候睡得昏昏沉沉；如果她是逃走了，我没有做任何的阻拦。我弄丢了你的女儿，所以你看我的时候眼里都是愤怒，可你不得不亲吻我，来浇灭你的怒火。上帝啊，我发誓我宁愿你对我发泄你的不满，这对我们都好，我们都会轻松的。

劳埃德　你希望我们告诉你，我们恨你。

［朱妮点头。

［沉默。

［劳埃德哭泣。

劳埃德　你恨我。

布鲁克　哦，劳埃德。

劳埃德　你们都恨我。是我带你们去那儿游泳的，从你们还是小孩的时候就是了。有些日子，我甚至允许露营的人在那边游泳。那是个平静的沙滩。那一直都是一个平静的沙滩。天啊，我知道那里的天气、气候是有时节的，自从一场飓风过后，海的声音就变了……

布鲁克　我们非得这样吗？

劳埃德　你把我置身事外！就像这件事和我毫无关系一样。

朱　妮　你的确没有关系。

劳埃德　就像我甚至不配和你一起哀悼一样。

卡洛琳　是你选择抽身的。

劳埃德　我们还是家人啊！该死，我真的尽力了。（转向朱妮）我需要你的宽恕，还有爱。可你却一直回避我。

布鲁克　不要再说了！我发誓你们比那些老邻居还难搞，他们才是真的有问题呢。他们中的一半伸不直胳膊，另外一半没法站稳。

朱　妮　别再像个护士一样照顾我们了。每件事对你来说就像是检查清单，毫无感情。你只看得见身体部位和伤口。太让人窒息了。你忙着让我赶快好转，你没有给我的感情一点点空间。

劳埃德　阿门。

布鲁克　那是我的女儿，我一手带大的女儿，虽然不是我亲生的。我把所有爱倾注在她身上，我们就像是亲生母女一般。我当然有感情……

朱　妮　那你来告诉我啊。

布鲁克　你当时就在那里。你说得对，有时候我看着你，我就想……

朱　妮　想什么？

布鲁克　想你怎么能让她走掉。

［沉默。

布鲁克 现在你来了，让我说出这些话。你和我说我没有感情，我还必须自己消化这些情绪，因为我另一个女儿情况也不妙。当我看见你站在这里的时候，你的感受和我一模一样。

朱　妮 我当时睡着了。

布鲁克 你们当年在水里玩的时候，我什么时候睡着过？

朱　妮 我不知道我睡着了。也许就是一分钟，或者两秒钟，可能就是这么会儿功夫。

布鲁克 我一次都没有，一秒钟都没有。

朱　妮 我不知道她怎么消失得那么快。没有道理，不是我的错。

劳埃德 没人说是你的错，亲爱的。

朱　妮 她刚这样埋怨我。

卡洛琳 她不是这样讲的。

布鲁克 我现在不想说这个了。

朱　妮 我怎么会知道呢？太阳那么暖，沙滩又那么软。她什么也没说，就下海了。

布鲁克 现在让我们聊聊别的吧。

朱　妮 每一天我都在想什么情况会更糟糕——她想自杀却没告诉我；或者是她大声呼救了，我却没听到。

布鲁克 现在我们一起来讨论一下你的治疗方案，让你尽快好起来。

［以下是重叠的。

朱　妮 我不需要治疗，我要找到芬奇。

布鲁克 你不能这样做。

朱　妮 她和祖母在一起呢，还有萨奇。

劳埃德 萨奇？

布鲁克　我昨晚在新闻上看见她了，在土耳其的人群当中。我也以为我找到她了，可不是这样的。

朱　妮　不是这么回事。

布鲁克　你看起来太憔悴了。你甚至不如一条小狗休息得多，你现在和人们说的东西都没有意义。你需要听家人的话。甚至是混蛋（指劳埃德）的话。

［水声响起来。

朱　妮　我们出生在哪儿？

布鲁克　新汉诺威，威明顿市。怎么了？

朱　妮　我们的亲生父母是谁？

布鲁克　娜奥米是你妈妈的名字，你爸爸的……

劳埃德　我记着照片里没有她们爸爸。

布鲁克　这个我们很多年前就聊过了，我不知道现在谈这个有什么用。

朱　妮　他们是谁？他们从哪里来？他们现在在哪里生活？

布鲁克　这不是一个能够简单回答的问题。

劳埃德　这对我们现在面对的问题没有帮助。我们现在最好搞清楚这件事的终点是哪里。

朱　妮　芬奇可能去找他们了，或许她已经找到了他们，或许她现在就和他们在一起。

布鲁克　她没有。

朱　妮　你怎么知道？

布鲁克　我们查过了。你觉得我们会没查过？

朱　妮　你们给他们打电话了吗？你们登广告了吗？

劳埃德　我们雇了人来查。

朱　妮　我知道，我问过他了。

布鲁克　你做了什么？

朱　妮　科尔曼来找过我了。好吧，他其实是找卡洛琳的。他找到了些新证据。

卡洛琳　什么时候的事？

布鲁克　科尔曼·希尔？不对啊。

卡洛琳　在我家？

朱　妮　就像我说的，昨晚的事。

布鲁克　科尔曼去年死于溺水。

［停顿。卡洛琳走向朱妮。

朱　妮　芬奇一直都有寄信来，他拿到了一封信。

卡洛琳　什么信？上面说了什么？

朱　妮　小时候睡觉的门廊，还有青蛙什么的。

布鲁克　这根本说不通，亲爱的。克莱门汀都不相信。

劳埃德　小朱朱。

朱　妮　我要去找她。

［海水达到最高位，淹没了大家。

布鲁克　朱朱……

朱　妮　我要找到她。

飘着的老歌

［雾蒙蒙的黎明，渔夫在码头上。他穿着厚重的套头衫和牛仔短裤。他的脸隐藏在帽子背后。

［朱妮好奇地走向他。

朱　妮　还在望着呢。

渔　夫　还在望着。

朱　妮　好长的一条河。

渔　夫　水声也很大。

朱　妮　还是很宽广的海洋。

渔　夫　你带鱼竿来了吗?

朱　妮　我没有鱼竿了。

渔　夫　没事,那你用我的吧。

[朱妮向前。

渔　夫　但是要收点押金。

[朱妮把手伸进芬奇的包里,拿出一只毛绒兔子。

[停顿。

[渔夫接过兔子,然后把脸埋了进去。狠狠地吸了一口气。心满意足地,渔夫把兔子丢在了脚边的一个冷藏箱边,然后把手伸向鱼竿。

[朱妮挑选了一根鱼竿,开始检查鱼线。

渔　夫　要鱼饵吗?

朱　妮　我没用过,我不确定它们……

渔　夫　灵魂们都很蠢,但是上帝是不会造出蠢到让你没有诱饵就钓得上来的东西的。

朱　妮　所以你都用(什么当诱饵呢)?

[渔夫踢了一下另一个冷藏箱。

渔　夫　音乐还挺好用的。灵魂会跳上来,咬住东西,即使是那些潜在海水深处的。我来给你弄些。

朱　妮　谢谢,可是我没有什么好给你的了。

渔　夫　记在账上吧。等下可能会非常吵。

［渔夫踢开一个冷藏箱。一百首音乐像是同时响了起来。

［渔夫迅速拉出了一首，然后把冷藏箱关上了。

［渔夫仔细地检查着手中的音乐。《霍夫曼的故事》中的《爱之夜》从他指缝中流出。

渔　夫　你说你多大了？

朱　妮　26岁。

渔　夫　不错，正是美丽又甜蜜的年纪。

［渔夫把这首音乐扔给了朱妮。她把音乐拴在了鱼钩上，然后将鱼线抛进了水里。一群发着光的灵魂出现了，他们在一个漩涡当中游着，就像是一群熙攘的学生。一个灵魂咬了钩，朱妮激动地看向渔夫。

渔　夫　收线吧。

［朱妮点头，开始收线。一个灵魂扑通一下掉在甲板上。但那不是芬奇。朱妮看向渔夫，渔夫耸了耸肩。灵魂掉了下来。

灵魂一　天啊天啊天啊天啊天啊。

［朱妮把钩从他嘴里拿了出来，又重新丢进了海里。又有灵魂上钩了。她收线，钓上了第二个灵魂。仍然不是她的芬奇。她把钩拿出来以后，第二个灵魂仍在歌唱。

［歌声。

渔　夫　所有的灵魂都在这边，可有时候就是……

［朱妮气愤地把鱼竿弄好，又重新开始垂钓。她拉起了第三个灵魂。这个灵魂还没等她收完线，就开始打着圈转，就像在海里游泳一般。他围着朱妮和其他的灵魂打转，嘴里哼哼着"天啊天啊"。朱妮很气馁，第三个灵魂开始试图把她

从码头上拖下去。第三个灵魂重新跳回了水里，朱妮险些被拖下去。最后，渔夫把线切断了，朱妮没有被拖下水。朱妮连忙跑到另一个鱼竿前。渔夫一边冲她叫喊，一边把剩下的灵魂丢进水里。

渔　夫　嘿，你就付了一根鱼竿的钱。

朱　妮　我需要新的诱饵，这一个没有用。你听见了吗？请帮我换一首歌。

［渔夫把另一个灵魂丢进了水里。

朱　妮　喂！

渔　夫　一分钟内钓起来三个灵魂。

朱　妮　想找到我要的，那要花费多久？

渔　夫　多久？随时都可以找到。只要你想。

朱　妮　我当然想找到她。

渔　夫　那些鱼把你往河里拽的时候，你的神色可并非如此。

朱　妮　我想找到她！

渔　夫　那你跳下去啊，谁拦着你了？

［长长的停顿，两人相顾无言。

朱　妮　我要回家了。

［渔夫把毛绒兔子丢回给了朱妮。

渔　夫　那根断了的鱼线算在你账上。

揭开废纸和毯子

［朱妮对桑迪讲话。

朱　妮　他们说得对，对吧？他们是对的。我觉得我要被说服了。不，去他们的。（停顿）对不起，小家伙。我差点弄丢了你。

我们能做到的对不对？我们可以做到的。

［停顿。桑迪跑去嗅芬奇的包，发出了呜呜声。

朱　妮　是她教你这样说的吧？

［朱妮从芬奇的包里拿出衣服，套在了自己身上。

撒谎的舌头

［怀上场。

怀　朱妮？

［桑迪冲了上来。

怀　嗨，桑迪。

［怀跪了下来，抱住了桑迪。

怀　我好想你，小家伙。

朱　妮　我在这儿。

［怀看见朱妮，起身。

朱　妮　想喝点什么吗？

怀　水就好。

朱　妮　好的。

怀　你在喝什么？

朱　妮　这个？没什么。这个就是缓解宿醉的果汁。喝了好像没什么用。我以前可是个夜猫子，现在我不知道怎么回事。

怀　你的身体不允许你这样做。别这样了。

朱　妮　你是说上帝求我别这样？（停顿）他是对的。

怀　你有试过去睡觉吗？

朱　妮　嗯，有过，当然有过啊。坐吧，呃，最近工作怎么样？

怀　挺好的，能休息一下也挺好。

朱　妮　不错。

怀　嗯。

朱　妮　这样不错。

怀　是的。

朱　妮　我为烧烤会那天的表现感到抱歉。

怀　没事。

朱　妮　那应该不是你设想中的……

怀　我都忘了。

朱　妮　你说得对，我是嫉妒你。

怀　你大可不必。

朱　妮　我觉得大家现在都恨我，而你却尽力想要帮助我。无论我以前听信什么，我现在只听你一人的，我想要听你的话。

怀　你能好转起来，我很高兴。

朱　妮　你的胡子今天真好看。

怀　谢谢。有个小伤疤，我想把它盖住。

朱　妮　我能摸一下吗？

怀　当然。

［朱妮伸手触摸怀的胡须。沉默。

朱　妮　想聊聊鸟吗？

怀　你就是因为这个把我找来的吗？

朱　妮　我已经很久没有聊过鸟了，我不知道你是不是也是这样。

怀　我也是，自从芬奇走后就没有过。

朱　妮　我们两个可以聊呀。

怀　嗯，是啊。

［停顿。

怀　最近有看见鸟吗？

朱　妮　今早看见了几只棕色的鹈鹕。

怀　我喜欢鹈鹕，他们是耶稣的象征。

朱　妮　真的吗？

怀　我觉得是真的，因为毕竟他是个渔夫。

朱　妮　我还看见一只蹦蹦跳跳的小水鸟，头上还有条纹。

怀　是一只母的，对吧？

朱　妮　母的？

怀　头上有条纹，我觉得是母的。芬奇说……算了。

朱　妮　她。

［停顿。

朱　妮　你最喜欢什么鸟？

怀　我不知道，我还挺喜欢苍鹭的。你呢？

朱　妮　白眉莺。

怀　哦。

朱　妮　可爱又可靠。谁会不喜欢白眉莺呢？

怀　呵呵。

朱　妮　怎么了？

怀　我觉得很奇怪。

朱　妮　怎么奇怪了？

［怀陷入了沉思。

怀　就很奇怪，我很不舒服。

朱　妮　你曾经的生活就是这样，现在你觉得奇怪？

怀　你知道你在做什么。你在扮演她。

朱　妮　我在扮演她。

怀　这是她的衣服，是她身上的味道，是她挂在嘴边的鸟。我不知道你这样做是为了什么，但是我觉得很糟糕。

朱　妮　我只是想和你聊聊天。

怀　我们可以聊点别的。你能……弄弄你的头发吗？

朱　妮　现在挺好的。

怀　我是说把它弄得乱一点，更像你一点。

朱　妮　不，这就是我。

怀　这不是你。

朱　妮　是我。

怀　或许你该和其他人聊这个。

朱　妮　不，我想要和你聊。

［停顿。

［朱妮亲吻怀，他们亲热起来。

［怀抽身。

［停顿。

怀　看看，所以我说葬礼是个好主意。

朱　妮　别提这个。

怀　不。结束很重要，告别也很重要。这让我们知道什么已经逝去，什么还在继续。

朱　妮　她消失四个月的时候，你就想上我了。

怀　我知道，我错了，我蠢得找不到形容词来形容。但是你知道当时我在经受些什么。

［朱妮触碰怀。

怀　我当时有别人。

［停顿。

朱　妮　那些该死的短信。

怀　她叫阿黛尔，我是在康复中心认识她的。她，怎么说。她帮我度过了一些难关。

朱　妮　嗯，她还喜欢胡须吧。

怀　她皮肤很敏感，所以如果我把胡子留长，就没有那么扎人了。

朱　妮　你倒是贴心。

［停顿。

怀　没人想要伤害你，也没人想让芬奇不见。

朱　妮　对你们来说是没区别，你们不懂我。

怀　我们都要向前看，无论我们想还是不想。

朱　妮　我不想，我也做不到。这对我来说不一样。

怀　我知道，我知道的，朱妮，你不用和我解释。上帝，我是她的枕边人，可我知道这世上有一个人比我和她更亲近。我和她吵架，从心里知道我不会赢，因为永远有一个人站在她那边。她从不解释任何事，因为她从来不必解释什么。芬奇就算什么也不和我分享也没关系，因为她所有的话都会和你说。大多数人来到这个世界上，都会发现他们是孑然一身的，他们惊慌失措，用所有的时间来追逐另一个人，就好像如果不这样做，做什么都是错的，什么都是不存在的了。你是真实的，这个世界也变得真实了。这让一切变得坚不可摧。是芬奇告诉我这些的，剩下的，我要自己去弄明白。

［怀起身。

怀　随时都可以给我打电话，保重。

［怀退场。

消失的时间

［朱妮在奔跑，奔跑。她落在床垫上，又弹起。她在奔跑，奔跑。她落在床垫上，又弹起。朱妮落在床垫上，这次她安静地躺在上面。海浪起，海鸥盘旋。在朱妮眩晕的时候，轻轻地响起她年少时的音乐。她起身。

朱　妮　芬奇。芬奇，芬奇！

［奈特入场。

就好像你未曾离开

［莫尔黑德的酒吧，朱妮一个人在喝酒。奈特，一个海军陆战队员，走近了朱妮。

奈　特　不好意思，打扰你吗？

［朱妮眩晕了一下，目光转向奈特。奈特愣住。

奈　特　我忘了要说什么。

朱　妮　坐吧，也许一会儿就想起来了。

奈　特　你住在附近吗？

朱　妮　之前所有的人生都是在这附近打转。

奈　特　我在切里波因特服役。

朱　妮　我知道。

奈　特　从发型看出来的？

朱　妮　这些年，我看到过太多你们的人。

奈　特　如果你没遇见我，只能说你看得还不够多。

朱　妮　挺会讲话的嘛。这就是你刚才想说的？

奈　特　不，只不过是些傻话。我是奈特。

朱　妮　我叫芬奇。

奈　特　这个名字不错，是写在你出生证明上的吗？

朱　妮　是芬奇维纳的缩写。

奈　特　你寻我开心。

朱　妮　是你非要知道的。

奈　特　你是做什么的，芬奇？

朱　妮　研究纽斯河盆地和帕姆利科湾的生态保护。

奈　特　好高级。

朱　妮　鸟类是我的专业。2013 年的时候，我在水鸟公社做过发言。你知道吗？

奈　特　不，我没有，那时我大概在战地。

朱　妮　想听吗？

奈　特　你的发言？

朱　妮　没错。

奈　特　关于鸟类的？

朱　妮　水鸟，还有环境保护。

奈　特　想听，你真的想讲给我吗？

［发言结束后，他们回到朱妮的家做爱。

朱　妮　晚上好，亲爱的朋友们还有小鸟们。“当闪电炸裂，雷声吱嘎作响如同咒骂而你是安全的，躲在圣克鲁什深处的一间黑屋里，电光一闪，当前突然消失，你暗想：谁会为颤抖的鹰、完美的白鹭和云色的苍鹭，还有连看到黎明虚假的火焰都感到恐慌的鹦鹉提供住房呢？”这是德里克·沃尔科特在《白鹭》这首诗里的句子。一个风雨交加的凌晨一点，我为了拼凑今天的发言稿，在谷歌搜索“白鹭”二字，然后发现这几句诗。一个诺贝尔文学奖得主为什么要写一只白鹭呢?他的困惑和我们有着什么样的关系呢?我们可以回答第二个问题:我们愿意收留颤抖的鹰、完美的白鹭、云色的苍鹭,还有恐慌的鹦鹉,我是说如果他们生活在北卡罗来纳州的话。刚才提到的"我们",不只是限于在座来自水鸟公社的各位,而是指所有北卡罗来纳州的居民,还有自然的继承者们。自然会威胁鸟类,那么我们就提供安身之处。而在现实中,我们其实才是对鸟类的威胁,所以我们必须为鸟类提供保护。正是因为19世纪白鹭大规模的死亡,才引发了我们今日的保护活动。庆幸的是,我们在北卡罗来纳州,不用目睹身上沾满石油的鹈鹕,还有深受化学药品残害的双冠鸬鹚。但是我们还是见证了沿海栖息地的衰亡。"栖息地",这个词本意味着家和庇护。由于渔业的发展,海鸟的食物来源被掠夺。而海鸟自身的安全也面临着挑战,因为就是有些人会无所谓地耸一下肩,说句"那又怎么样?",然后对这些"讨厌"的鸟大开杀戒。让我们回到最初的问题——为什么会有这首描写白鹭的诗歌?如果说飞鸟给了我们关于自由的启示、关于天堂的想象,那么水鸟就很神秘了:他们在陆地筑巢,却生活在天际和水中。他们接近于神话,往返在异世界,只留给我们匆匆一瞥。

[床上。

奈　特　所以你在寻找萨奇。

[轻轻的水声响起。

朱　妮　你说什么?

奈　特　没关系的,我知道的,你在寻找萨奇。

朱　妮　你是谁？

奈　特　那你又是谁呢？这可不是一个鸟类学者的家，连一个鸟类爱好者的家都算不上吧。

朱　妮　我是她妹妹。

奈　特　爱德华·萨奇是最伟大的海盗。鱼群是他的国会议员，迷雾一片当中，岛礁上的海豹对他尊敬有加——当他的船只驶过，海豹噤了声，然后向他那群腌臜的伙计们开始丢鱼。所有的酒吧，所有的深渊，所有光明和卑劣都会对他的船只敞开大门。

朱　妮　你在说些什么？

奈　特　是他派我来送信的。

［奈特递给朱妮一封信，但是朱妮没有立刻拆开。

朱　妮　芬奇被海盗绑架了？

奈　特　萨奇死于1718年，但有些人宁愿相信只是他的灵魂抛弃了肉体罢了。他的尸体留在了宝藏船上，与他做伴的是深水里那些以船为家的鲨鱼们。人们开始想象，想象那里变成了一个亡灵之家，一个藏着回忆的地方，所有逝去的灵魂都在那里游泳，迎着水中氤氲又破碎的斜阳。

［朱妮开始阅读这封信。

朱　妮　亲爱的朱妮，又是茱萸花开的时节啦，赛斯家门口也又开始尘土飞扬了。电线杆上站着许许多多的黑鸟，就像是蜘蛛网上的露珠一样。甜蜜罗伊和我最喜欢一边喝茶一边看着他们在落日的余晖下飞翔。眼前的景色就像是孩子的水彩画一样歪歪扭扭地晕开。甜蜜罗伊这个外号的由来很有趣：有一次赛斯在认真捣鼓她的密码，罗伊喝了半罐蓝莓糖浆，剩下的半罐洒在了躺在沙发上的自己身上。罗伊自己是这样描述这件事的：他陷入了某种糖休克当中，嘴巴说不出来话，赛斯又沉浸在谜题当中没有注意到他，糖浆开始结晶，把他黏住动弹不得。最后赛斯不得不用醋和苏打水才把他从沙发上解救出来。还记得妈妈发现我们两个光着身子在芭罗蒂家的后院追着臭鼬跑的事情吗？我看我们该叫臭蛋芬奇和光屁股朱妮。期待你的回信，爱你的姐姐。

奈　特　看来他很爱她，他对着一个美丽的国度敞开了门。

朱　妮　我是怎么拿到这封信的？快告诉我我该去哪儿。

奈　特　下面，去下面。

朱　妮　什么下面？

［奈特对她坏笑。

朱　妮　你他妈逗我玩呢？

［朱妮走过去摇晃奈特，奈特把朱妮按到地上。

奈　特　你很清楚那艘船的残骸在哪里啊。

朱　妮　放开我，放开我！

卷发还在早餐篮子里

［布鲁克来到奈特的家，试图安抚啜泣的朱妮。

布鲁克　朱妮，朱妮。

［朱妮呻吟。

布鲁克　来，让我抱你去床上。

朱　妮　什么？（难以置信）不。

布鲁克　就像以前一样抱你起来，有些人可是长大咯。咱们俩当中有个人可真是长大了不少。快起来，没事儿啦。

朱　妮　你来这儿干嘛呀？

布鲁克　我就是想看看我的女儿，克莱门汀已经睡了。

朱　妮　她还好吗？

布鲁克　嗯，她很好，刚刚刷过了牙。你都不知道我累成什么样，如果她要是愿意的话，我宁愿亲自给她刷牙，可是她太闹了。我觉得我好像回到了你们小时候那会儿。她倒是聪明。

［布鲁克帮助朱妮起身。

朱　妮　我能站起来，你闻起来有股尿味。

布鲁克　人人都不喜欢牙医，不过谢谢你提醒我这一点。

［朱妮因为疼痛叫出了声音。

布鲁克　怎么了？

朱　妮　我脖子痛。

布鲁克　不然你以为我为什么非要把你这幅小身板搬到床上去呀？亲爱的，你26岁了，你不能随随便便躺在地上了。

［海鸥的声音。

朱　妮　等等。

［布鲁克看着她。

布鲁克　怎么了？

朱　妮　没什么。

布鲁克　上帝保佑。

［她们眼神相遇。

布鲁克　你不和我讲心里话，我以为我们之间没什么隔阂了。但这又像是回到了你们俩小时候，你和芬奇两个眼神晃来晃去。

朱　妮　你听到了吗？你没有，是不是？潮起潮落的声音，海鸥拍打翅膀的声音……还有音乐，音乐！

布鲁克 你的年纪对睡地板来说有点儿太老了，但要是得中风也还是有点儿早吧。

［朱妮跟着旋律哼唱。

布鲁克 这是什么？

朱　妮 这是我们俩过去经常听的歌。我们夏天开着车兜风时候听它，去翡翠岛的路上听它，在等待人生开始的时候听的也是它。

［她们到了朱妮的卧室。

布鲁克 屋子里太闷了，我去把窗户打开。你把衣服脱了吧，要不然躺在被窝里是要出汗的。

［朱妮脱了上衣和牛仔裤，嘴里还是哼着歌。布鲁克掀开毯子，朱妮爬了进去。水声达到高点。

朱　妮 你听不到吗？

［布鲁克捡起朱妮的衣服。

布鲁克 这是你姐姐的衣服，是吧？

朱　妮 但是这声音太近了。

［布鲁克把朱妮的被子掖好，坐在了床边。

布鲁克 朱妮，亲爱的。我想过了，是时候和芬奇说再见了，这可能对你来说有点儿快。是有点儿快，我们也可以稍稍放慢一点儿脚步，直到你准备好了。每个人都会理解的，没有人想看你继续伤害自己。（停顿）你对我来说是最重要的，我不在乎贷款，也根本不在乎你那些表姐妹，玛丽·凯莉还有其他那些人，我全都不在乎。和你比起来，谁对我来说都不重要。

朱　妮 我知道，妈妈。

布鲁克 我甚至不再担心芬奇。她离开了，她消失了。无论怎么说，她就是消失在我们的生活当中了。我明白的，虽然花了不少时间，但是我明白了。你听到我讲话了吗？

朱 妮 忘了她吧。

布鲁克 你也这么想吗？你觉得我这样想对吗？

朱 妮 嗯，对的。是时候说再见了。

［布鲁克拥抱了朱妮。

布鲁克 是的，真的很难去说再见啊。如果没有你，我都不知道自己能不能做到。宝贝，宝贝。

等待西瓜切块，香蕉切片

［卡洛琳和朱妮进场，桑迪在朱妮的脚边。

卡洛琳 嘿，桑迪，快进来。

［朱妮挤了进来。

朱 妮 （对着卡洛琳的怀孕的肚子）你可要占些地方了。

卡洛琳 去你的。

朱 妮 乐队怎么样了？你弹出你想要的那种又高昂又孤寂的声音了吗？

卡洛琳 闭嘴。

朱 妮 还是就只是音调高呀？

卡洛琳 闭嘴吧你。

朱 妮 我认真的，我在认真地问你呢。

卡洛琳 好吧，我学到挺多的。我觉得如果人要是想做好一件事，就要趁着年轻去做，但是我还是挺高兴我尝试过了。

朱 妮 随便给我弹点儿什么。

［卡洛琳翻了个白眼。

卡洛琳 想听来我们的演唱会，我可不想在这儿丢脸。

［朱妮拿起了曼陀林，随意地拨动琴弦。

卡洛琳 所以是怎么了？

朱　妮 还记得你说过如果不费事儿的话，你愿意替我照看桑迪吗？

［卡洛琳看向朱妮。

朱　妮 小卡。（卡洛琳的乳名）

卡洛琳 那是在我怀孕之前。

朱　妮 所以现在不作数了？

卡洛琳 我现在怀着孩子呢，你又想我来照顾你的狗了？

朱　妮 他是芬奇的狗。

卡洛琳 你别和我来这套。

朱　妮 所以你不愿意是吗？

卡洛琳 你为什么不能照顾？

朱　妮 太沉重了，他在我身边的话。

［卡洛琳踱步。

卡洛琳 好。

朱　妮 你答应了？

卡洛琳 是的。

朱　妮 谢谢。

卡洛琳 桑迪会想你的，他会不开心的。是不是，桑迪？这对狗来说太难理解了，一个人照顾他，喂养他，然后这个人再消失不见。你得换个树丛尿尿了。

朱　妮 我也会想他的。

卡洛琳 想吃点什么吗？

［朱妮摇头。卡洛琳走开了，桑迪向朱妮跑来。卡洛琳带着椒盐圈和鹰嘴豆泥回来，把这些放在朱妮面前。

卡洛琳 吃点儿吧，也许它拉低我智商了。（指了指肚皮）但是你看起来饿坏了。（转向曼陀林）我来陪它玩会儿吧。

［卡洛琳拿起曼陀林，弹了一会儿。

朱　妮 我要走了，谢谢了，小卡。

［朱妮起身，桑迪跟了上去。

卡洛琳 我有一天就在想你在爸妈离婚之后那段疯狂的时间。也不是疯狂，有点狂热？或者癫狂？那可不像一直以来你那副小圣人的模样。

朱　妮 谁都有过那种时候。

卡洛琳 你在车后座给别人口交，然后在你整理头发时，你又是那个禁食又虔诚的祷告者。而我那时候在学校外有我的正经事要学。（停顿）突然有一天什么都结束了，我没有察觉到是具体哪一天，你又开始说脏话，开始吃肋排。到底怎么了？你不再相信上帝了吗？你不再是信徒了吗？

朱　妮 就是不信了。

卡洛琳 你那时候真疯，可后来你变了。

朱　妮 一个人坐得时间太长，你是不会想要给他口的。

卡洛琳 那时候我有男朋友了，反正我要的也不过就是大家的关注。你得到你想要的了吗？

朱　妮 我要的不只是那些。

卡洛琳 芬奇从来不想要这些，至少她没表现出来过。你俩聊过这个吗？

［朱妮摇了摇头。

朱　妮　我们只是想要与众不同。

卡洛琳　然后你半途而废了。

朱　妮　这就像是洗澡之前脱衣服一样。你脱了，就不想再穿上去了。

卡洛琳　你以为这些事可以相提并论？

朱　妮　怎么了？

卡洛琳　我不能理解，你洗了个澡，不能再和桑迪一起生活了吗？或者说就像你现在披挂着一些烦恼，但是很快你就要洗澡了，然后你就意识到，原来你该把这些衣服烧掉。你把桑迪带走吧，然后回归正常的生活。

朱　妮　我知道他和你在一起会更开心。

卡洛琳　突然间你就什么都知道了。

朱　妮　并不是突然间。

卡洛琳　对啊，你两年间不都一直用芬奇当借口来伤害每一个人吗？

朱　妮　我没有利用她，你有毛病吗？

卡洛琳　不，你听我说：

朱　妮　你他妈的这么说我。

卡洛琳　你听我说：你变了，你退化了，你变成了一个婴儿，每个人都要围着你转。你想让我帮你养桑迪，我会的，他这么乖。但你呢，你什么时候能重新站起来呢？

朱　妮　我做不到，一半的我已经不见了！

卡洛琳　你要尝试。

朱　妮　我一直都在尝试。

卡洛琳　你要更加努力。

朱　妮　操。

卡洛琳 站起来。

朱 妮 我站得好好的!

卡洛琳 我说站起来。

朱 妮 你让我真的站起来?

卡洛琳 你还在原地。

朱 妮 我没有,你根本不知道你自己在讲些什么。

卡洛琳 我知道。我知道我的悲伤无足轻重,爸爸妈妈的悲伤也不值一提。我的小妹妹死了,但这种悲伤怎么能和她的双胞胎妹妹相比呢。

朱 妮 上次你说什么我记着呢。随你信不信,你现在就像是个混蛋。

卡洛琳 你要抛弃你的狗了,我只是在告诉你我的想法。

朱 妮 我来告诉你你该想什么:你就是一个混蛋。

卡洛琳 坐下。

[桑迪坐下了。

卡洛琳 不是说你,桑迪。

朱 妮 你不是让我站着吗?

[朱妮坐也不是,站也不是。

卡洛琳 我想让我的孩子用她的名字,我希望得到你的祝福。

朱 妮 为什么?

卡洛琳 我不知道。(停顿)我看见过她几次,就在那些我觉得她会去的地方。我还想过她可能会去你们祖先待过的地方,像是俄罗斯、埃及这样的地方,肯塔基州这样的地方也说不定。我不知道你们俩从哪里来的,但是我知道你们是一起的。你们两个拥有你们共同走过的经历,而我没有,这是我最嫉妒的。不是那些双胞胎的情愫，我也不是小孩子了。而是你们曾经一起属于过哪个地方，虽然你们俩都不知道那是哪里。

朱　妮　我也想过这个，她是不是找到了他们。

卡洛琳　你会和她一起去吗？

朱　妮　她去哪儿我都和她一起。（停顿）

卡洛琳　你的心思她都知道。

朱　妮　谢谢，你帮我这么多，帮我照顾桑迪。

卡洛琳　哎，多大的事儿。狗身上的细菌对孩子有好处。

朱　妮　祝福你。

卡洛琳　好。

［朱妮拥抱卡洛琳。

朱　妮　我去把狗食拿进来。

幕门后的秘密

［朱妮站在芬奇消失的岸边。寂静无声。朱妮脱下鞋子，放在一边。她放了一只脚放在海水里，海浪涌动。她又把另一只脚也放了进去，浪打了过来，她打了一个寒噤。第三步，音乐起。另一空间里，卡洛琳在弹奏曼陀林。布鲁克、劳埃德、怀和桑迪在葬礼上。

卡洛琳　（歌唱）在我想象中，我去了卡罗来纳州。你看得到阳光吗？你感受到月光了吗？这感觉就像我的朋友从身后踢了我一脚。是的，我在想象中去了卡罗来纳州。

［朱妮走了进来，她的身体隐隐发光，人就像是刚游过泳一样。

卡洛琳 昨夜漆黑又寂静，我好像听见了高速公路的呼叫。鹅在扑打翅膀，狗在吠。所有的迹象都好像在说，我要，我就要，我在想象中去卡罗来纳州。我周边都是圣人，我在月亮的背面。一切好像不会停止，你必须原谅我，如果我醒来要去卡罗来纳州。

[朱妮停顿了一下，水漫过了她的胸部。她微笑着沉入水底，消失在水中，消失在飘过的灵魂里。

[剧终。

在漫山青草下

编剧　艾利克斯

翻译　刘怡冰

对魔鬼来说，每一个悲惨的人都在欲望的深海挣扎。这是一场名副其实的灾难，它在地球上蔓延了战争、死亡、痛苦、仇恨和伤害的危险，并为所有可怕的存在戴上丑恶的面具。我不希望一个普通的工人变成君主，也不希望一个普通的女人变成女王。但现在的一切都试图追求变得耀眼和闪光，崭新和美丽，每一个人都希望成为君主和女王，世界却因此变得可怕。但是，时间可能会再次改变它。我希望事情会如此发生。如果我无情地批评他人，这很不好，只能开始做自己，并尽可能温柔、宽厚地对待自己。以这种方式进行的评论家不是真正的评论家，作家抛弃写作的恶习。我希望这句话让所有人喜欢，给人启发，让人感到满足，相遇之后报以热烈的掌声。

——《行走》

罗伯特·瓦尔泽

人物：

父亲
母亲
姐姐
女儿
C(女儿的情人)

穿着朋克风格衣服的小孩、女人
一个士兵
三个上年纪的女人
C 的母亲

女　儿　从海上出发一直向西，有一个有着无数金字塔的伟大的国家，那里的群山曾是年轻的恋人，他们天真地违抗上帝的旨意。是的，如果沿随山的轮廓直抵广袤蓝天，你会看到一个有着美丽双峰的女人躺在山谷上。人们称她“伊萨瓦尔特（Iztaccíhualt）”，意思是熟睡的女人。在她身边休息的“波波卡迪贝特（Popocatépectl）”，名字的意思是冒着烟的山峰的火山。传说他们原是一对爱侣，违背了上帝的旨意，共同从天堂逃离到地球上。上帝为了惩罚他们，所以让伊萨瓦尔特生病，病到必须躺下休息，之后便再也没有醒来。波波卡迪贝特一直在她身边等待，时不时地抽一支烟。他们注定永远停留在地球的表面。

时光如梭，他们变成了石头，白雪覆盖了他们的躯体。瞧，这对爱侣变成了群山，村民变成了画家。他们的画作藏在满山青草下，保存了这对恋人的故事。

［母亲、父亲和姐姐端着生日蛋糕走进，蛋糕上插着数不清的蜡烛。他们的祖先是否跟随？祖母会不会在母亲身后？还有两位祖父以及曾祖父？

全体（唱歌）　曾经有一些清晨，我们歌颂大卫王。今天是属于你的神圣一天，我们为你歌唱。苏醒吧亲爱的，醒来吧，看一看已经过去的那些日子，小鸟已经开始歌唱，月亮已经高高挂起。

[他们拥抱、亲吻女儿。

女　儿　谢谢,爸爸。谢谢,妈妈。谢谢,姐姐。

[沉默。

女　儿　今天不是我的生日,对吗?

父　亲　是的,今天不是你的生日。

女　儿　我也不在家里,对吗?

姐　姐　是的,你也不在家里。

母　亲　但是你很快就回来,对吗?

姐　姐　快到九月底了,我们即将要为国家的和平投票。

父　亲　街道上插满了白色的旗子,挤满了白色的鸽子。

母　亲　总统计划在首都最高的建筑顶上筹备一个盛大的庆祝派对。

姐　姐　为和平庆祝,经过52年暴力战乱之后得到的和平。

父　亲　他们已经在和平协议上花了两年多的功夫,我们现在就等公民投票了。

女　儿　我不能投票,游客无法参与投票。

母　亲　你会回来吗?

女　儿　快了,我保证。

母　亲　你什么时候回来?

女　儿　两个多月之内,妈妈,我保证。

母　亲　你总这么说,但是从来不想回来。

女　儿　那天我去看戏,听说一个美丽的故事。

母　亲　为什么你不回来跟我们一起庆祝?

女　儿　你难道不想听听我的故事吗?

母　亲　我希望你能回家。

女　儿　那是一个渔夫的故事。他的儿子被送到海外去，但他自己无法同去，只能送去他的深深思念。某天，那个渔夫遇见一个孩子，孩子的父亲是个海员，他们愉快地聊天，那个孩子对于等待某个远方的人有个绝妙的回答。

父　亲　我们将举行派对，你应该参加。

［有人搬进来一条矩形的长桌，桌子被一块白布覆盖，上面放着一只又大又深的碗，里面装满果汁。迪斯科球灯从天花板上垂下，光线渐暗。我们现在在一个青少年的派对上，像众多美国电影中俗气的青少年派对一样，墙边摆着一排排的椅子，男孩们在一侧，女孩们在另一侧。

青少年的派对变成一个婚礼，婚礼变成一个生日宴会，生日派对变成一个宗教聚餐，接着再次回到生日派对，然后是庆祝父母六十年结婚纪念日？或者是总统竞选的派对？尽可能多的氢气球，不同大小颜色。让它们尽可能地有光泽。有人进来，例如，在银色的氦气球里装着数字五十二。在庆典中的某个时刻，一个士兵进来：黑色的靴子，军队裤子，没有衬衫，背带从他肩上滑落，穿过他裸露的躯干，提着他的裤子。有点类似电影《发条橙》里的艾利克斯（Alex）。他抱着一个老电视，随便插在什么地方。电视没有信号，只有扰人的噪声，他试着修理，拍打电视机的一侧，检查连接，等等。

女　儿　是时候参加葬礼了吗？

姐　姐　葬礼？你为什么总想最坏的事情？

女　儿　我没有，我是个乐观主义者。

姐　姐　他们在一起 52 年了。

女　儿　他们还没有离婚？

姐　姐　你是一个乐观主义者。

女　儿　他们 52 年后仍在一起。他们会一直待在一起，直到他们无法控制自己的括约肌。

姐　姐　直到他们的牙齿脱落。

女　儿　他们的眼睛有了白内障，他们的手脚不再听使唤。

姐　姐　一直在一起，握着他们布满皱纹的手。

女　儿　不对，等下，那不对，他们还没那么老……我们在哪一年？

母　亲　感谢到来的各位。对我们来说这是特别的夜晚，是一生只有一次的时刻！我们在一起庆祝生命和爱情。

姐　姐　快到九月底了，我们即将要为国家的和平投票。

父　亲　我希望为我的妻子和美丽出色的女儿们祝酒，干杯！

母　亲　我们第一个孩子是在一个帐篷中受孕的，那时我们在海滩上野营。从大城市逃离后，我把我的钱包丢在了一个加油站，失去了所有的文件和钱。后来，我们不得不去最便宜的“酒店”，那就是在海滩上的帐篷。为了帐篷干杯！

父　亲　其实还不错。

母　亲　我们都是乐观主义者。

父　亲　那之后，九个月过去，她的肚子逐渐长大，孩子出生，祖母们专程前来帮忙。为了祖母们干杯！

母　亲　那是 1985 年，那一年有史以来最大的地震摧毁了墨西哥城。我正怀孕五六个月。那个预定好生产的医院倒塌了，我们不得不换到另一家医院找其他医生，就在那时——

姐　姐　我急不可待地要出来了。

母　亲　我感觉像是打了一个嗝。

姐　姐　情况紧急，我胎位不正。

母　亲　医生们不得不采取剖腹产，虽然我希望能够自然生产。

父　亲　但是伤疤没有那么糟糕。那是一位非常好的医生。为医生们干杯！

姐　姐　那时的太阳在天秤宫，月亮在狮子宫。

女　儿　意味着她有综合的天赋，一个好的倾向是能将复杂的问题简化成一个概念。她是一个浪漫但却不多愁善感的人，在某种意义上，她认为自己是一个英雄式的人。她也的确是这样的人。我想为我的姐妹祝酒。干杯！

父　亲　我们都是乐观的人。

母　亲　第二个医生，就是那个帮我接生小女儿的，他实在太糟糕了。

姐　姐　当我的母亲还在分娩中，整个队伍，那医生，他的助手们，还有护士们都在看一场足球比赛。为足球比赛干杯！

女　儿　当他们的病人在承受可怕的分娩之痛时，他们仍然在看球赛。

父　亲　当第二局结束时他们依然没有进球，那意味着他们必须进入加时赛。加时赛里他们还是没有进球，于是他们进入了点球阶段。

母　亲　你出生的时候我以为我会死。我看见一道光，感觉到我的灵魂正在离开我的身体。

女　儿　就像电影里的一样。

母　亲　然后我听见了你的哭声，这才恢复了意识。

女　儿　我在星期二的下午 3 点 45 分出生。

母　亲　七月，夏天的时候。

姐　姐　在我们出生的那个遥远的国度没有四季，更像是永恒的夏季伴着雨天，或者过不完的冬季伴着晴天。

母　亲　这都取决于你怎样看。

姐　姐　我们都是乐观的人。

女　儿　那时的太阳在巨蟹宫，月亮在天蝎宫。

姐　姐　意味着她是一个明确、耿直，充满活力，积极向上的姑娘，还有——

父　亲　有能力做困难、需要献身的工作。

姐　姐　在某种程度上，她也喜欢世上美好的事情。她的性格容易急躁、生气。内心是非常谨慎的人，外部由于月亮处在天蝎宫的位置意味着感官享受。她的情感生活会是强烈和丰富多样的。她恋爱的对象很可能会发现她难以理解。

父　亲　我有一次从一个聚会上接她回来，她跳进车来对我说的第一件事情就是："我现在有男朋友了，我是个成年人了。"

女　儿　我没有！

姐　姐　你有。

父　亲　为男朋友们干杯！

母　亲　你长大了，你们都长大了。

父　亲　长大得太快了。

母　亲　我们也变老了。

女　儿　没那么老。

父　亲　你们恨我们。

姐　姐　我们没有。

父　亲　你们不赞同我们。

女　儿　你在五十年代的一个宗教国家长大，在那里，连电视都出现在女性获得投票权之前！

姐　姐　当爸爸还是个孩子的时候，他必须每天爬到山上提水，那样他的兄弟们才可以洗澡，祖父对他很残酷，但那很正常。你爱他。

父　亲　他爱我。

母　亲　但是他会一下消失好几天。

姐　姐　跟一些情人在一起或者跟朋友喝得烂醉，将家里的东西拿去赌博……

父　亲　他是爱我们的。

姐　姐　祖母会拿着报纸和舒适的拖鞋等他。

父　亲　他在我 24 岁的时候去世。

女　儿　他的一生精彩极了。你可以把他拍成一部电影。那种类似于《大鱼》的电影。为祖父干杯！

父　亲　八十年代，我们的国家进入了一段黑暗时期：毒贩们越发猖狂了。

母　亲　我们不希望我们的女儿在这样一个深陷战争的国家里成长，所以一旦有了机会我们就会立刻搬离。

姐　姐　但是现在，我们回来庆祝和平。

女　儿　你会参加投票？

父　亲　比赛一结束我就去。

女　儿　比赛？

父　亲　是的。这是锦标赛的最后一场。你是守门员，你一直是个很好的守门员。

［整个家庭都关注着一个假象中的球，沉浸在球赛中。士兵

从未离开。战争永远是一个沉默的存在。

女　儿　告诉我关于那些山的故事。

姐　姐　已经很晚了。

女　儿　告诉我。

姐　姐　你明天会很累的。

女　儿　如果你不告诉我,我就不睡觉。

姐　姐　他们已经关灯了。

女　儿　我能去你的床上睡吗?

姐　姐　你害怕小丑吗?

女　儿　我不怕。

姐　姐　小丑让你做噩梦。

女　儿　我不喜欢他的笑脸。

姐　姐　那只是画。画是没有伤害力的。

[沉默。

女　儿　如果我在我自己的床上,你会告诉我那对恋人的故事吗?

[沉默。

女　儿　你害怕小丑吗?

姐　姐　……有时候。

[女儿靠近姐姐。

姐　姐　你看那两朵圆形的云,像两头正在嚎叫的大狼,你看见狼了吗?

女　儿　嚎叫的狼?

姐　姐　是的,两头狼。它们站在山谷的顶端对着月亮嚎叫。

女　儿　我看到毛茸茸的兔子,还有毛茸茸的尾巴。

姐　姐　狼在追那些兔子。

女　儿　要吃了它们吗?

姐　姐　他们很饿。

女　儿　狼会吃了它们吗?

姐　姐　他们都是水做的,他们不在乎。

女　儿　明天,我要画一些狼……

姐　姐　画山更好些。

女　儿　还有那对恋人。

姐　姐　这对恋人一起来到地球,尽管他们必须待在天堂里。他们违背了天神的旨意,因为地上远比天上要有趣得多。在这里,太阳不会永远闪耀,夜晚会降临在地面让他们躲藏。他们出逃让天神气得发疯,以至于让伊萨瓦尔特生病。她病得很严重,必须躺在山谷的末端休息。她睡着之后,大雪覆盖了她的身体,让她再也不能醒来。波波卡迪贝特在她身边等待,但她永远不会苏醒。他感到无聊,所以每隔一段时间,他就点一支烟来抽。

女　儿　他同沉睡在湖底的巨龙们搏斗。

姐　姐　金字塔的大陆没有湖,只有一片巨大的沙漠。我们现在住在火山之地,那里没有沉睡在湖底的巨龙,也没有一个用汽笛发疯寻找的人。但是这里有很小的鱼,如果你把双脚放进冷水里,如果你足够勇敢,如果你一直等,鱼会游到你脚边咬你,它们会吃掉你的死皮。就像跟妈妈一起去沙龙里做的"鱼疗",但是比那个好。

女　儿　明天我们能去湖边吗?

[一个穿朋克风格衣服的小孩牵着一条法国狮子狗上场。狗毛被染成红色、绿色和黄色。那孩子的前额上长着第三

只眼睛，他穿着有鞋带的黑色靴子，就是那种有鞋带的，很短的牛仔裤，差不多像是斜纹纺布做成的短裤，所以我们可以看见他毛发浓密的腿，他穿着低领紫色背心，胸口处画着一只鹰。他的头发一侧扎起来，另一侧剃得很短。他的右眼下有一颗小星星，在脸颊上靠近他的耳朵的位置，两只耳朵上都戴着耳环。

姐　姐　他是谁?

女　儿　未来的孩子。

朋克小孩　一切都从七千万年前开始。数不清的外星人入侵地球。那时候地球上有着截然不同的人口，他们长着三只眼睛，其中一只在他们的前额上，他们只有四只手指，没有伸缩自如的拇指。大家都像牛一样吃草，用四肢走来走去，用舌头舔湿手掌，让它变得有黏性，然后爬树。外星人带着一个目的来到这里：让人类灭绝。众所周知，人类曾经消失了，但是我们又回来了，像一场瘟疫。那些外星人，当那些外星人来到地球上，他们也有自己的母亲们，在上面。他们离开自己的家来到这里侵占我们的星球。那些外星人的母亲们在上面，上面浩瀚宇宙中的某处，用他们长着三只眼睛的脸和数不清的触手做早餐。他们煮熟银河系里的鸡蛋，那些蛋没有蛋白，只有黄色的部分。因为那是最富有和自然自由发展生长的一部分。他们没有抵制它，像我们一样。不管怎样，外星人的母亲们在上面做早餐，在广袤无垠的宇宙中的某处，她们让鸡蛋在新时代的烤箱中烹饪，忘记将它们从火里拿出来，早餐全部毁掉了，因为她们在思念自己的孩子，她们的外星人孩子，那些外星人来摧毁人类，用恐怖的方式吃掉我们。像那些70年代、80年代甚至90年代的电影里一样。所有那些关于邪恶的红色外星人的电影，有非常荒谬可笑的名字，像《UFO：目标地球》和《太空既地点》、《死亡飞车2000》和《第三类接触》以及《异种基因》。当战争结束，冷战，人们来到月球上，那里空无一物，没有外星人，之后又陆续发生了一些杀戮和大爆炸，战争才彻底结束，斯皮尔伯格知道战争结束了，于是创作了友好外星人思念家乡的电影《E·T》。

女　儿　我有一个梦，是所有童年时期的梦里我记得最清楚的。我记得我梦里的罪恶感。羞耻。几乎让人想躲藏起来。那之后我连续好几天都不能直视她。她认为我生气了，或者她并没这么想过，我不知道。

母　亲　内娜？出了什么问题吗？

女　儿　问题？

母　亲　你好几天都没有看我，你在生气吗？

女　儿　不，我……

母　亲　你为什么不看着我？

女　儿　我想我不喜欢。

母　亲　我做错了什么吗？

女　儿　不，你……没有。

母　亲　那么，看着我。

女　儿　我不能。

母　亲　为什么？

女　儿　我不想。

母　亲　为什么？

女　儿　我不能。

母　亲　看着我。

女　儿　不。

母　亲　为什么?

女　儿　我做了一个梦。

母　亲　那又怎样?我们都会做梦。

女　儿　……

母　亲　告诉我。

女　儿　我不能。

母　亲　好吧。

［沉默。

母　亲　你确定?

［沉默。

母　亲　你来跟我们一起吃晚饭吗?我做了你最爱吃的菜。

姐　姐　母亲从不做饭。她从没为我们做过晚餐,也没有等过爸爸,那个为家里带来面包的男人。她是一个职业女性,总是工作,穿着高跟鞋和套装。根本不知道怎么做鸡蛋,会烧糊米饭,会把牛奶煮过头,山一样的泡沫会从锅中涌出来浸湿柜子。她不知道怎么做饭,但是她有一间非常华丽的办公室。

女　儿　她知道怎么做 lasaña(拉萨尼亚,一种西班牙特色面食)。

姐　姐　是的,她知道那个。

女　儿　你不再做拉萨尼亚了。

母　亲　你一直不在家。

女　儿　你从没教过我怎么做……但我猜那感觉会很好。学习,怎样做一道菜,一道做给恋人的非常可口好看的菜。一道完美的菜，配有红酒和能够一起分享的甜点。那不是很好吗？对于一个无聊的晚上来说，对于众多无事可做只能做饭或者看一部电影的晚上之一来说，那不是很好吗？

[三个女人一起跳舞，做如下的一个个舞蹈动作：像熨烫衣服，搅拌锅，抱着一个孩子，给他喂奶，收拾盘子，用吸尘器清扫，把丝袜拉到双腿上，开车，在电脑前写作，说再见，做一些能让人开心起来的事的动作。

父　亲　在正常工作日的一天里，我大部分时间都是坐着的。好的方面是，我每天都必须乘坐巴士去 1.3 公里以外的地方上班，那意味着我早上要走 2.7 公里，下午也要走 2.7 公里。另外，如果有人在太阳升起之前出门跑步，用缓慢的速度，每分钟 60 到 80 步，你可以计算一下，如果我每天走 1 000 步以上，我觉得我锻炼得不错。

[士兵带来一个电冰箱，那种八九十年代的老旧冰箱，取决于我们在世界的哪个地方。他把它放在一处，打开，从中拿出一盒牛奶。之后他又从其他地方拿出一盒谷物食品，巧克力脆谷。他把谷物倒进一个碗，将牛奶浇在上面吃。

或者他可以给观众表演一个小魔术或杂技。

姐　姐　我们在哪里？

女　儿　我们在车里，已经穿过了边界，你睡着了。

姐　姐　我没有。是你在一直在旅行途中睡觉。

女　儿　是我吗？

姐　姐　瞧，你醒来的正是时候。

女　儿　你看到了什么？

姐　姐　这是个边防站。他们拦住了一辆巴士，有些人正帮着士兵们检查行李箱。我们前面有一长串车在等待检查。

父　亲　没有一个人听上去是女孩。

女　儿　我们已经庆祝过回家，回到祖国了吗？

母　亲　是的，几分钟前。

姐　姐　你错过了，那时你睡得正香。

女　儿　我没有！

姐　姐　你都打呼噜了。

女　儿　我没有。

父　亲　嘘！

母　亲　你们是姐妹，姐妹们不应当争吵。

［沉默。

女　儿　现在，你看到了什么？

姐　姐　太阳在山后面闪耀，有个士兵来了，但是我看不见他的脸。

女　儿　我们不是因为战争而搬走的，对吗？

父　亲　我们搬走是因为你母亲得到一份工作邀约。现在，嘘！

母　亲　他不像我们上一次看到的那些士兵。

父　亲　没事，他们一定是属于不同的编制。这些只是正在服役的孩子。

母　亲　我们忘记了祈祷。为什么我们忘记了祈祷？

父　亲　我们的材料都在车上的杂物箱里。

［母亲低声祈祷。

女　儿　你看见士兵了吗？

姐　姐　沥青上有一道影子，比士兵还长。我看见了他的靴子，但是看不见他的脸。

女　儿　靴子是什么颜色的？

姐　姐　黑色的，黑色的长靴。

女　儿　不是绿色的？

姐　姐　不，他并不像那些国际部队里的士兵。似乎少了点什么。他留着长发，穿着红色的T恤，浑身都是泥巴。

父　亲　够了，姑娘们！

母　亲　别停下。

父　亲　我不能那么做。

母　亲　加速。

父　亲　他们立刻就会开火。

母　亲　别停下！

父　亲　放松，我们会没事的。

母　亲　姑娘们，系好你们的安全带，马上！

父　亲　没事的，他们在寻找“大鱼”。

女　儿　我们前面有多少辆车？

姐　姐　只有一辆。

母　亲　姑娘们，安全带！

父　亲　他们并不是拦停每一辆车。

母　亲　这像是俄罗斯轮盘，他们在捉弄我们。

父　亲　他们只是想要一点钱。嘘！

姐　姐　他们拦停了一辆车，他们拖出了司机。他们带着司机到了车的后面。他们让他打开卡车，他拒绝了。

女　儿　是时候慢慢向前了吗？

父　亲　姑娘们，安全带！

［母亲继续祈祷。

女　儿　发生了什么？

姐　姐　又有两个士兵走近了那个男人，围着他。

女　儿　他们给他看他们的枪，像教堂一样大？

母　亲　我听到过恐怖的事情……

女　儿　第一个士兵，就是那个我们看不见脸，问他们要证件，让司机从车里出来的士兵。他可能会是第一个打司机的人。他的枪托会粉碎他的头骨。他将会用双手抓住他的头，他会为流过指尖的温热的鲜血感到困惑。很快，他们又将开始用他们泥泞的靴子踢打他的腹部，一下接一下，直到他口中满是鲜血，与他头上流出的，一模一样的鲜血。

父　亲　嘘！

姐　姐　一段时间过去，他们没打他。司机打开车厢，士兵们检查那些行李。就这样，他们只是拿走了几件衣服和一双鞋子。

女　儿　你确定么？我记得跟你不一样。

姐　姐　那是因为你是个偏执狂。

女　儿　我不是！

姐　姐　你是！

女　儿　现在怎么样了？

姐　姐　一片云彩飘过，阴影不见了，我看到了士兵的脸。他面带微笑，抬起一只胳膊，让我们通行。

［士兵做完了小把戏。我们需要一些柔和的东西，或者一首歌，比如 Nicolas Jaar's 的《历史课》。

姐　姐　有人来了。是你即将爱上的人。

［C 上场。不知怎么地，女儿和她的情人 C 被单独留下。让 C 站在空间的某处，让她寻找阳光。一旦她找到迷人的光线，让她感受她皮肤的温暖。

女　儿　你在干什么？

C　有时候我希望做一朵向日葵，那有什么问题吗？

女　儿　有点儿傻。

C　我知道。

［C仍站在光下，她闭上眼睛，享受着温暖。终于，女儿也加入进来。两个女人感受着她们皮肤上的阳光，她们微笑，手相互触碰。

C　有时候，我希望家就在我的大门外。有时候，我希望回家有那么容易就好了，打开大门，走出去就到了首都，可以吃街角的新鲜水果，看人行道上杂耍的小把戏。

女　儿　我们应该飞回去参加公民投票。

C　我们在这里工作，我们可以在这里手拉着手。

［C抓住女儿的手，邀请她跳一支舞。

女　儿　游客不能参加投票。

C　我们的国家是个保守的国家。

女　儿　如果那里没有——

C　没有什么？

女　儿　和平？

C　我们永远不会回去。

［她们紧紧拥抱着跳舞。

母　亲　你在哪？

女　儿　在一个有着残破城墙的城市，妈妈。

［一个身穿长袍的女人拎着一个购物袋，如果可以的话，抱着一个婴儿，穿过舞台。她数着什么，握着她的手指，在脑中做着算术。

母　亲　你会在那里待很久吗？

女　儿　不，妈妈，顶多再一个月。

母　亲　你什么时候会回家？

女　儿　我恋爱了，妈妈……

[沉默。

女　儿　这个城市太不可思议了。很多人都有文身，漂亮的文身。有些是抽象的图案，像钻石，或者立体的正方形，或者只是很多线条穿过身体，像科幻电影中的机器人。有些有着五彩缤纷的颜色，其他的就只是黑与白。还有一些画着动物、自然或者乱七八糟的东西。他们胸前画着老鹰，前臂上画着树，小腿上画着茶杯，云彩和海鸥飞过他们的肩胛骨，在他们的脊背底部像葛饰北斋画中冒烟的火山纹，还有鱼，很多鱼，到处都是。我恋爱了，妈妈。

母　亲　恋爱了？又一次？

女　儿　这次不一样。

母　亲　怎么不一样？

女　儿　嗯，这次不一样。

母　亲　难道这意味着你不会回来了吗？

女　儿　我会的，妈妈，我保证。

母　亲　你总那么说。

女　儿　它只是让我待久一点而已。

母　亲　我们会让你工作的，我保证。

女　儿　这与那个无关，妈妈。

母　亲　（用手指数着。）那里现在几点了？已经是早上了吗？

女　儿　太阳还没出来。我想跟你谈谈。

母　亲　我明白了。

女　儿　一切都很安静,街上一个人影也没有。我们昨晚做了鱼。

母　亲　你从不做饭。

女　儿　C一直在教我。整个房间闻起来都是海洋的味道。就像那一次在海边,你还记得吗?那次爸爸带我们去看夜晚出海归来的渔民,我们带回了很多鱼和海鲜,还有人字拖上咸咸的沙子,你还记得么,妈妈?

母　亲　C是谁?

父　亲　姑娘们,该起床了!

姐　姐　孩子们每天需要睡8小时以上,爸爸!

母　亲　你去钓鱼了?

父　亲　不,我们去看捕鱼归来的渔民了,你不记得了吗?

母　亲　我一定是还在睡觉……

女　儿　你这次会来吗?

母　亲　那是很久以前的事情了。

女　儿　这次你可以跟我们一起。我们四个一起在沙滩上,那不是很好吗?

母　亲　我们有其他在一起的回忆,没有必要回到过去。

女　儿　我知道,但是这一个,我一次又一次地回忆这个……但是你都不在。

母　亲　跟我说说那些海鸥。

女　儿　爸爸在太阳没出来前就把我们叫醒了。

父　亲　姑娘们?你可以穿着你的睡衣来,不需要换衣服。

女　儿　渔民已经出海一整夜了,他们会带着满满的渔网回到海滨。

父　亲　我们会错过它的。

母　亲　我会告诉你不要忘了毛衣，外面很冷。

女　儿　还有姐姐会抱怨。

姐　姐　不，我不会的！

女　儿　我记得我在黑暗中穿上衣服。我记得离开时床单上的温暖和我黏糊糊的眼睛。

姐　姐　你记性太差。

女　儿　我记性不差！

姐　姐　他带我们去海滩看海鸥。当渔民从海上归来时，成群结队的海鸥盘旋在一个发臭的独木舟上空。

女　儿　海鸥将会伴随着太阳出现，飞越渔夫们的头顶，耐心地等待着。

姐　姐　我们也在等待。我们知道舞蹈即将开始。

父　亲　姑娘们？你们准备好了吗？

女　儿　我找不到我的一只人字拖了……

父　亲　穿上你妈妈的。快点！我们会错过它的。

姐　姐　我能带着我的灯笼吗？

父　亲　太阳就要出来了，姑娘们。我们必须出发了。

女　儿　我们常常在沙滩上脱掉人字拖，那样我们就可以感受趾缝中的沙子。父亲催促我们尽快到海滨的尽头，那里是渔夫们的独木舟登陆的地方。

姐　姐　他背着蓝色冷却器跑步的样子很滑稽。

父　亲　现在，我们等着。

女　儿　爸爸，鱼会睡觉吗？

父　亲　它们睡觉时都睁大眼睛。

姐　姐　我们喜欢早点到达，那样就可以看见独木舟，被小油灯笼照亮，漂浮在海里。

女　儿　我记得渔民们最后收起渔网的影子迎着地平线。

父　亲　很快，那些小船就会回来。

姐　姐　有时候我们会寻找藏在沙中的贝壳，但大多时候，我们会单脚旋转，挥舞我们的胳膊让渔夫们知道我们在等他们。

女　儿　我们从不尖叫或者制造其他声音，那必须是一支安静的舞蹈，我们不想吓走鱼群。

姐　姐　我们常常在海滨打开小冰箱欢迎他们。

父　亲　这里有冰镇可乐和面包，每个人都有份！

女　儿　他们用他们咸咸的手吃东西，然后在沙滩上展开他们的网。那正是海鸥围着他们聚集的时候。

姐　姐　我们帮助他们挑出那些小鱼，将小鱼与大鱼分开，他们为大鱼准备了很多桶。

父　亲　挑仔细些。

姐　姐　渔夫们会在市场中卖掉那些大鱼。

女　儿　当我们发现一条足够小或者不完整的鱼，我感到自己像是中了奖。真正的舞蹈伴随着这些小鱼开始。

姐　姐　找到一条！

女　儿　我也找到了我的！

父　亲　我也找到了！准备好了吗？一、二、三：飞上天去吧。

[海鸥聚集在天上。一条鱼飞上天，海鸥们围着它飞，猛冲第一个捉住它：只有一只做到了。他们分散开。之后，另一条鱼飞来，海鸥们像箭一般再次穿过天空，鱼再一次被捉住。之后一条，又一条，接着还有一条。鱼和海鸥在天空舞蹈。

C　有时候，我会因为一句话而感到受挫：如果这个世界上没有我。

女　儿　我要走了。搬去其他国家。

C　好……吧。

［沉默。

女　儿　你会想我吗？

C　当然。

女　儿　不，你会真的想我吗？想我想到会让你生病的那种吗？想我想到会让你掏出你的心脏？想我想到你会失去胃口？想我想到食不下咽，用绝食抗议。你会尖叫，用你的腿击打地板，痛哭尖叫让每个在商场里的人都看着你。之后你会十分疲惫，疲惫到一动不能动，你睡着了。你的身体将变成石头，大雪覆盖你的胸部，你变成一座山。我会在战斗结束后回来，躺在你身边。

C　你对爱怎么有这么奇怪的想法……

朋克小孩　（她或许可以坐在观众席中吃爆米花）人们如何相遇是一件奇怪的事情。他们怎样走到一起？带着他们的矛盾，带着他们截然不同的欲望，走在不同的路上。两个人在一起这就像是一个奇迹。难道你不这样认为吗？两条不同的路瞬间有了交集。它也会结束。在某个特定的时刻，路也会再次分叉。有的人会搬去一个不同的国家，一个不同的大陆，很远的地方。但它不意味着会在那里结束。它会在他们怀疑奇迹的时候结束，当他们中的一人想要一些不同的东西。那样其实也没关系。或者，它已经到了快要结束的时候，分歧就在于坠入爱河。你爱上了某个人，然后你意识到你迷失了自己的方向，于是有了这种急迫的欲望，一种急于回到主要道路上的欲望，于是你这么做了。你回到了自己的路上，将你的爱人抛在身后，那当然不会没有关系，但事情就是这样。这就像一个奇迹，两个人，在一起。经过所有的旅程，有着无限的可能。

女　儿　你会记得那一次我哭得很凶以至于难以入睡。你抱着我，亲吻我，直到我感觉好些。你饮下我的泪水；你将它们从我眼中舔去。我以为你会抓住一个然后咀嚼它，就像那可怕的萨拉·凯恩的戏剧，或者像莉娜·马热内的小说一样。那小说写了一个即将失明的女人，她需要一只新的眼睛，一只崭新的眼睛来代替她有缺陷的那只。一个需要新眼睛的女人和她拥有非常漂亮眼睛的爱人。

C　你有一双漂亮的眼睛。

朋克小孩　难道我们不正是在拼命地寻找一个全心全意、热情似火的人来相爱吗？就像法国南部的蝉，毕生致力于歌唱？

C　在红色共和国，人们油炸、吃掉那些蝉。

女　儿　什么？你听见蝉鸣了吗？

C　你要去那里？是吗？去红色共和国？那里，人们油炸、吃掉那些蝉。

女　儿　他们会吗？

C　他们也吃串在签子上的蝎子。

女　儿　他们不会那么做的！

C　他们会的！你去了就知道了。

姐　姐　因此，这个梦，它是什么样的？

女　儿　哪个梦？

姐　姐　就是那个让你感到愧疚的。

女　儿　哦，那个。它很傻。

姐　姐　拜托。

女　儿　真的。

姐　姐　那就说出来吧。

女　儿　好吧。

［她（女儿）闭口不言。

姐　姐　说啊。

女　儿　好吧。那时我很小，你知道，正在长大……我的意思是，我的乳房正在长大，然后有一天夜里我梦见我亲了某个人。

姐　姐　我们都梦见过。它叫做青春期。

女　儿　对，青春期。

姐　姐　但是你感到内疚。

女　儿　我知道这个吻即将发生，所以我闭上了眼睛。我闭上了眼睛，然后在接吻到一半的时候睁开。你知道，只是想确保我亲的人也闭上了眼睛。然后，当我睁开眼睛，在我面前的那张脸是另一个人的面孔。

姐　姐　嗯哼。

女　儿　我知道，这很傻。它不像是在现实生活中的那种亲吻，就像没有人能走进我的大脑，挖掘发现那个吻，除了上帝、圣母玛利亚和所有的圣徒，没人能发现……这让我感到愧疚，并且这种愧疚感持续了很多年。

姐　姐　你喜欢？

女　儿　哦，是的，我想那正是问题所在：我喜欢它。

姐　姐　那么它是一个很好的吻。

女　儿　我猜……

姐　姐　如果你喜欢，它就是个很好的吻。

女　儿　我喜欢。

姐　姐　很好。

女　儿　很好。

［三个年老的女人进来；她们一起坐在海滩上开始聊天。她们大笑，用大木扇给自己扇风。其中一个打了个嗝。

母　亲　她还没回来，你觉得她会回来么？她真的爱我们么？

父　亲　她当然爱我们，她是我们的女儿。

母　亲　她会回来，那我们就为她举办一个庆祝派对，我会用会飞的气球和她最喜欢的食物招待她。

父　亲　你又不会做饭。

［沉默。

母　亲　我想我会重新开始打保龄球。

父　亲　保龄球？

母　亲　是啊，就像我们刚结婚时那样。

父　亲　保龄球？

母　亲　（开始寻找她的保龄球）我的保龄球一定是被放在某个地方了，或者我们把它忘在旧房子里了，对吗？

父　亲　我不知道。我们买了自行车，旧瓷器，你母亲的缝纫机，两只猫还有两只狗……但是我不记得我们带着你的保龄球。

母　亲　那真是很久以前的事情了……

女　儿　你在找什么？

母　亲　我的保龄球丢了。

女　儿　什么？

母　亲　我找不到了。

女　儿　这些年你从没玩过。

母　亲　我需要它。

女　儿　我连咱们是否有个保龄球都不能确定。

母　亲　我爱我的保龄球。

女　儿　对保龄球来说,爱是一个非常强烈的词。

母　亲　我们难道不是一直在找东西么?我跟你一样,想要更多,更多地体会生命。

女　儿　C的母亲上个月去世了。她将母亲的骨灰用一只蓝色塑料药瓶从哥伦比亚带到柏林。我们骑车去了湖边,租了一只小船,点燃一些蜡烛,在IPod里放了很多波列罗舞曲,接着让她沉入水中,我们跟她一起游泳。然后我们回到城市中,生活还在继续。你喜欢那样么,妈妈?如果你不在了,我的意思是,你希望把骨灰撒到湖里吗?

母　亲　(继续寻找保龄球)什么?

女　儿　当你不在了,你希望那样吗?

母　亲　我还很好。

女　儿　我知道,这只是个假设。

母　亲　癌症已经成为了过去,我赢了。

女　儿　那是不是你寻找保龄球的原因?你曾经离死亡那么近——

母　亲　我活得好好的。

女　儿　我知道,妈妈。

[母亲离开。

女　儿　妈妈?

[沉默。

女　儿　妈妈？对不起，我不是那个意思，对不起。

［沉默。

C　我从没有梦到过跟她一起。已经两个月了，我还没有梦到过跟她一起。有什么东西被封在我体内，或者没有，她只是在其他地方忙碌着。

女　儿　我有个叔叔说过，他曾在梦里精通飞翔。他在梦中从最高山上的悬崖边跳下。他想象着五颜六色的山谷中，有一条乱石堆成的小路，引领他通向山顶，成片的云彩漂浮在地平线上。他说，每一次他都能梦见那些山，有一次当他爬到山顶时，他让自己下落，然后飞翔，穿过整个山谷。

C　他有没有坠毁过？

女　儿　他必须那么做……为的是能让自己清醒过来。

C　那一定很痛。

女　儿　非常痛。

［沉默。

C　我不想飞，我只想梦见我的母亲。

女　儿　那就许个愿吧。

C　我希望我能在睡着之后梦见我的母亲。

女　儿　你不能说出来，说出来就不灵验了。

C　那真傻。

女　儿　给，再试一次，把它写下来。

［C照做了，女儿将纸片点燃，她们一起看着纸片燃烧。

女　儿　这些事并没有让我感到自豪，但我还是做了。我想象人们的死亡；甚至，我想象人们的葬礼；亲戚们的葬礼或者有时是陌生人的葬礼。车站上的男人，或者早上卖面包给我的女人。这是错误的吗？我想象谁会来参加葬礼，谁会哭得最凶。

C　现在我们在哪儿？

女　儿　在我祖母的乡村小屋中。

C　我忘了带我的浴衣。

女　儿　嘘！我不想让他们看见我们。

C　为什么不？

女　儿　我还没告诉他们。

C　我以为你已经说了。

女　儿　只说了一些……嘘！

C　如果你不想，可以不告诉他们。我有些朋友从未跟他们的父母提起过。

女　儿　它不在了，他们把它卖掉了。

C　什么？

女　儿　乡村小屋。他们把它卖掉了。

C　为什么你总是避免争论？

女　儿　我没有！

C　你有，就在刚才。

女　儿　如果我决定永远都不让我父母知道，你会不再爱我吗？

C　那不是一个能够停止爱你的理由……

女　儿　所以？为什么我们要讨论它？

C　因为这对你来说很重要，因为你显然很害怕，以至于都不敢说出口！

［沉默。

女　儿　我气他们卖掉了祖母的房子，好像他们卖掉了我童年的一部分，让我成为一个人、一个成年人的，非常重要的一部分。

C　我感觉我正在消失……

女　儿　他们卖掉了它连问都没有问我一下……

C　因为战争吗？

女　儿　不，我不这么想。当祖母不在了，他们把一切东西都分了……我不知道，他们卖掉了那个房子。

［沉默。

女　儿　这里也是我第一次恋爱的地方……但是不会有人知道。

C　你从未对我说过。

女　儿　是的。

C　那些噪声是什么？

女　儿　大家都在这里，所有的兄弟姐妹们。

C　他们在庆祝么？

女　儿　他们都在厨房里。看：那里有只黑色的大蝴蝶停在屋顶的一角。两只翅膀上都有一个光圈，像眼睛一样。

C　我讨厌那些蝴蝶。时常看见它们，但据说它们会带来坏运气。

女　儿　真奇怪，我听说它们会带来好运……

C　他们在庆祝什么？

女　儿　他们围成一个圆圈，就像看两个小孩在学校里打架时一样，就像那些关于成长的电影一样，有时在私立学校，有时在公立学校，有时会在综合性的学校，但总有些发生在操场的打斗。

C　谁在打架？

女　儿　他们发现了一只蝎子。祖母用油围着它倒一个圈，然后丢一根燃烧着的火柴，点燃那个圈。

C　她为什么要那么做？

女　儿　蝎子无法忍受灼热，于是就蜇自己的背部。

C　真残忍。

女　儿　那是他们过去的做法。蝎子是致命的，如果你被蜇了，它们的毒液会流满你的全身。

C　每次你都在那里？看着它死？

女　儿　你觉得我们会下地狱吗？

C　为什么？因为你是同性恋还是因为你看着蝎子死去？

女　儿　你最渴望什么？

姐　姐　我想要一个孩子。

女　儿　你最深切的欲望是什么？

姐　姐　一个孩子。

女　儿　你还没结婚。

姐　姐　我知道。

女　儿　对世上的某些地方来说，我们这种女人被看做是“剩女”……

姐　姐　我回去申请领养。如果他们不同意，我会去一个小村庄，找到最穷苦最饥饿的孩子，把他带回家，来到这里。

女　儿　他们会发现你的，然后你会出现在晚间新闻的头条上：你和那孩子愉快地在套房中吃着谷类食品，你爱抚他油腻的头发，一次、两次、三次，在他面颊的两侧分别留下十个吻。

姐　姐　我会带他去商场，买很多很多衣服给他，然后带他去冰激凌店，买那种香蕉口味洒满巧克力碎屑的冰激凌。冰激凌在他那小巧的、黑黑漂亮手掌里融化得很快。他大口小口地吃，弄脸上衣服上都是。但是我不在乎。我会让他尽情地吃，尽情地弄脏，然后为他换上新的衣服。我们面对面微笑，人们会看着我们并且猜想：她从哪儿带来这样的小孩？或者人们会想：她嫁给了一个篮球运动员，那种高大的、肤色像焦糖一般的篮球运动员。

女　儿　很快就午夜了。

姐　姐　我们睡觉吧。

女　儿　我能跟你一起睡吗？

姐　姐　你害怕蝎子吗？

女　儿　我不怕。

姐　姐　我怕。

［夜幕降临在舞台上。可以听见蟋蟀的声音，看见萤火虫飞来飞去。

C　天晚了，你要去哪儿？

女　儿　能用下你的手机吗？我得打个电话。

C　现在太早了，他们一定还在睡觉。

女　儿　不，她不会的。她在等我的电话。她感觉自己胸部有些疼痛，然后预感到一定发生了什么事，就像那些电影里一样。

C　出什么事了吗？

女　儿　生命一直在累积。

C　当然。

父　亲　你好？

女　儿　爸爸？

父　亲　孩子？

女　儿　妈妈不在家？

父　亲　她出去了。

女　儿　她难道不应该在睡觉吗？

父　亲　这里几乎是中午了。

女　儿　那我一定是算错了。

父　亲　你曾经是数学课上最好的学生。

女　儿　姐姐呢？

父　亲　跟你妈妈在一起。

女　儿　我知道了。

［沉默。

女　儿　她们去投票了吗？

父　亲　她们出去买几把雨伞。

女　儿　雨伞？

父　亲　快要下雨了。

女　儿　你会去投票吗？

父　亲　投票站太远了。

女　儿　所以呢？

父　亲　我还有工作。

女　儿　你应该去投票。

父　亲　你也没去投票。

女　儿　这不一样。我在另一个国家。

父　亲　你什么时候回家？

女　儿　我恋爱了。

父　亲　他是个好男人吗？

女　儿　不。

父　亲　不？

女　儿　爸爸，我爱你。

父　亲　我也爱你。

女　儿　那很好。

父　亲　那很好。

［沉默。

父　亲　你还需要钱吗？

女　儿　我还好，谢谢。

父　亲　很好。

女　儿　很好。

父　亲　很好。

女　儿　有人在说我的坏话。

父　亲　我走了250步，今天没有走太远。

C　什么？

女　儿　是的，看我的耳朵，是红色的吗？它是红色的吗？是吗？

C　是的，那又怎样？

女　儿　所以……有人在说我的坏话。

C　什么？

女　儿　当你的左耳朵感到灼烧，意思是有人在说你的坏话。是别人告诉我的。

C　谁在乎那些？你真的在乎某些傻逼的想法或者在城市的另一端议论你，或者在另一个国家，甚至在隔壁？我觉得你真他妈好，好得不能再好，那就够了。

［每个人都换上他们的浴衣和人字拖，她们打包一些食品杂货袋，带着毛巾、阳伞和防晒霜，去河边野餐。

女　儿　在某个时刻，你会痴迷于火山。你会做噩梦，然后父亲会在午夜时分把你带到外面，帮你平静下来。

姐　姐　一个老师让我做一个学校的地理位置介绍。就是那时我了解了基多，这座我们刚刚搬来的城市，被火山环绕。那些火山都很活跃，随时都会爆发。

女　儿　你以为它们会爆发，岩浆会填满我们的家，我们会在梦中死去，像那些泰坦尼克电影中的老夫妻一样，但是那不是水，而是火焰，是岩浆。

父　亲　你出生在1985年，可怕的一年。

母　亲　跟大地震同一年，一座靠近阿尔梅罗的火山爆发了，整个城市都被岩浆覆盖。

父　亲　同年，武装组织M-19袭击了首都的最高法院。

女　儿　那里的人都消失了。

母　亲　一场悲剧。

姐　姐　爸爸在读了那位领袖的书之后，曾对改革深信不疑。

父　亲　（他的两根手指几乎捏在一起，边说边比画）我差这么一点就成了反叛军的一员。

女　儿　在他们为他展示如何包裹一枚燃烧炸弹时，他的信仰崩溃了。

父　亲　你觉得从大广场的这一边走到另外一边，需要多少步？

女　儿　他们设置了栅栏，你进不去。但那中间他们放置了花卉一样的东西，晚上，他们将它点燃。他的脸依然在紫禁城的入口。

姐　姐　人们想为它改名，那座火山的名字，他们想把它改成一个女儿的名字：奥米娅。

母　亲　奥米娅是那场爆炸的唯一一个幸存者。火山喷发了，因为它的山顶堆满了雪，它的热泥浆形成了一个巨浪吞没了整座城市。

姐　姐　每个人都在熟睡，所以他们没有意识到那个小女孩的苏醒。她听到了巨浪袭来的声音；她感到大地在尖叫。然后她跑了出去，爬上了一棵树，想看那些尖叫声是从何而来。接着她的眼睛证实了她耳朵和身体感到的，但是已经晚了。她尽可能地爬到最高处，用她心脏能够承受的最快速度，爬到最高最坚韧的树枝上。

女　儿　但是热浪接近了她。

父　亲　没能完全淹没她，她战胜了巨浪。至少用了几个小时。

女　儿　几天。

父　亲　当记者们发现她时，她有半个身体被困在泥浆下。

姐　姐　我们都从电视上看到了她的死亡。整个国家都在等待一个奇迹的发生。

母　亲　一直在等待奇迹。

姐　姐　你信不信我是被诅咒的人？你知道的，我出生在那可怕的一年……

［一阵雷声，风暴即将来临。

女　儿　同一年，美国对于贩毒团伙的可卡因需求量上升，从那时起，他们变得更加暴力。

姐　姐　人们说，是那个不能被提起名字的人主宰着最高法院的风云变幻。

女　儿　人们不能提起他的名字。

父　亲　不管你喜不喜欢，他曾是一个英雄。

女　儿　我认为他是个恶棍。那些愚蠢的电视节目只会让事情变得更糟。

姐　姐　如果人人都看，那一定是不错的节目。

母　亲　他曾修建了很多学校、医院和教堂。他爱他的母亲。

女　儿　我们都爱自己的母亲；他是一个罪犯。

父　亲　哥伦比亚和美国政府诽谤他。

女　儿　你是在为他辩护吗？

姐　姐　不是。

母　亲　不是。

父　亲　不是。

女　儿　世界看上去正在被自己毁灭。

父　亲　它一直都是这个样子的。

女　儿　没错，但是这是我们头一回在这里生活。

父　亲　爆炸事件只停留在90年代。

女　儿　共产主义思想的领头人们仍然在全国范围内被杀害。

姐　姐　很快就会停止交火的。

母　亲　只有和平协议生效之后。

女　儿　和平会取得胜利的，那些士兵都会离开。

姐　姐　他在一直在我们周围，他从未离去也不会离去。战争将永远是沉默的存在。

［沉默。

女　儿　难道我们不该出发去投票了吗？已经很晚了。

母　亲　我们会投票的。你在另一个国家。

父　亲　游客不参加投票。

女　儿　我在学习。

父　亲　没错。

母　亲　你什么时候回家?

女　儿　很快,妈妈,我保证。

母　亲　你总有理由。

女　儿　已经很晚了……

母　亲　别跟我转换话题!

父　亲　比赛一结束我们就会去的。

女　儿　什么比赛?

姐　姐　下雨了。

父　亲　那雨停之后我们就去。

母　亲　如果我找不到我的保龄球,那么我是不会去的!

女　儿　为什么每个人都像孩子一样?我们必须投票!

所有人　你根本不在家。

姐　姐　游客不参与投票。(她伸出舌头对着“女儿”做鬼脸。)

女　儿　我不是一个游客!我在学习,在做研究!

姐　姐　是吗?或者你只是在逃避我们?

女　儿　我没有!

父　亲　你玩得开心吗?

女　儿　有时候……

父　亲　大多时候?

女　儿　嗯,大多时候。

姐　姐　所以,你并不是在学习,学者们总是活在痛苦之中。

女　儿　我是一个艺术家!

姐　姐　艺术家也活在痛苦之中。

父　亲　你感到痛苦吗?

女　儿　有时候。

父　亲　“有时候”，她说的。

姐　姐　艺术家直到死前都活在痛苦中，那是他们割下自己耳朵的原因。

母　亲　还有很多比家更糟糕的地方。

父　亲　她想念你。你不明白么？有人因为你而忍受着痛苦……

女　儿　她是我的母亲，她应该想念我。

朋克小孩　这难道不是一个悲剧？

C　什么？

朋克小孩　不是吗？

C　你说什么？

朋克小孩　所有的一切，悲剧。

C　什么？

朋克小孩　整个世界。

C　这个世界？

［沉默。

C　我们曾经在学校里学习怎样寻找炸弹，怎样辨别一个包裹。学习怎样在家里的窗户上用胶布贴出一个十字形，只是为了防止炸弹在附近爆炸之后不会将破碎的玻璃变成致命的碎片。现在，每当我在某个地方看见一个被遗弃的包裹，孤零零的像等待母亲的，走失的孩子一样，在餐馆的中间，或者在地铁的椅子下面，我会立刻认为那是一个炸弹。你也会这样想么？

朋克小孩　面对历史，有两种方法：要么你接受这种混乱，要么你花一生的时间提防着背后的凶手……

C　如今这发生在世界每个地方，激光安检设备到处都是，警犬在每个公共场所的入口嗅你的裆部，你每到一个地方都必须出示相关文件……

朋克小孩 对我来说这个世界正在萎缩。就像没有更多的土地容纳这么多的人口。就像一个已经满员的电梯，门无法关上的话它永远不会向上，因为太重了。我们都被打包在一起，肩膀挨着肩膀。汗水从我们的前额上滴下，滑过我们的腋下，滴入其他人的裤子。氧气渐渐不够了，人们的头争着向上。你觉得自己被困住了，在绝望中闭上眼睛企图让其他人，外星人，赶紧走开。闭上你的眼睛，不，我是认真的。闭上，好了么？很好。想象一下你是自己一个人。那位整个看戏的时候都在咳嗽没有一刻停歇的女士，她不在了。你面前那个硕大的脑袋，挡在你跟演员之间的大脑袋，不在了。你左手边在紧要关头，在动人时刻剥糖的女孩，不在了。踩过你的脚以便找到自己座位的人，不在了。那个看手机的年轻女孩，发出亮光的手机屏幕，也不在了。他们都走了，也没人继续挨着你了，没有温暖的手供你紧握，没有膝盖让你温柔地抚摸，没有人能陪你回家，也没有人跟你讨论今晚的剧情。你就是孤单的一个人。

C 悲剧。绝对的悲剧。

[沉默。C的母亲进来，坐在她身旁。

C 你并不在这里，对吗？

C的母亲 今天是10月20号，我已经死了三个月了。

C 为什么我不能梦见你？我所有的兄弟姐妹们都梦见过你。

C的母亲 这难道不是一个梦吗？

C 这几天我没睡多少。

C 的母亲　我能要点奶精么?

C　当然可以。

C 的母亲　你能带我去卡斯特尔吗?这一次我不想迟到。

C　妈妈,我连觉都没睡,你并不在这里。

C 的母亲　这个奶精不错,你从哪里弄得?这里并不会生长原料的叶子。

C　你从不喝奶精,我们的家乡也不会生长那种原料的叶子,你并不在这里。

C 的母亲　那里,那里,它要过去了。

C　(唱)有一天我也会离去,我也会被人思念。

C 的母亲　一切都会没事的。

[士兵带着一个有两个大喇叭的收音机上来,他打开它。他独自跟着播放的歌剧唱着,美丽的、充满力量的、动人的歌。

女　儿　现在是十月的开始,今天我们将会知道,我们的国家是否会有和平。

C　我们不需要看见未来才知道即将发生什么。

姐　姐　我们会一起去投票,妈妈和我。

父　亲　今天会下雨,很多人会待在家里。

母　亲　总统将会在首都最高建筑的顶层准备一个盛大的庆祝派对。

姐　姐　是前总统,那个总是反对任何一个和平协定的前总统,将会躲在他的乡间别墅里。

父　亲　一场暴风或者类似的东西将会登陆太平洋沿岸,更多的人会待在家里。

姐　姐　很多人将不会去投票箱那里。

C　64%的人口将会弃权。

女　儿　10 月 2 号星期天，我要去睡觉，在最后清算选票之前。我会非常确定整个国家会投票给和平。我有可能是错的。

父　亲　总统将和未打开的香槟酒一起离开。

女　儿　前总统将从他的山洞里出来。像一只鼹鼠。

姐　姐　他一直扭曲现实，让和平沉入水底。

女　儿　它会下沉的，像泰坦尼克号那样。

父　亲　没有人会看见它的到来。几乎没有支持消极投票的广告。

姐　姐　相反，我们已经在庆祝了，我们都在胸前带着白色鸽子的胸针。

母　亲　没有备用计划，也不会有救生船。

姐　姐　哥伦比亚革命武装力量将会命令军队夺回政权。

C　这里有太多未能言明的话。

女　儿　我们会说“不”。对和平的“不”。

父　亲　最后的哥伦比亚停火协定将在 10 月 31 号开始。

姐　姐　这样已经 50 多年了，看起来什么都没有变。

旁　白　意识到你的要求被作废了，我们希望你能理解我们不会进一步深入细节。

母　亲　你永远不会回来了是吗？

女　儿　我不知道。

父　亲　我知道你很失望，但是我们必须保持开放的心态。我们会再次通过协议然后让它变得更好。

女　儿　你怎样在一小时之内压缩你的一生？这是个不可能完成的任务。

父　亲　你一向喜欢挑战。

女　儿　不用奉承我。

父　亲　为什么不？你是我的女儿，我爱你。

女　儿　你是我的父亲，你必须爱我。

［沉默。

女　儿　爸爸，我爱上了一个女人。

父　亲　我知道了。

［沉默。

父　亲　它会消失吗？

女　儿　爱情？

父　亲　你喜欢女人，难道那不是阶段性的吗？你知道，孩子们一旦离家很远，他们就很容易迷失。

女　儿　我不知道，我不那么认为。

父　亲　你有没有去看心理医生？

女　儿　爸爸……

父　亲　一个父亲必须保证学会一些最基本的事情：当他女儿成年时跳的华尔兹，还有将她交给另一个男人时跳的华尔兹。

女　儿　如果真有那么一天，我们把它调整一下……我们会举办一个盛大的派对，邀请整个家族，所有的表亲还有他们的男朋友、女朋友们，那时，会有很多孩子穿着白色的衣裙跑来跑去，我们会将整个教堂都布置满白色的鲜花，花很多钱置办我的婚纱，你会握着我的手走下通道，掀起我的面纱，像电影里的一样，然后亲吻我的额头。我的爱人在尽头等我。或许我会穿着燕尾服，你觉得怎么样？你还会牵着我的手，陪着我走到圣坛那里吗？或者是我，站在那里，等待我的新娘，我的手紧张得出汗，你站在我身边，目光掠过全场确保万无一失？我们还会邀请一些有名的流行歌手，在接待室等我们，她会深情地唱出她的心声，伴着那音乐，我们跳起华尔兹。还有一场盛大的宴会等着我们，那里有各种各样的甜品，晚上用三重唱来做结尾，用热汤来迎接第二天的清晨。

父　亲　我们生活在一个保守的国家。

女　儿　我知道。你再也不会跟我说话了吗？会把我赶出你的家吗？会带着你深深的悲伤死去吗？

父　亲　（笑了）你也不想庆祝你的十五岁生日，我们不是也这么过来了么。

女　儿　你买了流浪乐队的唱片，让我跟你一起跳舞。

父　亲　我们会找到办法的。

女　儿　难道我们不是因为战争才搬走的？

父　亲　你母亲是被转移的。他们提高了她的薪水，还帮我们搬家。我们虽然搬走但没有走得太远。而且我们总是想着有一天会回来。

女　儿　我不确定我是不是还想回来。

父　亲　你保证过你会的。

女　儿　如果我决定留在另一个国家，你会来看我吗？

父　亲　再看吧，一件事一件事慢慢来。

［沉默。

父　亲　当你内心的愿望都满足了。我们会等着你。

女　儿　我永远都不会走到尽头。生命是持续累积的。

C　无论如何，我觉得结婚是电影里最糟糕的部分。

女　儿　最俗气的部分。

C　糟糕极了。

［沉默。

C　或许我们可以举办我们自己的仪式……我们可以去丛林中，找一个萨满代替神父，带很多好吃的还有好听的音乐。

女　儿　如果我们回家……

C　我们的祖国是个传统保守的国家。

女　儿　我们不参加投票。

C　我知道，对不起。

女　儿　我明天就走。

C　我知道，认识你很高兴……

女　儿　或许我们会再见面的。

C　也许吧。

女　儿　我希望会有那么一天。

C　现在世界变得没那么大了。

母　亲　你现在在哪？

女　儿　我刚到红色共和国。当红灯仍然亮着的时候，人们就开始穿过街道，微笑着，就像在我们的首都一样。他们在街角售卖水果，有时会有一个疯了的人在街边叫嚷着胡说着。街边表演的艺人带着一种我不知道名字的乐器，看起来像我们的吉他，但声音跟我们的很不一样。人群像河流一样来了又走，在国庆节期间他们关闭了一些街道，像我们一样。他们还把国旗插在窗户上，或者逛街的人把它涂在面颊上。街上有卖各种东西的，小型的佛像，熊猫钥匙环，还有类似日本能剧里的面具。人群中，父亲们让孩子坐在自己的肩头。人们看着手机屏幕，吃煮熟的鸡蛋和蝎子的尾巴。但是你不能吃街上的食物，因为他们在同样的油锅里炸了一遍又一遍，就像我们炸猪皮一样。

母　亲　你什么时候回来？

女　儿　一个孩子在后院跑来跑去，扳着你的手像他们一样恶作剧发出放屁的声音，带着广告的摩托车，有着最新发型的年轻人，还有很多我不认识的标志符号。这里有很多自行车和汽车，所有的都有喇叭，人们经常使用，像我们一样。扫把也仍然是草做成的，雕塑随处可见，在主要的广场上，也在他们的建筑里，入口处总有一个人头雕像。从前领袖的头像或者某个著名艺术家的头像，或者是革命作家，又或者是某个值得纪念的人的头像。没有女人的，就像在我们国家一样。但是他们也有在街边，做成平凡人物的雕塑，比如开战车的男人、理发师和街头艺人。人们看见那些雕塑，会上前触摸，孩子们爬上他们的腿，父母为他们拍下照片，跟石头做的战车司机、厨师还有街头艺人。然后我去了医院，那里的保安觉得我想拍照。我觉得这样有点怪异，像是偷窥一样，甚至有点恐怖。你知道的，在电影里主人公们走进的那种宽敞空荡、容易引起人怀疑的走廊，我就这么做了。他们看起来跟我们的保安人员一样，冷冰冰的，消毒剂的味道布满墙面和地面，很多家庭等待着，有的人在一个角落中哭泣，有的人在另一处大笑。三个女人在交谈什么，她们无法不笑但必须小声以免吵醒其他病人……我走进庭院，穿过那些窗户，我看见一个父亲正在给孩子修理游戏机。或者那只是一个护士，但也有个女人挨着他，看着他走来走去，她或许是他的妻子，孩子的母亲，穿着孩子的睡衣徘徊着。

小男孩生病了，他想玩耍，父亲正在给他修理游戏机，不管怎样，这是我所想象的。

[毁灭的声音传来，然后是荒原的声音，女儿消失了。

[三重唱的声音从后台飘来，那是从 Los Andes 来的三重唱，唱着“Los Caminos 的人生”（寻找 Los Panchos 的版本）。

[剧终

许是明日

编剧　马克斯·蒙迪
翻译　顾潇扬

人物 盖尔·贝内特——妻子,三十多岁

本·汉弗莱——丈夫,比妻子年轻

小男孩

第一场

［盖尔是一所监狱中的“囚徒”。

盖　尔　在这儿独居真的好寂寞啊。（短停顿）没有别人，只有我自己。（短停顿，就好像在自言自语一样）没有人倾听我的心声、我的祷告、我的愿望。（短停顿）没有谁在……（短停顿）没有谁在……（短停顿）哦不……

本　女士，请你熄灯！

［本是这里的“看守”，他上场并向盖尔的牢房靠近。

本　我说请关灯！贝内特女士，

盖　尔　我听到了。

本　为什么你不在床上？

盖　尔　当我想睡的时候才会去床上躺着。

［本打开了盖尔的牢房并进入，之后再次锁上了门。

本　以下犯上真是够了。对于你这样的态度我感到非常疲惫，贝内特女士。

盖　尔　是吗，汉弗莱所长？

本　就算不是睡觉时间，那也总在做些别的事情。别以为我还没看到反馈，你这个破坏者。还有，（用警棍击打栅栏）在我和你说话的时候要看着我！

盖　尔　你果然懂得怎么挥舞警棍，所长。

本　哦？

盖　尔　嗯，你握着它的姿势很正确。

本　这不是我最应该展示的技能。

盖　尔　我想我可以试着去掌握它？

本　你疯了吗？

盖　尔　在排队的时候，它可以帮助我。

本　你一定在想自己是个蠢货吧？

盖　尔　没错。一个拼死都想拥有别人棍棒的蠢货。

本　什么？

盖　尔　在这里独居真的好寂寞啊。也许会有一个可以帮助我们彼此逃出这里的方法。（短停顿）这样看上去并不像我要逃跑的样子哦……

本　呵！

盖　尔　看看现在谁才是囚犯。

本　你想要干什么？

盖　尔　嗯？

本　女士，你，想要干什么？女士。

盖　尔　转过去。

本　什么？

盖　尔　转过去。

［本转了过去。盖尔关掉灯，一片漆黑。我们能听到盖尔用警棍敲打本的声音。

盖　尔　感觉怎么样。

本　感觉怎么样？

［她再次敲打本。

盖　尔　那这样呢？

本　感觉不到什么。

［她再次敲打本。

本　哦，我想我得让门大开着，（盖尔继续敲打着本）因为我感受到微风了。

盖　尔　哎呀？那这样呢？

［她真的用力敲打本了。

本　啊！

盖　尔　就像这样，对吗？

本　不要。

盖　尔　嗯？

本　不要，盖尔……

盖　尔　谁是盖尔？

本　不，盖尔，我是说真的！停！

［灯光亮起。我们看到的不再是一间牢房，而是一间浴室，属于豪华又宽敞的移动式房屋的一部分。我们还能看到厕所、洗手池和一扇通向门厅的门。这有一扇位于厕所上方的窗户，虽然我们从来不可能看到窗户外面应该有什么。

［所有的这些布景都可以被演员表演或是做标示性场景的暗喻，稀疏而简单。

［盖尔和本不再是"囚犯"与"看守"的身份，甚至，他们穿着自己的"夜行衣"。

盖　尔　我也有一点点投入了。

本　你在打我的脸啊！

盖　尔　我以为那是你的屁股呢！（短停顿）对不起。

［本亲吻了盖尔的前额。

盖　尔　好，我们回去吧……

本　盖尔。

盖　尔　什么？

本　我们不能……做事正常点儿吗？

盖　尔　可是这样多有趣啊！

本　我不知道我们在干嘛。我们到底在哪里？我们又该用什么样的口音？

盖　尔　别想那么多。

本　我只是想让你感到惊讶。

盖　尔　你做到了啊。

本　这只是……

盖　尔　就这儿。给你几分钟的时间好好考虑。

本　盖尔……

盖　尔　你带头，好吗？（短停顿）

本　我们返回到哪儿啊？

盖　尔　就这儿。

[盖尔示意本转身。

本　好吧，只是……

盖　尔　我明白……

[他们回到角色中来。

盖　尔　现在你知道是什么样的感觉了吧。

本　那我们现在该做什么？

[本将盖尔的身子转过来。

本　那这样呢？

[本亲吻盖尔。这个吻并不是那种传统、古老的亲吻，而是

像好莱坞黄金时代流行的那种吻一样。

本　怎么样?

盖　尔　简直完美!

[盖尔大笑,他们再次亲吻,越来越火热。

[突然,盖尔走到一边并捂住自己的腹部,她开始呕吐。

[第一场完。

第二场

[盖尔跑进浴室,她的衣服(符合她的整体风格)就是"佛蒙特时尚"的最好诠释:飘逸的、有嬉皮风格的,但是依旧精致和职业风。

[她冲到厕所,打乱了平时上厕所的需要,然后坐了下来。她取出验孕棒使用。一旦取样,她就要接受检验结果。她拿出一个厨房用的球形计时器,并设置了三分钟,她把它放在了背后的马桶盖上。

[盖尔等啊等,等了很久。

[她开始哭了起来。

[突然,在观众席中有一个人打了个喷嚏。

盖　尔　(没有闻声抬头)愿上帝保佑你。

[盖尔凝固在原地并开始感到迷惑,她环视四周,神情表现出:那里他妈的是什么?!

[本上场,跑着穿过门厅,没有任何思考就冲进浴室已经两

次了。

[盖尔很快站起来，裤子大部分被提上来，同时藏起了验孕棒。

本　我做到啦！（短停顿）只不过用了七年时间，但是我做到了！

[本掏出他的手机，按下了播放键。一首美妙的民谣响起，从汤姆·威兹唱的《漫漫回家路》中，好像有什么诗句蔓延了出来。

本　我找到属于我们的歌了！（短停顿）你不喜欢吗？

[本正乐在其中。

本　这是第一支舞的素材，对吗？（短停顿）宝贝儿。（短停顿）宝贝儿？

盖　尔　对。

本　你还好吧？

[盖尔可能只是感觉到奇怪了。

盖　尔　嗯，我只是觉得有点儿奇怪。

[她可能吃了些什么。

盖　尔　可能我吃了些奇怪的东西，或者，我只是有压力了。

本　你有什么压力？

盖　尔　唔……没什么。

本　好，在这里。为什么你不能休息然后我去开一家商店呢？

盖　尔　听上去不错，亲爱的。

[本亲吻了盖尔的前额，然后下场。

[计时器响了。

[盖尔拿出了验孕棒，看着它。

盖　尔　妈的。

[她站在原地再次环视四周。

[第二场完。

第三场

[盖尔在浴室里，抵着门。她在哭泣。

[本在门外，他敲门并尝试拧动球形把手。他酒醉得很厉害。

本　我们能不能就像，在一瞬间就，就可以，享受片刻时光啊?!

盖　尔　本，我不能这么做。

本　这是好事啊，你说过有一天你会想要这个的。

盖　尔　是。在未来的某一天，但不是现在。我为自己的人生还没有做过什么。我们还没去旅行，我们还没见过北极光。

本　我们依旧可以做这些所有的事情。

盖　尔　人们总是这么说，可是……

本　你记得医生之前怎么说的。

盖　尔　嗯，但是……

本　这可能是我们唯一的机会了。也许这就是预兆！上帝正在向我们告知什么。

盖　尔　本，我知道你想，但……

本　能有多难？实际上？

盖　尔　养育一个孩子？

本　他们就像猫一样。只要你喂他们，他们就会很健康。

盖　尔　简直不可能。这不仅仅是我们能够说到做到的问题。

本　那是怎么回事?

盖　尔　因为我们住在89号公路上的一个拖车里。

本　房子我们已经用来给你作商店了啊。再说了这个拖车可以让我们去旅行,这明明是你想要的。

盖　尔　我们甚至连一个院子都没有。

本　我以为你会喜欢住在这里。

盖　尔　没错,我是喜欢这里!但这儿根本没有空间再留给孩子了。到处都是碎玻璃渣和化油器。我们甚至连自己的床都不能拥有。

本　这是个养育孩子的好地方!我们已经在佛蒙特州住了好久了。我在这里长大,看着我!他会从我这里学到汽车和木工技术,也会学习艺术,阅读很多书,一切都听从你的。因为上帝的缘故,他将访问整个东北区域。这小子会成为一个多才多艺的人。

盖　尔　如果是女孩呢!

本　那就是多才多艺的女人。

盖　尔　可我们并没有钱。

本　我知道……

盖　尔　我们的生活费是负数。

本　我会找到新的工作。

盖　尔　但你现在没有工作。

本　我有汽车修理站。

盖　尔　那儿根本就没有客户,因为你修理的是进口车,在佛蒙特是不会有人开这种车的。

本　好，我会找到“活儿”干的，一个真正的活儿。

盖　尔　什么时候？

本　我不知道，也许明天就能！（短停顿）怎么了？

盖　尔　还不到五分醉。

本　所以？

盖　尔　你也就差不多三杯波旁威士忌的量。

本　我现在必须为我们俩干杯。

［盖尔打开门。本爬了过去，躺在她的腿上。

本　我们争吵的时候你会经常来这里吗？

盖　尔　这里只是……舒服，而且安静。所有的争吵声、刻薄话和负能量好像从来没有出现过。

本　像一个“中场休息室”。

盖　尔　的确是。

本　所以，不管怎样，我们从不在这里争吵。

盖　尔　的确是。

本　“休息室”，我喜欢。

［第三场完。

第四场

［盖尔和本在一起刷牙。

本　好消息！我接到了一份工作面试！

盖　尔　太令我吃惊了！是做什么的？

本　出售二手高档车！

盖　尔　你知道该怎么做吗？

本　没有头绪。

盖　尔　本，这工作量会非常庞大。你作过准备吗？

本　作准备？

盖　尔　比如面试官可能会问到你什么问题。

本　他们不是只会问关于我自己的问题吗？

盖　尔　是。

本　我对我自己相当了解。你瞧，准备好了。

盖　尔　不是这样的……就在这儿，我们做一个面试练习怎样？

本　面试练习？

盖　尔　对。

本　像一个虚拟的面试练习？

盖　尔　不，是一个真正的面试练习。

本　真的？

盖　尔　对！假设我是老板，然后面试你。

本　我要做些改变吗？

盖　尔　不用，但事实上，你知道你应该改变去灌输一些固有思想。

本　所以我们要做什么……

[盖尔转换成了“面试官”的角色。本需要一些时间才能赶上变化，成为“参加面试的人”。

盖　尔　谢谢你的到来，汉弗莱先生。请坐。

[本坐在马桶上。盖尔围着他踱步。

盖　尔　所以，汉弗莱先生……

本　为什么要这么叫我？

盖　尔　汉弗莱先生，你想做汽车销售对吧。

本　是，是的，我想。

盖　尔　你有相关的工作经验吗？

本　完全没有。

盖　尔　（打断，对他耳语）本，你不能这么说。

本　这是事实。

盖　尔　但听上去真的不太好。

本　我应该说谎？

盖　尔　也不算是……就是要想一个更好的发光点。

本　所以……还是得说谎。

［盖尔转换回“面试官”的角色。

盖　尔　你有什么样的类似经历？

本　嗯……我在汽车修理厂工作过，并且非常熟悉。

盖　尔　（打断）非常熟悉？

本　非常熟悉……所有的汽车品牌，尤其是进口。我敢肯定，我很喜欢，是的，我是唯一一个在佛蒙特州非常了解进口车的人。

盖　尔　（眨眼）的确令人印象深刻，汉弗莱先生。

本　现在我在想，我的意思是，汽车只是一种爱好。

盖　尔　汉弗莱先生……

本　我只是曾经看过查利击败了丰田，老实说。

盖　尔　汉弗莱先生。

本　那真的能算进口的吗？

盖　尔　本！

本　怎么了？

盖　尔　你不能这么谦虚。

本　谦虚是一个好的行为。

盖　尔　没错，它是。

本　我们爱它就像爱我。

盖　尔　没错，我们是这么做了。

本　你想让我变成一个混蛋吗？

盖　尔　放轻松些。

本　这么……一个混蛋。

盖　尔　对！

本　好！下个问题。

盖　尔　汉弗莱先生，你谈谈在东北地区关于进口车缺乏使用的一些重点吧。如果你说出来的话，我们会喜欢的。

本　好，我会的，但是你们都定居在锡考克斯，因此东北地区比以前的情况要好很多了。

盖　尔　锡考克斯？真的？

本　当然，在佛蒙特，几乎没人会买进口车。

盖　尔　我没意识到这份工作会让你去……那什么，比如新泽西？

本　你是老板。难道你不知道这些吗？

盖　尔　从我的理解上看，你和你的女朋友……

本　未婚妻。

盖　尔　我们会注意到的。你们两个在期待吗？

本　是的，我们不能更兴奋了！

盖　尔　你和她已经讨论过这个问题了。

本　是的。

盖　尔　然后她准备搬到新泽西去？

本　是的。

盖　尔　确定？

本　是的。

盖　尔　确定？

本　我确定。这真的是一个完美的时机。我们已经在佛蒙特州住了好久了。我在这里长大，请看着我！

盖　尔　你准备好就将彻底离开家庭，朋友，事业，基本上所有你了解过的？

本　嗯，你不能在充满碎玻璃和化油器的周围养育一个男孩。

盖　尔　宝宝的性别是男孩？

本　对，但没告诉我未婚妻。她不想知道，尽管她非常清楚我不可能保守这个秘密。（短停顿）盖尔她向往住在新泽西。

盖　尔　是纽约。

本　够接近了，我说的对吗？

盖　尔　不完全。还有……（注视着自己的肚子）不像这样。

本　现在她终于可以展现艺术能力。

盖　尔　她从事艺术行业？

本　是，令人难以置信！

盖　尔　你这么认为吗？

本　太惊人了，非常好。

盖　尔　你怎么知道的？

本　因为我没有完全理解。我就是这样知道的。她有一家制作小摆件和工艺品的店，现在我确实学到了一些东西，她制作的速度特别快。太疯狂了。她经营这家店似乎就是在支撑着自己做“真正的艺术”。如果我得到这份工作的话，她就不再需要经营这家店，她可以纯粹地去追求心中“真正的艺术”了。

盖　尔　如果她愿意留在原地并且失败了呢？

本　她不会的。

盖　尔　你怎么知道？

本　因为纽约是一个汇集了追求本质艺术人才的地方。

盖　尔　我敢肯定至今没有一个人能“得到它”……（短停顿）她怎么会有时间去养育一个……

［她面向观众。表现出害怕，也充满着迷惑。

本　贝内特女士，我从未指望过盖尔能做每件事情。在这个相敬如宾的家庭里，我没有明显的成长，不合时宜的事情我也绝不会让它出现在这个时候。但我要说，这次变动对于我家会是最好的事情。我的妻子将成为一名艺术家。我的儿子将拥有所有我从未有过的机遇。而我，嗯，请忘记我之前说的。我了解汽车，在整个人生中它们陪着我一起长大。我可以把保时捷“57”的化油器更换得像调节吉普车变速器一样快，我也能……

盖　尔　（打断）好，我们做吧。

本　什么？

盖　尔　我们行动吧。

本　你是说真的吗？

盖　尔　对，我们行动吧。

［本亲吻了盖尔。

盖　尔　就像现在。

［本再次亲吻了盖尔。

盖　尔　立刻！

本　所以，我得到了这份工作？

盖　尔　恭喜你被聘用了。

本　等下，我要告诉我的妻子。

［本又一次亲吻了盖尔，接着亲吻并搂着她的肚子。盖尔面向观众。

［第四场完。

第五场

［盖尔进入浴室。

［她面向观众所有人。停在原地。最后，她再也忍受不了了。

盖　尔　你怎么还在这儿？是你在跟踪我们吗？从去新泽西的路上一直跟进我们的浴室。太不正常了。就像，严重的变态一样。这是我的休息室。你想要什么？如果连话都不想说，我一定要你离开。请你离开。请？这就是我同意搬家的原因！全新的地方，全新的开始。再说，这也不是什么新鲜事。我的意思是……我们搬家了，但……还是一样的移动房屋。你想想看，这很奇怪。我的意思是，它还是和以前一样。看，甚至是棉签也在同一个地点，就是那个洗手池左上角的小凹槽里，全都一样。即使是不同的方位。它仍然只是……这些。你一直都在这里吗？没有感觉到啊。看来在我们搬家之前你就进来了。上帝，那感觉就像昨天，或者是一年前。据我所知只有20分钟。我全身都不舒服。

［本上场，站在门外。

盖　尔　好啊，上帝。我需要，我需要振作起来。

本　亲爱的？

［盖尔打开了门。

本　你在和谁聊天？

［盖尔面向观众，又面向本。她再次面向观众。她一脸紧张地笑着。

盖　尔　没人。只是……在唱歌嘛。

［盖尔离开。

［第五场完。

第六场

［盖尔歇斯底里地冲进浴室。她身穿一件非常肥大的T恤，没有穿裤子。本跟在她身后进了屋子并轻轻地关了房门。

本　对不起，对不起。

盖　尔　你就不能多关心关心我吗？

本　我试过给你打电话了啊。

盖　尔　不，你根本没有。

本　检查一下你的手机，就在你的裤兜里。哦，等等……

［本被他自己逗笑了。盖尔朝他的手臂上捶了一拳。

盖　尔　如果我不回答，那就等于没有人过来。

本　只是特伦特。

盖　尔　我知道。

本　你已经见过他了。他就是……最酷的。

盖　尔　那不意味着我想让他看到我穿着你的奥尔曼兄弟 T 恤，像展翅的鹰一样的姿势在剪脚趾甲。

本　在厨房洗手池前你为什么要那么做？

盖　尔　我不敢相信你居然把你的老板带到这里。

本　只是特伦特而已。

盖　尔　别再那么说了。

本　对不起。（短停顿）对不起。（短停顿）我们能做一个短暂的"停止"吗？想想之前，我们和特伦特用笑解决了最初的尴尬还玩得很开心？我有一些很棒的……

盖　尔　你喝酒了？

［短停顿。

［本走到走廊上，给在舞台后的特伦特发信息，也就一分钟。之后本回到浴室。

本　你知道，这也是我的家。

盖　尔　这个该死的拖车。

本　是豪华房车。

盖　尔　（意识到）我们只是你在高速公路上经过的，一个住在拖车里的、啃了一半的纸盘子才意识到芝士蛋糕工厂有多美妙的乡下人！

本　我们不是，穷人。变成这样是因为我们喜欢。所以我们能够去旅行。我们选择了这个，也得到了他们最他妈想要的样子。

盖　尔　本，你什么时候需要去理解这些了？我们很穷，非常穷。你还在接受训练……

［本拿出一张支票。

盖　尔　这是？

本　我的第一笔工资。

盖　尔　你卖掉了第一辆车。

本　保时捷07，六万英里。

盖　尔　亲爱的，祝贺你。

本　这就是特伦特会在这里的原因。他想带我出去。

盖　尔　所以你喝酒了。

本　这是一个秘密。

盖　尔　哈?!

本　早午餐中的一杯。

盖　尔　你是谁？

本　我是个成功的汽车推销员。不，我们称自己为“汽车外援”。

盖　尔　再说一次。你—是—谁？

本　我这儿还有更多好消息哦。特伦特和很多在城市里开很酷、很时髦的画廊的女人们关系不错。他可以直接打电话给她们，现在就能把其中一位叫来。

盖　尔　所以她也可以嘲笑我们的拖车咯？

本　没人会嘲笑我们的。每个人都为我们感到高兴。一切都正在发生啊，宝贝！全部终于聚到了一块儿了。

盖　尔　我还没准备好。

本　盖尔，你在佛蒙特州所做的一切就是抱怨没有什么事做。

现在，我们终于搬到纽约去了……

盖　尔　新泽西……

本　……机会正在打你的脸啊。你还在等什么？

盖　尔　这不是我想要的。

本　啊？

盖　尔　纽约不是我想的那样。

本　宝贝儿，你还没离开房子呢。

盖　尔　你的意思是移动家庭豪华房车？

本　当人们搬到一个大城市的时候，这想法很常见。但你一直梦想着它。其实你应该亲自视察一下。从这儿脱离去享受它吧。

盖　尔　我们是应该要搬走了。

本　你开玩笑。

盖　尔　你看我像是在玩笑吗？

本　看看你。不到一个月就要临产了。

盖　尔　我不能这么做。我不能这么做。

本　宝贝儿。我的老板现在就在外面。我需要你理解我。现在。

盖　尔　别跟我谈我在想什么！（短停顿）

本　盖尔？

盖　尔　我很好。

本　我们要让一个人来到这个世界。如果发生什么，你应该告诉我。

［短停顿。盖尔面向观众。

盖　尔　（突然平静下来）本，你做得完全正确。是我太粗鲁了，特别是特伦特在这里。我爱特伦特。这是一个重要的场面！我为你感到骄傲！

[盖尔亲吻本。

盖　尔　为了庆祝，我要做我最拿手的冰调玛格丽塔！这得需要多长时间呢？干脆我们一起来吧！

[盖尔离开。

[第六场完。

第七场

[没有人在舞台上。我们听到各种婴儿的声音。不只是哭，还有叽叽咕咕的笑声……但是，肯定大部分都是哭声。这些噪音，聚在一起讲述一个故事，持续了一段令人不适的时间。

[第七场完。

第八场

[紧接着第七场。哭声竟然越来越大。

[盖尔冲进浴室，关门并上锁，就像在躲避一个跟踪连环杀手一样。当关上门时，哭泣停止了。她在四处寻找什么。她需要尖叫，或是用一些东西来掩盖它。她找不到任何东

西，所以她把嘴放到胳膊窝处，发出一声巨大的尖叫。

［暂停。

［她转向观众。

盖　尔　我很抱歉，我太粗鲁了。无论我是否喜欢，原来你们这些家伙还在这里。你们是客人，所以……请允许我重新开始。嘿，伙计们。事情进行得怎么样了？

［我们可以选择回应或不回应。

盖　尔　万事俱备。发生了很多事情。本和我刚拥有了一个孩子。你听说了吗？

［观众回应。

盖　尔　当然了。你怎么能说不，对不对？真是太棒了。每个人总在说如何拥有孩子是最好的事情，当这事发生在你身上时……他们也是对的。这很艰难，而且对你来讲就是繁重的工作、缺失的睡眠或时间，不过真的很棒。特别棒。太棒了。真的，真的很棒。我过得也很棒。你们怎么了？我不想太麻烦你们，所以我一直在找远离你们的方式。大家介意我待在这里吗？直到我冷静下来？

［她自嘲地笑着。

盖　尔　你知道吗，所有关于婴儿的广告和电视节目，他们从来不会给你看。

［她问观众中的一位是否有孩子。这是一个短暂的约定，取决于观众如何回答。

盖　尔　在10个月前，我真的可以理解这些信息，或者说更久以前。好吧，我并不想麻烦你们。让我去看看是否一切都安排好了。

［盖尔走到门前把门打开。

［哭声又出来了。

盖　尔　你们介意我继续闲待着吗？我们不需要对话。事实上，我宁愿不。

［她从门前离开，又坐回了马桶上。

［第八场完。

第九场

［本和盖尔在后台吵架。

本（音）　你给了他一个热狗？

盖尔（音）　他饿了！

本（音）　他还不能吃硬物！

盖尔（音）　我切开了。

本（音）　你以为是在希伯来国家吗？！

盖尔（音）　切得很小好嘛！我又不是直接递给他一整个热狗。他喜欢这个啊。

［观众听到他们在抱怨什么恶心的东西。可能还要呕吐。

本（音）　这就是为什么你不能给他吃硬的食物的原因。

盖尔（音）　哦……天哪，为什么闻上去味道这么差？我很抱歉。

本（音）　只是……

盖尔（音）　我不晓得我在做什么。我一点儿也不懂。

本（音）　走吧，就这么去吧。

盖尔(音)　去哪儿？

本(音)　随便哪里。我无所谓。

盖尔(音)　本。

本(音)　中场休息室。就去……

盖尔(音)　我想这么做。我想在这里做一个好的……小心！

本(音)　呃……

盖尔(音)　它沾到你身上了……我快要吐了。

本(音)　去吧！

［盖尔进入走廊。她身上覆盖着人类用过的废品——婴儿的废旧用品，虽然是废旧的。她犹豫着是否进入浴室，她俯视自己并对自己开玩笑。她走进浴室。

［她低着头，对自己的外表感到尴尬。她快速地偷瞥了观众一眼。是的，我们还在这里。她开始脱衣服，当她意识到要在观众面前裸体时停了下来。这很尴尬。

盖　尔　这真是尴尬。

［她低头看着自己。

盖　尔　嗯……我很抱歉，但大家介意……介意转过身去吗？

［她示意观众转过身去。

盖　尔　……只要一秒钟。

［她看上去像是可以开玩笑一样。

盖　尔　好嘛？

［盖尔劝说、要求观众转身并避开观众的视线。观众转身。几分钟过去。

盖　尔　好，你们可以转过来了。

［观众转回来，发现盖尔换上了浴袍或者是新的衬衫。

盖　尔　对不起，只是……嗯，你懂得。我正在努力。那么辛苦。我真的。

[盖尔看着我们中的一个，注意到了什么。它可以是任何东西，一篇关于服饰的文章，一个发型，两个可能正在约会的人。她问我们，从而延伸出了对话。谈话的氛围达到了自然的平静。

盖　尔　这真的很不错。即使有点尴尬，我也能承受。相信我。自从贝基出生以来我们还没有一次正常的对话。这就是我们给他的名字，贝基。本，年轻的本一直想给他的孩子起名也叫本，这倒没有多大的区别。所以……你见到贝基了吗？没有？但是你们在这儿待过一会儿。这怎么可能呢？我曾经和我的姨妈一起玩耍过很多次，有个问题经常会在任何时间困扰着我。他们谈论一个从未在舞台上出现过的人物。就像《灵欲春宵》里的情节或是他们的儿子。我甚至从来没有注意到发生了什么，因为我一直对他们何时出现保持着好奇。而他们不谈论的时候我会很恼火，我甚至记不住剧本本身的故事。我一直在想，“为什么他不在剧本里？”他们所有关于他的对话都非常有趣。为什么不给他一个机会，用自己的术语来为自己定义呢？为什么玛莎和乔治就可以玩得开心？那看起来一点也不公平。直到多年以后，我才意识到在第一处没有任何人物。他们从来没有为他塑造过！我发现大部分剧院都超级抠门，不想给演员支付出演费，编剧还要必须控制对角色描述的最少字数。这多么愚蠢啊，是吗？

[她突然停下。她东张西望，也同时看向后台。

盖　尔　我有趣吗？每个人都认为我很迟钝。我在大多数人面前都很安静。我真的很有趣吗？或者事实上你只是来这里看在我身上会发生什么，这能让我变得有趣吗？说真的，这太好了。如果没有孩子怎么办？不，等等。说起来这是件可怕的事。但……

[她感觉到观众在反对她。

盖　尔　你没有去过那里，去面对这一切。你只是来过这里。就像你躲在后台。而我在片场一样。

[盖尔有一个疯狂的主意。她走到浴室的“墙”前。用她的拳头去砸。不过那只是空气。

盖　尔　去他妈的！

[她看着观众的样子就好似：“你他妈的看到了吗”？她耸了耸肩。

盖　尔　好吧。

[她开始打，好像打破了她面前的“墙”。她正在逃脱飓风困境中的重要节点。看上去感觉太不可思议了。她笑得歇斯底里。

盖　尔　好的！没错！没错！

[到了这一点，她把所有的“墙”都破坏掉了。她停下来看着我们。

盖　尔　好，我已经走了这么远啦。

[她纵身一跃跳下了舞台并走进观众席。她正好到观众这儿来。她真的在检查观众，抚摸着观众。她问候观众，更好地了解了观众。这种情况持续了一两分钟。

盖　尔　我有一点儿风趣！对吧？你认为呢？

［观众回应。

盖　尔　我想你们都觉得我非常有趣，如果不是因为你不会离开这个事实。话说大家互相都认识吗？

［她继续和我们交谈，跟我们学习——观众来自何方，是什么原因把观众带到这里。也许这个对话是关于天气的。在这个场景中的某个重点上，盖尔记住了我们中两个人的名字——理想的，一对夫妇。随着事情的进展，房间开始显现出一个聚会的气氛，盖尔很享受它。

［最后，本闯过门廊走了进来。他的穿着适合当前剧场外的天气状况。至此，无论室外天气是怎样，他身上应该被什么东西所覆盖着。例如，如果外面下雨了，他应该是湿的；如果是阳光明媚，他应该被阳光照耀着。本突然打断了盖尔她自己所身处的派对。

本　亲爱的，亲爱的。

盖　尔　本！

本　我吓到你了吗？

［盖尔试图阻止本看向观众。她的手势让观众保持安静。

盖　尔　不，不，一切都很好。

本　你还好吧？

盖　尔　嗯，我好极了。

本　你在外面干什么？

［我们听见贝基在哭。

本　你为什么不照看贝基？

盖　尔　嗯……呃，我现在心烦意乱。

本　为什么？

［长时间的沉默。

本 在这儿，你好像已经度过了漫长的一天。那么今晚我来照顾贝基，你去做饭怎么样？或者更好地，就当放松一下。

［本亲吻她的前额。然后本离开，并用坚定的步伐回到移动房屋去。

盖　尔 该死的。他正看着观众。

［盖尔走回舞台。她向原来跳下来的位置走去，但她停了下来。相反，她跟随着本的步伐，转过来面朝我们。

盖　尔 对不起，我不得不去。但你们不能。

［盖尔离开。

［第九场完。

第十场

［盖尔拿着一台笔记本电脑。

盖　尔 伙计们，我要给你们看个好东西。

［她坐在马桶上。她打开笔记本电脑，找到了一个很滑稽的动图想拿给观众看——还蛮不错的。她给其中一人展示。观众也许会喜欢它，毕竟观众是凡人。

盖　尔 我知道这有点粗俗，但怎么好呢？

［她拿回电脑继续浏览网页。观众听到本在后台。盖尔意识到他走近浴室。盖尔突然脱下裤子坐回了马桶。她用口型对我们示意“对不起”。本带着婴儿奶瓶进来了。

本　这是给你的。

盖　尔　你什么意思？

本　没什么意思，就是几小时没见了。

盖　尔　你在门口待多久了？

本　我不知道你在里面。

［本开始在水池边清理婴儿奶瓶。

盖　尔　厨房的水池坏了吗？

本　又开始往外喷棕色的水了。

盖　尔　每次这种事一出现，我就恨得要死。

本　对。（短停顿）你在看什么？

盖　尔　网页。

本　今儿网上有说什么好的事吗？

盖　尔　没。都是旧新闻。旧新闻啊。

［短停顿。本继续清洗奶瓶。

本　所以，你只是在进行……厕所阅读。

盖　尔　差不多吧。

本　你和一些玩世不恭的家伙很相似嘛。

盖　尔　对。

本　行。

［短停顿。本继续清洗奶瓶。

本　哎，你有……

盖　尔　啊？

本　你有听说过 Etsy 这个网站的事情吗？

盖　尔　那是什么？

本　这个好像是特伦特告诉过我的。是一个可以让你售卖艺术作品的网站。

盖　尔　哇哦，很棒啊。

本　嗯。（短停顿）听上去的确不错。

盖　尔　我打赌它一定是。

本　嗯。

［短停顿。盖尔继续浏览网页。

盖　尔　哇……

本　你在浏览这家网站吗？

盖　尔　不是。我找到了一个可爱的猫咪视频。

本　哦，是不错。（短停顿）这儿。

［本将盖尔的电脑抢夺了过来。

盖　尔　本，你他妈的在做什么？

本　让我来介绍这个网站。在网上它可能很难找到，你可以……来看一下。

盖　尔　只是……行吧，快点弄。

［本输入 Etsy 的网址。

本　这就是。

［本将网站展示给盖尔。

盖　尔　本，这上面的一切看上去都很垃圾。

本　它就像你曾经在佛蒙特州出售过的东西。

盖　尔　你在逗我？

本　我不是说……这些都不是"垃圾"，我只是说这个东西很好，就像你以前卖的一样，都很不错。

［盖尔浏览网页上的内容。

盖　尔　没错……

本　我只是……我只是在想，我的意思是，我们仍然有很多货锁在仓库里，它只是放在那儿。没准儿抽空这么做会很有趣，比如在贝基睡着的时候或者……

盖　尔　你想让我开个网店吗？

本　我不知道。当然了，为什么不呢？你甚至可以叫它……

［本俯身在盖尔身上，移动鼠标和点击。

本　“盖尔的珍宝”。

盖　尔　你为我开始经营网店了？

本　我在工作中会有一些停工休息时间。

盖　尔　“盖尔的珍宝”？

本　怎么了？

盖　尔　你来真的啊，本？

本　你想怎么给它起名就怎么来，这是属于你的店！（犹豫）我只是想……它可以是一个让你去做交流的很好方式，去重新和……你的艺术世界连接起来。这样就足够了。（短停顿）就是这么想的。（短停顿）哇，上班要迟到了。我得赶快走了，亲爱的。

盖　尔　好的，亲爱的。

本　亲爱的。

盖　尔　嗯，我爱你。

本　哦……你不想出门嘛？

盖　尔　为什么？

本　那你要照顾贝基？

盖　尔　哦，那好。当然了，嗯……给我一分钟。

本　你明白……

盖　尔　什么?

本　你在贝基身上肯花那么多时间,真是太酷了。

盖　尔　你看到他了。

本　嗯。没错。我只是说……有时我的工作时间如同设想我要待到很晚的那样不规律,比如去早了,比如是周末。我会在他睡着了的时候回家,我只是……我只是想叫醒他,这样我们就可以……但那太无礼了,甚至还很自私。可是你就能一直看到他,我很嫉妒啊。(短停顿)算了,不管是谁,今晚见。

[本离开浴室。

盖　尔　(面向观众)人们会买这些吗?(她到处点击网页上的选项)他们可以要价等,等等,这条项链的价格是我在佛蒙特州时要价的双倍。而且我的东西也没有那么的……劣质。不,我说的是真的。你从没见过我的手艺。它们很棒。

[第十场完。

第十一场

[接第十场。

盖　尔　不,我是说真的。我给你看下。

[盖尔拿出一些不同的手工材料并开始往项链上加工。本上场并站在门外。他站了有一会儿。

[长时间的沉默。

盖　尔　本。

本　嗯。

盖　尔　你让我感觉到毛骨悚然。

本　你看到我了。

盖　尔　很显眼啊，你刚才就站在这儿。你还好吗？

［本进入浴室。

本　你今天对它真的很上心啊。

盖　尔　没错。

本　在浴室里。

盖　尔　没错。

本　在你的计划之中？

盖　尔　没错。

本　在浴室里？

盖　尔　你刚才已经说过了。

本　看上去你好像受不了语言重复。

盖　尔　这是在中场休息室。

本　我知道……我不是要试着……

［本向窗外看去，并呼唤盖尔在第九场遇见过的两个人的名字。

盖　尔　谁？

本　我们的邻居。

盖　尔　他们要干嘛？

本　他们想要拜访我们。

盖　尔　想得可真美。

本　他们挺不错的，而且非常渴望能够见到我们。他们有一堆人今晚聚会。你的意见呢?

盖　尔　嗯。可能换个时间吧。

本　好好好,那样也行。要不你和我一起去做些什么?

盖　尔　比如什么?

本　随便。只要是你想做的有意义的。我们可以去看电影,或者去吃寿司,看画展,随便什么都行。

盖　尔　嗯……

本　只是……只是我觉得好像一整个星期都没怎么见到你了。这真是个漫长的……

盖　尔　本,你能把剪刀递给我吗?

本　哦,好的。

[他照做了,还拿起一个做工完成的项链绕在自己的脖子上。

本　你觉得怎么样?

盖　尔　听上去真棒,亲爱的。我要忙死了。

本　忙?

盖　尔　对。

本　在浴室里的串珠计划。

[她笑着看向他。

本　我们需要聊聊吗?

盖　尔　聊什么?

本　看,我都能做到。这并不是你最擅长的地方。

盖　尔　恰恰相反。

本　你想要的并不绝对。我理解,但你需要给予它关注,就只是为了我们。(短停顿)这真的很不错。我保证。(短停顿)你一定要这样吗?

盖　尔　要怎样？

本　这可能会开始变得残酷。在过去，它对于我们来说是最好的。但你越早去面对的话，越好。（短停顿）拜托，看在上帝的分上，看着我！我已经工作了整整一天！我为了你什么事情都愿意去做，就快变成一个该死的人了！

盖　尔　本。

本　什么？

盖　尔　这和我是否疯了没有关系，或者其中任何一个原因。

本　这对身体不好。

盖　尔　可我乐意啊。

本　你高兴了我就会开心，可是……

盖　尔　这是我的中场休息室。

本　的确是，休息室。为了一时的停止。但你不能让你的整个人生都暂停掉啊。

盖　尔　为什么不可以？

本　因为，（短停顿）这太疯狂了！

盖　尔　谁让你这么决定的？

本　（几乎笑出来）那又怎样？你准备打算住在厕所了？

盖　尔　我确定。

本　哦。（短停顿）等等，真的吗？

盖　尔　对。

本　好吧，我很抱歉。最近发生了很多事，而且过得特别紧张：新到来的孩子，新的家。太多了，我们争吵的次数比以往任何时候都要多。真的，比起第一次。但你要相信我，事情会变得越来越好。

盖　尔　一旦你接受我的生活方式，他们才会过得更好。

本　你逗我？

盖　尔　我想，这就是我们很多的分歧都源于最近的问题。

本　那我呢？我们的生活方式呢？

盖　尔　我不会阻止你做任何事。

本　这一切怎么可能有效？那谁来照顾贝基？

盖　尔　你可以的。

本　做什么？怎么做？我已经工作十个小时了。

盖　尔　不要工作。

本　什么？我们怎么赚钱？

盖　尔　我的商店。

本　什么商店？

盖　尔　网上的。

本　盖尔，你在网店上赚的钱不可能养活我们两个人。

盖　尔　我是在佛蒙特州的一家实体店里做工。这有什么不同吗？

本　可是……好吧，我猜……

盖　尔　对了，你有几天假期，是吗？

本　对。

盖　尔　所以请几天假，让我们试验一下。给我一个工作的机会。

本　那你所追求的真正艺术呢？

［盖尔冲观众眨眼。

盖　尔　哦，本，不要为这事着急。（短停顿）这样你就能得到更多陪伴贝基的时间。

本　对。不过……

盖　尔　你一直说觉得你和他没有很多在一起的时间。而且他也这么快就长大了。

本　嗯，这倒是真的。

盖　尔　让我们试试看！这可能是我们真正成为一个家庭的方式。

本　一个家庭？

盖　尔　对，一个真实存在的家庭。

本　这并不是大多数家庭都喜欢的。

盖　尔　但我们为什么非要成为那“大多数家庭”呀？

本　简直疯狂到极致了！

盖　尔　我知道。我是想得有些多。但我们会解决的。

本　什么时候？

盖　尔　随时！也许明天。（短停顿）

本　不会再有让他妻子去做这些事的男人了。

盖　尔　（亲昵地）我没有和那些人结婚是件好事。

［她伸手去牵他的手。他犹豫了一下，但决定回握住她的手。停顿。

本　好吧。

［观众听到什么东西在后台撞击或被撞。停顿。

本　不。我猜……嗯，我会明白的。

［本试图扯掉脖子上的项链，但这么一做，项链就松开了，珠子也溅得地板上到处都是。

盖　尔　本！

本　（徒劳地试图收集珠子）抱歉，抱歉。

盖　尔　就……就那样吧。

［本退场。盖尔举起一条新制成的项链。

盖　尔　这个！免费的！

［盖尔把项链送给观众中的一个人。你不用付钱，但是你要来拿。于是观众中的一个会走上台接过项链。

盖　尔　如果你不喜欢它的话不用必须戴上的。但我还是希望你能戴上。

［第十一场完。

第十二场

［接第十一场。

盖　尔　实际上，你们都可以佩戴一个！因为我有重要消息要宣布！我的商店要营业啦！

［盖尔的电脑发出“叮”的一声响。

盖　尔　你听到了吗？这是我要处理的订单。另一个订单是所有其他订单中的排行第一。我的商店已经取得了巨大的成功！为什么我要浪费这么多的时间和精力在佛蒙特州的店面上，什么时候我能完全在网上经营呢？这本来是同一件事情，我可以从中收取更多的费用。

［她做了几个按键的动作。

盖　尔　我仍然不相信本是有这个想法的。我认为他仍然在焦虑和不情愿。他过来了。

［本进入走廊。

盖　尔　哦，现在他来了！

［本拿着托盘走进浴室。上面摆着排列整齐、均衡的早餐。

本　早上好！

［本放下托盘。

盖　尔　早上好，亲爱的！

［他们亲吻。

本　你今天过得怎么样？

盖　尔　我简直完美。自上星期以来销售额增加了35％。

本　你是认真的吗？这太让人吃惊了！

盖　尔　说给我听听。本，我从来没有如此集中注意力过。

本　是吗？这很棒啊。

盖　尔　就像我的一生。（更多面向观众）我真的找到了我的人生目标。

本　那，当你经营你的实体商店的时候呢？

盖　尔　嗯，那的确有趣，但是太难了。开销太大了。

本　但是你不快乐吗？

盖　尔　当然，我是。但现在这事儿如此之大。这个在线商店是你给过我最好的主意，本！我不敢相信我曾经怀疑它。

［盖尔的电脑发出“叮”的一声响。

本　嗯，我也高兴。

盖　尔　你怎么了？

本　没什么。

盖　尔　本。

本　我很好。

盖　尔　本。

［暂停。

本　我觉得我好像在犯罪。

盖　尔　是你在支持着我。

本　大家会怎么想？

盖　尔　谁在乎他们怎么想。

本　我该怎么和人们说？邻居？

盖　尔　这不关他们的事。没什么不妥的。

本　我们还会再做爱吗？

盖　尔　我们会弄明白的。

本　你不想在某些点上指出问题吗？

盖　尔　可能吧，我们试试。（短停顿）我在这儿待多久了？

本　94天。

盖　尔　我已经完成了大部分的工作。

本　很好。

盖　尔　我从没有这么幸福过。

本　我们要告诉贝基什么？

盖　尔　你来做决定。

本　等等？他是我们的……

盖　尔　本，这是待遇。

本　什么待遇？

盖　尔　我会在经济上支持你们，你负责照顾好贝基。

本　不是这样分配的。

盖　尔　为什么不行？

本　作为一个母亲不仅仅是去赚钱，她应该是……他的……你必须……

盖　尔　你想说什么？

本　请仍旧表现得像个母亲！

［盖尔的电脑发出“叮”的一声响。之后不断地在响。

盖　尔　本，我们以后再谈这个好吗？我需要处理这些订单。

本　盖尔，这非常重要。

盖　尔　我知道，我知道。但现在不是谈这个的最佳时机。

本　然而我们需要。

盖　尔　我们会的，我们会的。

本　什么时候？

盖　尔　也许明天。

［本开始离开。

本　你最后一次见到他是什么时候？

［本退场。

盖　尔　你最后一次见到他是什么时候？（短停顿）其实你没看到他，对吗？像以前一样。不。（短停顿）你们见到我怀孕了吗？

［观众回应。

盖　尔　比如……你有没有看到过我隆起的肚子？不，我看起来很好。你甚至从来没见过宝宝。事实上，自我验孕之后你们一直和我在一起！

［盖尔看向马桶后面，拿出了验孕棒。

盖　尔　哦，上帝！这只是一个雪糕棍做的彩色笔！（短停顿）我记得怀孕了。我记得生了个宝宝。我没有干呕过吗？或者，我想我记得自己怀孕了。但人们总是会虚构回忆。比如，多年来，我一直记得我爸陪着我玩滑梯，但后来我妈却告诉我从来没有发生过，因为我根本就没有爸爸。我只不过看到的是一则广告而已。

［盖尔转过身来挥挥手。在马桶后面应该是那“墙”。

盖　尔　哦，上帝！没有一个是真的。（最大程度的宽慰）孩子根本不存在。

［更多地“叮”声出现了。

［第十二场完。

第十三场

［接第十二场。

盖　尔　时间是多么的不可思议啊。

［本进入屋子。

本　亲爱的，我们需要更多的尿布。

盖　尔　就是这样。

［盖尔递给本一些钱。本的手机响了。

本　你要和我一起去商店吗？

盖　尔　也许明天吧。

［本离开。

盖　尔　当你没有太多期待的时候，真的很难去做任何事情，因为你被困于现在了。目前没有什么事情要做，以前有，但是现在没了。现在变得非常的……空虚，所以才过得随意啊。值得期待的事情，甚至一些小事，都能让生活框架变得更好。

［本再次进入屋子。

本　亲爱的，你应该去看一下在太阳下山之前的天空。我从没见过这样的景象。

［盖尔在笔记本电脑上进行了一系列操作。然后她把电脑页面转向他。

盖　尔　是这个吗？

［本大吃一惊。

本　呃……是的。

盖　尔　你说得对，本。多么令人惊艳的天空啊！

本　那样可能吗？

盖　尔　什么？

本　你电脑上的图片质量……竟然比我自己视野看得还要清晰。

盖　尔　那不是很棒吗？我刚刚升级了我的 iOS。

本　你认为你能走出来，把它放在我的桌面上，这样我就可以看到那样的日落了？

盖　尔　哦，抱歉。它只是布景。也许明天吧。

［本离开。

盖　尔　我在哪里？……现在……随机的……框架里，哦对了！你知道有什么更好的吗？过去的，具体一点。你知道是什么吗？但你仍然可以做任何你想要的。你知道还有比这更好的吗？是未来。在未来，你会得到很多。你真的可以做任何你想做的。希望有那么多。

［本又一次进入屋子。

本　嘿，你收到我给你发的邮件了吗？

盖　尔　哪一封？

本　关于马桶椅。

盖　尔　收到了。很贵啊，你不认为吗？

本　但是这款真的很不错。

盖　尔　你为什么需要马桶座椅？

本　因为莫妮卡·拜尔就给她女儿买了一个。

盖　尔　所以呢？

本　我们都讨厌莫妮卡·拜尔。

盖　尔　本，这太荒唐了。

本　盖尔，贝基需要它。

盖　尔　真的？贝基需要这个。让我看看他。

本　你想见他？

盖　尔　嗯，我想看看他到底有多需要这个“马桶座椅”。

本　你就不能相信我的话吗？

盖　尔　真有趣。贝基从来没有接受过这部分信息。

本　嗯。

盖　尔　为什么？

本　他就在外面。

盖　尔　行，让他进来吧。

本　如果你想见到他，你应该离开浴室。

盖　尔　你为什么这么做，本？

本　他离我们有九米远。

盖　尔　这意味着他只需走九米到这里来。如果他事实上，是在“外面”。否则，有这样一个巨大的消耗是很难的。

本　好！没有关系！我们只会让贝基成为更多人嘲笑的目标！

盖　尔　谁会嘲笑他？

本　每次我们去游乐场时，我都是那里唯一的亲人，每个人都问我另一位亲人在哪里。

盖　尔　哦，对不起，对于你现在的生活如此艰难，我感到抱歉。忍受游乐场恃强凌弱的人必定是很残忍的。

［本沉默不语。他准备离开。

盖　尔　你不想问我今天是否出去吗？

本　不，我并不是特别想问。

盖　尔　很好！

［本离开。

盖　尔　下次你进来的时候，敲下门！（面向观众）你能相信吗？本妄想能够买尿布和食品真的很戳我笑点，但我不要把钱花在……马桶座椅究竟是什么？要是男女关系像搞业务一样，那就是直接交易。你送我一程到机场，我会带你离开。你支持我这次分手，你可以把所有应该发泄在你女朋友身上的欲望发泄到我这里。你抱着我哭，我会“不小心”抓住你的阴茎。但事实并非如此。嗯，这就是我想表达的。我喜欢事情发生的彼此关联性。你可以认识有一个男人来自未来5分钟后，而另一个女人则来自3年前，一个人来自6个月后的未来，当其他人只是在夏威夷时。如果两人在同一时间高潮，这将是理想的。但这不是必须的。我妈妈先于5年，我的继父则落后2年，他们经营爱情一直到继父的52岁，由于某种原因又跳回了30年前。然后开始变得不幸。它现在总是在不幸之中。

［在后台，我们听到本在轻声和贝基开玩笑。

本(音)　哦，你好，威利！终于见到你真是太好了！

盖　尔　本！

本(音)　等一下，伙计。

[本上场。

本　你叫我干嘛，盖尔？

盖　尔　你在和谁说话？

本　威利……

盖　尔　谁是威利？

本　哦，它只是贝基的新“朋友”。怎么了？

盖　尔　来这里。

[盖尔递给本一些钱。本的手机响了。

本　拿这些钱要做什么？

盖　尔　如果这个对你真的很重要，我想让你继续去买马桶座椅。

本　盖尔，贝基不再需要使用马桶座椅了。

[本退场。盖尔给观众一个困惑的表情。她的电脑响了一声。

盖　尔　另一个……哦，这是一封电子邮件。

[她查看它。

盖　尔　来自目标的电子邮件。他们想要什么？

[第十三场完。

第十四场

[接第十三场。

[盖尔的网络因为本突然出现在门口而中断了。他扮演了一个“囚徒”的角色。

本　这里孤零零的，真是寂寞极了。

［虽然有些猝不及防，盖尔却疯狂地赶上了本的角色扮演。她也扮演了一个“囚徒”的角色。

盖　尔　这里除了你我，没有别人。

本　我想念我的妻子。

盖　尔　你认为她还在外面吗？

本　哦，她一定还在。她在等我。

盖　尔　我知道你很天真，汉弗莱，但你现在是个哑巴。

本　现在我们该做些什么？

盖　尔　这儿只有一件事可以做。

［本不耐烦地却兴奋地开始脱衣服。盖尔变得很不舒服，她偷偷瞥了观众一眼。

盖　尔　也许我们应该用条毯子。

［第十四场完。

第十五场

［接第十四场。

［本上场。他敲门。

盖　尔　（思考他们的性挫败）我很抱歉，本。我知道这对你来说并不容易。

［本没有听到她的声音，因为他在门外。

本　我能进来吗？

盖　尔　本，我们可以不要再假装了吗？我真的很想谈谈。

［本没有听到她的声音因为他在门外。

本　我说，“我能进来了吗？”

盖　尔　本，你明显是站在舞台上。这里没有门。每个人都可以清楚地看到。

［本没有听到她的声音因为他在门外。

本　我进来啦！

［本打开门走进来，并在身后关上了门。

盖　尔　（面向观众）上帝，他是最糟糕的哑剧演员。

本　我刚接到一个来自目标的电话。

盖　尔　目标？

本　他们想买“盖尔的珍宝”。

盖　尔　你是认真的吗？

本　不仅如此。他们想为你增加更多的工作量。他们会为你提供物资、资金、出差补助，甚至是一个真正的工作室。

盖　尔　太不可思议了！

本　说给我听听。我们可以让贝基去上私立学校！

盖　尔　就这么做吧！

本　完美！我要开个会。

盖　尔　等等，就在这儿？

本　我敢肯定他们会在办公室里开会。

盖　尔　我们不能在电话里进行吗？

本　盖尔，这是一笔大买卖。他们想见到一个亲自拿走所有酬劳的人，而不是在一个移动房屋的浴室里。

盖　尔　豪华房车，是你喜爱的。（短停顿）

本　盖尔，时间到了。

盖　尔　我来决定什么时候开，但肯定不是现在。

本　你在说什么？

盖　尔　我们甚至不需要再有新的收入。我的手工艺品卖得很好。

本　是的，但这不够快。

盖　尔　我的销量比当初在佛蒙特州多五倍。

本　盖尔，我们现在在纽约啊。

盖　尔　新泽西。

本　酬劳会更加的贵。这是一个真正的可持续发展的机会。

盖　尔　我们不需要钱，如果你没有放弃你的工作。

本　好像我有选择一样。

盖　尔　是你让我待在这里的。

本　我该怎么办？再把你拖出去踢，让你尖叫？

盖　尔　一个纯爷儿们会这么做的。

本　你希望真男人就得如此？

盖　尔　我想要什么并不重要。我懂你的意思。（短停顿）

本　我累了。我们只是……

盖　尔　我们能中场休息一下吗？

［本退场。盖尔看向观众。

盖　尔　什么？（短停顿）你想要什么？（短停顿）我现在没有什么要给你的东西，好吗？让我们暂停一下。

［盖尔向远处看去，假设观众会给她一些空间。但是观众无法给她任何空间。这惹恼了盖尔。

盖　尔　我是认真的。我很严肃。（短停顿）你们都需要一直待在这里吗？

［盖尔特别是对观众中的一个。

盖　尔　什么？（短停顿）你只是看了我一眼。

［停顿。

盖　尔　还等什么？我是个混蛋？你是这么想的吗？（短停顿）不，我是认真的。告诉我，让我们诚实一点。请自便吧。

［我们应该回应，不管我们说什么，盖尔会把它变成一种对她的侮辱攻击。当你真的痛苦得要疯了的时候，只想自己生气、难过，任何人对你说即使是非常安慰的话语，你也觉得只是扭转了进攻方式。然后……

盖　尔　我为你留在这里，做这一切。你认为这很容易吗？你一直有话要说，只是不断地、不休地。你有没有考虑过我只是为自己想一下而已？

［本上场。

盖　尔　哦，天哪。

［本敲门。

盖　尔　我不能再这样了。我只是……我不能做这一切。

本　盖尔？

盖　尔　我不能，我不能。

本　盖尔，我进来咯。

盖　尔　我不能这么做，我不能这么做。

［本走进浴室，盖尔假装睡着了。本走到跟前看着盖尔。本深情地注视着她。在这个宁静的地方，他仿佛看到了9年前他爱上的盖尔。他吻了她的前额。本关上盖尔的笔记本电脑，把它放在一边。他把颈枕垫在脖子后，给她盖上毯子。这么做时，他的手掠过她的乳房。他把手放在那儿一

会儿。他爱抚她的膝盖。他决定自摸并陷入其中。盖尔慢慢地挪了一下，本停下来盯着她看。她不动了。

［本试图恢复之前的活动，但过一会儿他开始哭了起来。他默默地哭着。他照镜子，就像他在看着观众。他决定他应该坚强起来。他拍打自己的脸，这样就不会变得迷失。那是个可怕的想法，但至少他已经停止哭泣了。他坐在地上。把脸放在盖尔的大腿上。

［盖尔，没有睁开眼睛，她把手放在他的头上爱抚他。终于使他平静下来。她睁开眼睛，看着我们。她假装要起身回去睡觉。

［几分钟的沉默完全过去了。

［本深深地吸了一口气站了起来。他走出浴室。盖尔睁开眼睛看着我们。

盖　尔　看看你做了什么。这不能……你知道吗？是啊，我不去，我会为你留下，但现在……

［盖尔大叫。

盖　尔　本！本！（短停顿）本！

本(音)　什么？

盖　尔　到这儿来！

本(音)　为什么？

盖　尔　你过来就是了。（短停顿）求你了！

［本进入屋子。

本　这要干嘛，盖尔？

盖　尔　开会。

本　你当真？

盖　尔　绝对认真。

本　你没开玩笑?

盖　尔　今天就开会吧。

［本火热地亲吻盖尔。

本　谢了,亲爱的。太感谢你了!

［他再次亲吻盖尔。

本　我为你感到骄傲。我知道你能做到。

［本准备离开。

本　我马上给他们打电话。我今天要把一切都安排好。

［他准备离开,但停了下来,转过身。

本　其实,你介意我们去的时候在图书馆停留一会儿吗。我需要还几本书。

盖　尔　哦。

本　很快就好,时间来得及的话。

盖　尔　没错。

本　它不会花费太多时间,我几乎不用下车。外面就有一个升降投递箱。

盖　尔　好的。

本　然后我们就去参加这个大型会议。

盖　尔　(假装兴奋)耶!

本　然后,我们应该去吃午饭。为了庆祝!

盖　尔　有必要吗?

本　盖尔,这是巨大的工程!城里有一家很棒的新咖啡馆!你会喜欢的。

盖　尔　然后我们马上回来。对吗?

本　盖尔，你甚至都想不到。他们的饼干棒极了。你知道，我们需要最后计划一个大的旅行。我们过去常常谈论旅行。还记得吗？让我们实际去做吧！

盖　尔　嗯……我不知道我们是否还有时间去想这些。

本　宝贝儿，我们拥有世界上所有的时间！（短停顿）好，好，好，我去打电话。（短停顿）

盖　尔　你为什么那样看着我？

本　我一直知道这一天会到来。

［本给观众一个飞吻，笑了笑，然后离开了。

［沉默。

［盖尔突然大笑起来。

盖　尔　开玩笑！（短停顿）我完全是在开玩笑！你应该看看你的脸。哦，天哪。好吧，也许这是一个刻薄的玩笑，因为很明显我哪儿也不去。你还没准备好要我走。我决不会那样对你。

［本带着一套盖尔的职业装和一盘精心排列完整的早餐进入屋子。

本　我把会议改到上午10点了，所以我们的时间不多。就吃这个，我会熨烫你的西装。

盖　尔　本。

本　他们会爱你的。我能感觉到。这时刻终于到了！

盖　尔　本。

本　怎么了？

盖　尔　我不能去。

本　你在讲什么？

盖　尔　我觉得你更应该去。

本　当然我会去，和你一起。

盖　尔　不，没有我。

本　盖尔，我们马上就要出发了。

盖　尔　不，不，不，你会做得很好。我知道你是最好的推销员。你可以卖给任何人一部汽车。你会做得很好。

本　盖尔，我发生了什么事。

盖　尔　你做什么？

本　我知道这是个重要问题。你一定很紧张。所以我有了一个主意。

盖　尔　什么？

本　面试练习！

盖　尔　不，本。

本　请叫我汉弗莱先生。请坐吧，贝内特女士。我只是开个玩笑，你已经坐好了。

盖　尔　本，求你了。

本　首先让我说：我们在这里爱的目标是“盖尔的珍宝”。只是真心爱它们。

［短停顿。

盖　尔　谢谢。

本　美丽的东西，就是美丽的。恕我直言，贝内特女士。切入正题，我们想合作盖尔的宝石生意。

盖　尔　你做什么？

本　我们希望我们的货架甚至到边缘都能塞满你的宝石。

盖　尔　这听上去……是不错。

本　美国的每个人都会在自己的家里拥有一块盖尔宝石。

盖　尔　那不过是一堆碎片而已。

本　我们甚至会委托，因为我认为你的丈夫应该已经告诉你，我们会委托给你一个工作室，这样你就可以回归你真正感兴趣的艺术。

盖　尔　我已经在做了。

本　你这是？

盖　尔　对，我丈夫就是不理解。

本　但他已经努力去尝试了！（短停顿）我确信。（短停顿）我们唯一需要你做的，是一次……旅行。

盖　尔　一次旅行？

本　我们在全国各地的几个地方，只提供演示和向客户推销你的产品。

盖　尔　有必要吗？

本　你只需要参加……几次会议。

盖　尔　嗯……哼。

本　但我们会给你安排最好的、最好的住宿。

盖　尔　我不明白。

本　你的丈夫会陪伴着你的每一步。

盖　尔　本。

本　老实说，如果我可能直言不讳的话，这一切都会让你觉得赚够了钱。够你满意，这样你和你的家人就再也不用担心钱的问题了。

盖　尔　我明白你的意思。

本　很好，所以你会这么去做。（短停顿）你会去做，对吗？（短停顿）拜托了，我们真心爱你和你的工作。（短停顿）你至少想这样吗？

盖　尔　你什么意思？

本　你没有任何……想出门的欲望吗？

盖　尔　这有关系吗？

本　当然有！

盖　尔　好吧，我……我想我会做的。

本　好啊，好，真是太好了。而且，你知道我是你的丈夫吗？

盖　尔　我知道。

本　我打赌这意味着很多。

盖　尔　对他来说这意味着整个世界。

本　所以你是知道的。（短停顿）

盖　尔　是。

本　这对于贝基的未来可能创造奇迹。

盖　尔　谁？

本　你的儿子。

盖　尔　我没有儿子。

本　你知道的，我只能想象，你的丈夫如果听到你说这样的话会受到多少伤害。

盖　尔　事实就是这样。

本　你表现得好像他根本不存在。你为何欺骗自己？

盖　尔　好吧，他是真的存在。那就把他带来给我看看。

本　不行。

盖　尔　给我看看他如何真实存在，就现在。

本　不行。

盖　尔　因为你做不到。

本　因为我没有给我们的儿子看，他精神错乱的母亲竟然坐在一堆自己的屎上。（短停顿）

盖　尔　汉弗莱先生，答案是没有。

本　如果你不这么做……

盖　尔　什么？然后怎样？

本　没什么？

盖　尔　什么？

本　他……我……他可能不得不……我不……

盖　尔　什么？

本　我不愿去。

盖　尔　说。

本　我们能否暂停一下？

盖　尔　你在讲什么啊？

本　他可能需要……

盖　尔　什么？离开我？他决不会那样做的。（短停顿）对吧。（短停顿）对吗？

本　你没有真的给他一个机会。

盖　尔　我在经济上支持他了。

本　这并不够。

盖　尔　但是我们，我们……一切都很好。

本　不好！它们已经坏了这么久。虽然，它存在了一阵子。不知怎的令人惊讶。事实上很完美，你也非常高兴。甚至是他见到你时最快乐。他不理解，但他很高兴地在支持你。

盖　尔　所以为什么要离开？

本　它不再运作了。

盖　尔　如果我告诉他怎么办?

本　告诉他什么?

盖　尔　比如我需要帮助?

本　可能太晚了。

盖　尔　他为什么从来没做过什么?

本　这就像一个坑洞。你知道你该做些什么,并需要做完。但是你最终相信,它一定会完成的,它会自己得出结果。其他事情也在不断出现,获得更多的关注。所以它只停留在你的待办事项清单上,不断被推得越来越远。而同时,你刚学会了操纵。你忘了这是个问题。你忘了,甚至有一次是在坑洞前。这只是你生活的一部分、其中的一件事。(短停顿)他爱你。他用全身心去爱你。这不再是他自己的生活了。

盖　尔　他将会去哪里?

本　不知道。他只知道这儿没有地方能养育一个儿子。

盖　尔　看在上帝的分上,本。这儿根本没有孩子!

本　别再那么说了!

盖　尔　我才不信你呢!够了够了!我已经让这段时间持续足够久了。这儿没有孩子。我们都看到了。

本　谁?

盖　尔　在场的所有人!

[盖尔指向观众。

本　你在说什么?

盖　尔　本,承认我们在演戏吧。我花了一段时间来适应它,但是我曾经做的时候是那么的快乐。

本　盖尔。

盖　尔　让我把你介绍给每个人。大家好，这是本。本，这是……大家。（短停顿）

伙计们，你可以打招呼。他不会咬人的哦。

［沉默。

本　盖尔，现在发生什么事了？

盖　尔　这是……

［盖尔开始单独介绍每个人，回忆起在剧中的任何对话或知情人才听得懂的笑话。

本　盖尔，这里没有人。

盖　尔　本，你得看清现实。（短停顿）伙计们，这将会是一个插嘴的最佳时机。来吧！

本　我……我得走了。

［本退场。

盖　尔　本，这没什么大不了的。

［她面向观众。

盖　尔　为什么你什么都不肯说？（短停顿）你看看你都干了些什么！之后的一切……（短停顿）他看着我，好像我疯了一样。

［一个小男孩走进浴室。盖尔看见那个小男孩，愣在原地。

［他们彼此凝视着沉默不语。最后，小男孩摇晃着她。

本(音)　贝基。（短停顿）贝基？（短停顿）哦，天哪！

［本跑进浴室。

本　贝基！不要！

［盖尔突然从恍惚中恢复过来，意识到自己正坐在马桶上，

裤子脱在小孩子面前。本抢抓着小男孩走出浴室。

盖　尔　本，等一下！他是谁？（面向观众）你们刚才看到了吗？他是谁？（看着本）本！

［盖尔试图从马桶上站起来，但是她不能。她一直在试但她还是不能起来。她疼得尖叫起来。

盖　尔　我被卡住了！我被卡住了！这到底怎么了？

［本和小男孩跑到外面（就是第九场本站的区域）。

盖　尔　本！

本　（面对小男孩）没关系。一切都会好的。但我们现在得走了。

盖　尔　本，等等！等等！回来！

［本和那个小男孩听不见盖尔的声音，准备穿过剧院的大厅出去。

盖　尔　本！本！我卡住了！不要走！不要离开我！

［本和小男孩一起离开了。

盖　尔　救我！

［剧终。

走进军营

（一出有关有强化审讯技术的黑色幽默剧）

编剧　戈登·佩恩

翻译　何雨婷

编剧的话:这出戏的表演应尽可能地现实主义。对话要尽可能放松,最好看上去像是即兴表演或者根本就不像是在演戏。对话要尽可能地互相重叠,并且保持快节奏。在对话之间,需要有大量的沉默。本剧需要设置一个可以自由切换的歌队,贯穿全剧,进行讽刺和即兴评论。

专业术语词汇表:

AAFES: Army and Air Force Exchange Service 的缩写。读作 Aye-feeze。陆军和空军交换服务。是一家经营部队加油站、美国军中福利商店和其他一些零售业务的公司。

AAFES card:陆空交换卡。士兵们使用陆军和空军交换服务时所用的一种特制信用卡。

Article 15:十五号条令。一种针对士兵的非司法处罚,不依照军队条例,而是来自指挥官。这类惩罚可能会是扣薪水,或者是额外劳动。

Brigade HQ:司令部大楼,旅级单元。控制着大约 1 500—2 000 名士兵和军官。

Barracks:军营。士兵们住的地方。

Cadence:号子。军事人员在行进时唱的歌,通常有呼叫和应答结构。

Chain of Command:命令链。按照权威和责任由低到高排列,从最低级的士兵一直到总司令(美国总统)。

Chain of Command board:指挥链。在美国军队的每幢大楼里都有一个单位指挥链的实物表示,用从指挥官到总司令的照片来表现。

Close order drills:密集队形演习。军队行军、游行和仪式中使用的正式动作和队形。

CO: Commanding Officer。指挥官(少尉至上校阶级的各指挥官)。

CQ: Charge of Quarters。内务值班、营舍值班士官。军队中的每一个兵营或单位都有专人负责大楼及其居民,24小时都可以被联系到,见面或者通过电话。值班军官不在场时由值班军士负责。

DFAC:读作Dee Fak。军队餐厅设施的缩写。

Enhanced interrogation techniques:强化审讯技术——美国政府对被拘留者进行系统酷刑的委婉说法。

Enlisted Soldier:入伍士兵。在新兵和军士长之间任何级别的士兵。他们的权力和权利明显低于军官或授权官员。

Echo:原意为"回声",这里指的是E营。军队按字母顺序命名。例如Alpha, Bravo, Charlie, Delta, Echo, Foxtrot等。翻译成E营,方便观众理解。

Guitar Hero:吉他英雄。一款基于节奏的电子游戏,有独特的游戏控制器,形状酷似吉他。

Health and Welfare inspection:健康和福利检查,军队保留检查士兵所有物品的权利,以确保没有违禁品或不健康的材料被隐藏起来。

MI:美国陆军情报部门。美国军队军事情报的主要任务是向战术、作战和战略指挥官提供及时、相关、准确和同步的情报和电子战支持。这个单位经常被指控使用酷刑。

MP: Military Police。宪兵(部队警察)。军队的一个部门,由武装治安人员组成,反对军人或平民的一切犯罪活动。

MRE: A meal ready to eat。单兵军粮。是一种可以长期储存的

预先准备好的军粮。

Mumblety PEG:一个危险的游戏,用一把锋利的刀在张开的指尖戳,不断增加来回移动的速度,直到累了,或者戳到了自己的手。

NOC:士官。任何从中士到军士长级别的士兵。这个队伍中最高级别的士官是上士,高于普通中士或下士。

OPSEC: Operational Security。军事行动安全。

PX: Post Exchange 的缩写。美国军中福利商店,相当于部队中的沃尔玛超市。

PT: physical training。体能训练。

Pump it up: build the energy。这是士兵行进或跑步时的节奏或聊天的一部分,是士兵们鼓劲用的口号,类似我国的"勇往直前,谁与争锋!"、"顽强拼搏,超越极限!"

Rank Structure:军衔结构——武装部队等级关系体系。其中最高军衔是上校(一个高级别的非常强大的军官),最低的是新兵(没有权力的食物链的底部)。

The Six/Class six:六班。一种部队特有的商店,加油站和便利店一体,通常会和一些卖酒精饮品的商店、披萨店、汉堡王、赛百味等毗邻,有时候这些商店也会包含在"六班"里。

SoCom M1:一种高性能半自动步枪的名字。

Spice:一种合成大麻的俗称。在美国军队的化学法检测中一般检查不出来。

Suicide Watch:自杀观察。一个公开的羞辱或欺凌,是对任何考虑自残的士兵的一种惩罚。理论上是为了防止士兵伤害自己,但实际上通常只是为了防止他们再次提到这个问题。

Water-boarding:水刑。一种"强化的审讯技巧",模拟溺水的经历，其中一个人被捆着，面朝上，对着一个向下倾斜的木板，大量的水从脸上倒进呼吸通道。

Lock down：封锁。

M16：美国陆军常用的突击步枪。

人物

所有的人物都是 18—27 岁，除了卡尔帕是 30—35 岁。

罗格，女，技术军士。

马辛吉尔，男，新兵。

楼巍，女。

琼斯，男，技术军士。

莫洛尼，男，一等兵。

阿诺克尼德，男，技术军士。

方，男，中士。

恩罗，女，新兵。

西尔斯，男，新兵。

弗里曼，男，上士。

高斯，男，下士，一个年轻的部队警察。

卡尔帕，少校。

士兵小队。

[一队士兵正在行军,他们从黑暗中走了出来。他们穿着陆军战斗服。上士弗里曼抑扬顿挫地喊着号子,士兵小队跟着他喊。天气不错,他们都神采奕奕。

弗里曼 我们又来了!

小 队 我们又来了!

弗里曼 又他妈的是这儿!

小 队 又他妈的是这儿!

弗里曼 沿着大街行进!

小 队 沿着大街行进!

弗里曼 再熬两个星期就解放了!

小 队 再熬两个星期就解放了!

弗里曼 我们都会乐呵呵!

小 队 我们都会乐呵呵!

弗里曼 我用不着再瞅着你们!

小 队 我用不着再瞅着你们!

弗里曼 你们也不用再瞪我!

小 队 你们也不用再瞪我!

弗里曼 我是对是错?

小 队 对!

弗里曼 我们猛不猛?

小　队　猛！

弗里曼　报数！

小　队　一二！

弗里曼　报数！

小　队　三四！

弗里曼　连起来！

小　队　一，二，三，四，

一二——再来！

弗里曼　我是对是错？

小　队　对！

弗里曼　我们猛不猛？

小　队　猛！

弗里曼　再报数！

小　队　一二！

弗里曼　报数！

小　队　三四！

弗里曼　连起来！

小　队　一，二，三，四，

一二三——四！

弗里曼　左，右，左右左，左，右，左右左，原地踏步！

［小队原地踏步，排成一排，非常贴近观众。

弗里曼　立定！

［士兵们立定。

弗里曼　立正！

［士兵们做出立正的姿势。这些士兵们毕恭毕敬地站着，连

肌肉都没有动。就这样，他们默默地站了整整一分钟，离观众非常近。

弗里曼 原地踏步！

［士兵们开始原地踏步。

弗里曼 向后转，齐步走！

［弗里曼继续让士兵们进行一系列密集的阵型演练，其中应包括：向左转、向右转、半面向右转等一系列精心设计的军训动作，整个小队整齐划一地进行着。

［他们终于完成了这一系列具有仪式感的训练。

弗里曼 左，右，左右左，左，右，左右左！

马辛吉尔 挺顺利的嘛！

弗里曼 左，右，左右左……

小　队 嘿！

弗里曼 左，右，左右左……

小　队 听你的！

弗里曼 左，右，左右左！

楼　巍 体能训练，一鼓作气！

琼　斯 再接再厉！

莫洛尼 接二连三！

小　队 加油、加油、再加油！

弗里曼 左，左，左右左……

［队伍从观众席上转身，士兵们慢慢走了，灯光渐渐暗了下来。

［抽象的吉他音乐在黑暗中演奏。音乐渐渐变成了吉米·亨德里克斯演奏的美国国歌《Star Spangled Banner》起调的

部分。

[上士弗里曼站到桌子上，弹着一种叫“吉他英雄”(Guitar Hero)的吉他玩具，看上去像个摇滚明星。

弗里曼从桌子上跳到空中，又跳下来，开始在房间里跑，一边弹他的玩具吉他。

[欢迎来到美国军队，E营的营房。

[墙上挂满了军事广告海报，有让大家充足饮水的海报，也有一些抵制士兵性侵他人的海报，还有一些是告诉大家恐怖分子会在军营中捣乱的海报。其中一面墙上有一排指挥板，上面有“命令链”中每个成员的照片，从连长到现任美国总统。

[技术军士阿诺克尼德坐在沙发上。

[阿诺克尼德正在把他自己阴茎的照片发送给技术军士罗格。

[罗格坐在地板上看她收到的照片。有些照片却很逗。罗格笑起来，阿诺克尼德不喜欢这种“搞笑”的效果。

[新兵马辛吉尔持刀坐在地板上，玩着 Mumbly-peg 游戏。Mumbly-peg 是一种美国部分地区流行的用小刀玩的切手指游戏。

[中士方躺在他的行李袋上，随意地拆下一些三福牌记号笔的盖子，一个一个嗅着那些记号笔。他发现它们都干了，很生气。

[在美国部队的士兵中间，大家都知道这么一个常识，闻记号笔会让你很爽，就像闻喷漆一样。

[所有E营的士兵，哪怕是那些说它坏话的人，都对三福记

号笔的味道上瘾。

[嗅三福记号笔是非法的，不过大家都习惯了睁一只眼闭一只眼，没有人真正被处罚过。

[技术军士阿诺克尼德对新兵恩罗招招手，恩罗正在鬼鬼祟祟地左顾右盼呢。

[恩罗走过来，阿诺克尼德给了恩罗一点钱，恩罗给了阿诺克尼德一些三福记号笔。阿诺克尼德急切地拿起一个嗅了起来（露出了很爽的表情）。

[新兵西尔斯站在椅子上，椅子在舞台的正中央。西尔斯全副武装（防弹衣、头盔、护膝、护肘、腹股沟盖、湿地防护衣、武装带、护目镜、驼峰等一切士兵行头）。士兵几乎不会穿成这副全副武装的模样。西尔斯还穿着一件亮橙色的反光背心，上面写着“自杀观察”。

[技术军士琼斯坐在内务值班桌子上，守着电话，一边吃着单兵军粮。他直接吃着冷的单兵军粮，等待着。

[所有人都在等待——等待一个词。

[突然，弗里曼跑了进来，跳过家具、跨过士兵，试图好好地和“吉他英雄”来个完整接触。（一边弹吉他一边撞别的士兵，类似美式橄榄球中的“full contact”）

[弗里曼令人讨厌地滑向方，方想揍他，但由于弗里曼级别高于他，他犹犹豫豫。

[弗里曼跑到西尔斯面前，和这个穿着写有“自杀观察”背心的年轻人跳了一圈舞。

[方对此很不高兴。

方　得了吧，上士，这一点都不酷。

［弗里曼走到前面，在沙发前停下来，摆出雄壮的姿势，就跟这歌是最后的死亡和弦似的。然后，他把玩具吉他举到头顶，像一个摇滚明星一样。

弗里曼　天哪！这，怎么会过时呢！

［琼斯，弗里曼的马屁精，叫嚣着支持。

［弗里曼挥手期待着他的下属有一个更大的响应，一些人勉勉强强给了，另一些人则不那么肯定他。

马辛吉尔　您弹得不对吧，上士。

［弗里曼瞪着他。

马辛吉尔　啊……可能，您，您弹得挺好的。

［弗里曼看到白天活动区那些歪七扭八的士兵们。

弗里曼　你们咋都看起来那么丧？我们可能……是被困在这儿了，但是至少我们都在一起啊！我能听到你们喊一声"呼啊"嘛?！呼啊！（英语：Hooah，是美国陆军中常见的一句俚语，主要由步兵、空降兵和游骑兵使用，可以用来表示除了"不"以外的几乎任何意思。）

［士兵们无精打采地回应了他：呼啊。

弗里曼　太可悲了。能不能走点心？**呼啊！！**

［大家大喊了一声"呼啊！"来讨他们的上士欢心。

弗里曼　这还差不多！

［弗里曼坐在了沙发上。

［士兵们又开始消磨时间。

［一些士兵把骰子扔到军营墙上。有些人在手机上玩电子游戏。其他人互相折磨。琼斯喜欢把记号笔扔到房间的角落，然后看着周围的士兵争先恐后跑过去抢。在等待中，电

话响了。

[所有的眼神都集中到了琼斯身上。琼斯还在吃他的军粮，故意无视电话铃声和大家。士兵们催促着琼斯去接电话。这可能是个很重要的电话，这可能是大家等待的那个电话！电话响了一阵儿，琼斯环顾大家，然后又看看电话，好像他不知道这是啥，也不知道大家想要啥一样。

琼　斯　干啥？

[所有人对琼斯大喊大叫了起来，方强迫琼斯去接电话。电话又响了起来，琼斯伸出他的手，假装要去接电话，但是好像有个巨大的力量阻止他去接电话一样。士兵们都躁动了起来，琼斯看向弗里曼，等待他的指示。弗里曼微笑着点点头表示同意。他俩在玩大伙儿呢。就在大家要冲上去揍琼斯之前，琼斯接起了电话。

琼　斯　E营。我是技术军士琼斯，为您效劳。

[琼斯听着电话里的声音，他站了起来，装出一副很认真听的姿势。士兵们屏息凝神，几乎要口吐白沫地等待着命令。琼斯则瞪大了双眼。

琼　斯　遵命，长官！

方　伙计们，命令来了。

[兴奋的情绪在士兵中间蔓延。

琼　斯　长官。长官。您确定吗？

[琼斯的脸色像是接收重要的消息一般容光焕发。

[方和其他人开始大肆宣传，（这电话一定）是有一个任务，或者，他们会从封锁中被释放！

[琼斯举起手来。

［真相到来的时刻。

琼　斯　不是，长官。我们，只是……（咧嘴一笑）等待着那个命令。是，长官！我会告诉上士您的来电的。

［大家的喜悦变成了失望，然后又变成了愤怒。大家对着琼斯扔纸团，并嘀咕着对琼斯母亲的侮辱（“操你妈”、“你妈炸了”等脏话）。

琼　斯　（讽刺地）不，长官，没有人在嘲笑您……啊，是一只犀牛刚从我们的活动室跑过去了。是的啊！您能相信嘛？谁知道接下来会发生什么啊！不，长官。这个城市被封锁了。在得到明确的答复前，谁都出不去。就像我刚刚说的，我们还在等待那个命令……我会让他知道的。祝您愉快。（嘲弄地）感谢赞美主啊！

［琼斯挂了电话，看起来傻笑着。方中士生气了。他用他的巡逻帽打了琼斯。

方　妈的，你当玩游戏呢?!

琼　斯　我只是服从命令。

［琼斯手上变成了“别开枪”的姿势。他指着弗里曼。弗里曼幸灾乐祸地隔岸观火。方对弗里曼微微鞠躬，表示接受。然后他又用他的巡逻帽拍了一下琼斯。

方　再这样我灭了你。

琼　斯　不敢了……

弗里曼　别再看着像被驴连踢了屁股一样……必须有人保持士气高涨。谁知道外面在发生什么鬼事情！

马辛吉尔　我们被困在这里，错过了一切。我们应该在外面。卖力地干，用武力！这是所有人都关心的。

弗里曼　你他妈的以为我们是在哪里啊？

马辛吉尔　我就是说说嘛，上士。

［恩罗拿着三支记号笔走近方。方拿起一支，使劲儿闻了一下，然后冷淡又粗暴地把这个他不想要的记号笔给恩罗，粗暴地换了另一支。

方　不，不，没感觉。它们对我来说再也不管用了！闻了也白闻，一点儿也不爽。我需要一些特别的东西，再给力一点儿的！

恩　罗　我知道你想要什么，中士。

［恩罗从她的背包里拿出了一个大到让你怀疑人生的木盒子，这个盒子用挂锁锁上了。她拿出一把钥匙打开它。

恩　罗　您想要的这个呀，人人都想要，没人找得到！

［从这个木盒子里，恩罗拿出了一支金色的三福记号笔，骄傲地拿着它，但是又小心翼翼，生怕这记号笔会不安全似的。

方　（乐得跟一个进了糖果店的小孩子似的）哇噻！土豪金！

［方拿起记号笔，拔掉盖子，像是抽古巴雪茄一样深深地吸着它。

方　啊——爽得飞起——多少钱？

恩　罗　二十块。

方　二十块？

恩　罗　中士，这可新鲜得很啊！新鲜又稀罕，尤其是现在这种情况下。

方　我能在我们出去以后再付你钱嘛？

恩　罗　中士，您可别为难我。

方　我可以直接没收它的，你知道的。我可以把它们全都没收，再记上你一笔。

恩　罗　得了吧中士，您知道我不赚钱的，我卖这个就是为了我自己能免费吸上几口。而且，中士啊，您不是应该好好照顾我的嘛？

［方不情愿地掏出一沓现金，慢慢地数出二十张一美元的钞票。

［当方数完钞票了，他向恩罗招手，让她拿钱滚蛋。交易完成，方深深地吸着土豪金版的三福记号笔，微笑着，靠在他的行李袋上。军队成员继续着他们的一天，尽管一个深层的威胁几乎肯定会很快发生。

［恩罗兜着圈子，继续兜售她的记号笔。周围有些士兵祈求她给他们免费的记号笔，于是恩罗拿出了一些记号笔，扔到角落里，看着士兵们争先恐后地去拿。

阿诺克尼德　他妈的没有通知。这让我很不爽。我们没有得到食物。我真他妈的饿了。

［方抚摸他的裤裆。

方　我倒是有点东西能给你吃……在这儿！

阿诺克尼德　我谢谢您嘞！我对中国"菜"没兴趣。

［琼斯从他的单兵军粮中拿出一袋坚果(道具可改成鸡蛋)。

琼　斯　那，我的坚果怎么样？你知道你想要它们的。

［琼斯摇了摇袋子。阿诺克尼德继续踱步。

阿诺克尼德　我应该点个披萨饼。我现在他娘的能吃掉一整个披萨。为什么昨天晚上我们没有点个披萨啊，我操！

弗里曼　因为你他妈是个傻屌！

阿诺克尼德　我谢谢您嘞！

弗里曼　谢你妹！

［上士举起双臂，像音乐会指挥带领合唱团那样。

所有人　谢谢你妈妈没咽下去！

［士兵们责备阿诺克尼德是个蠢蛋。马辛吉尔走到阿诺克尼德后面，推他。

马辛吉尔　滚你丫的，屁精。

［阿诺克尼德反手推了回去。

阿诺克尼德　我操你丫的！

马辛吉尔　我就知道你会很享受，屁精！

［阿诺克尼德和马辛吉尔挑衅地把他们的胸撞在一起，要打起来。方跳过去阻止了他们。

方　住手！稍息！

［弗里曼前来掌控局面。

弗里曼　你自己稍息！吸记号笔的中士。我来处理。回去和你的美术用品（指三福记号笔）爽你自个儿的吧！

［方保持沉默。

弗里曼　（对阿诺克尼德）你也是，滚回去坐下，闭嘴！

［阿诺克尼德坐了下来。

弗里曼　既然你力气没地方用，为什么不帮我一个忙？

马辛吉尔　你现在会让我做什么？肯定没好事儿。

弗里曼　不是啊，朋友，但认真地说，你有一定的素质，你懂的，你可以帮我解决一个问题。不过，不管要你做啥，你都必须有一个驾照。

马辛吉尔　我有啊。

弗里曼　真的？

[马辛吉尔拿出钱包。

马辛吉尔　看到没？我不仅会开车，我还有器官捐献证呢！

弗里曼　不错啊，很好。我想我可能有份工作给你。一个任务。一些很酷的事情。

啊对了！我差点忘了。还有一个先决条件……你会开手动的吗？

马辛吉尔　手动的？

弗里曼　你会吗？

马辛吉尔　你在开玩笑吗？

[马辛吉尔开玩笑地推了一下弗里曼。弗里曼却不这样认为。

弗里曼　你他妈的什么意思？

[马辛吉尔突然做出士兵检阅时的稍息姿势（两脚分开，双手交叉在身后）。

马辛吉尔　是的，上士，我会开手动的！

弗里曼　别骗我，小子。我倒是觉着，你看起来像是那些假装会开手动挡的家伙。

夸夸其谈自己是**“老司机”**，活儿好得很，连变性人都能被他搞得呜呜叫。

但事实上，他糟透了，他妈的会把我的一切都搞得一塌糊涂！

马辛吉尔　上士，我向您保证，我，会，开，手动挡的车！啥样儿都会，四挡变速，五挡变速，都会！我开手动挡的车真的贼他妈溜！

弗里曼　是嘛！那太好了！我的心中涌起一股暖流。不错。这会成功的！耶！

［弗里曼拿出一套钥匙，开始在它们中间寻找。

弗里曼　你想开庞蒂亚克（一款跑车，如果排演的时候改成“兰博基尼”也行）吗？

马辛吉尔　好车啊，不过，你有大点儿的车吗？

弗里曼　大点儿的……让我想想。有了！福特 F150 咋样？

马辛吉尔　我就想要这个！上士！

弗里曼　等等。我们被封锁了。封、锁。外面发生了一些贼鸡巴严重的逼事儿，我能相信你吗？

马辛吉尔　能，我用你妈妈的性命担保，上士！

弗里曼　我妈妈？上帝保佑你臭小子。（翻他的钥匙）你在这儿待着别动。这将是一个大——惊喜。

［弗里曼边跳边唱地离开，嘴里唱着：“给我开手动的，给我开手动的，开呀开手动的……”

［马辛吉尔对于有地方可去十分激动，一个任务，有事可做，啥事儿都可以。

［弗里曼打开壁橱，抓起一些东西。他跳回马辛吉尔身边，还唱着“给我开手动的，给我开手动的，开呀开手动的……”弗里曼从马辛吉尔身后拿出了一把非常大的木制扫帚，把他扔到马辛吉尔面前的地上。

弗里曼　在这儿呢！你“手动”这个吧！

［弗里曼模仿扫地的动作，嘴里模仿一个转速电机的声音。

弗里曼　轰！轰！

［马辛吉尔一脸懵逼。大家觉得很好笑。

马辛吉尔 可我以为……

阿诺克尼德 去吧,窝囊废!

马辛吉尔 操你妈!

阿诺克尼德 反弹!

马辛吉尔 你想被扁吗?

弗里曼 开你的手动挡吧!新兵蛋子。"轰轰轰"。

[马辛吉尔十分沮丧和尴尬,拿起扫帚开始默默扫地。

琼斯 最好来个人让他"路边停车",我觉得他的尾灯碎了。

[当他接近西尔斯的时候,马辛吉尔把扫帚放到了西尔斯的桌上,猛烈地扫着,用扫帚暴揍西尔斯。

马辛吉尔 来来来,让我把你的工作空间打扫干净!我们不想让你在凌乱的空间里伤到你自己!这些东西自个儿又不会向右看齐,对吧?

罗格 行了,你这样像个疯子。

恩罗 别再做混蛋了。

马辛吉尔 你们觉得我有错吗?

[恩罗软下来,低下了她的头。

马辛吉尔 我就是这么想的。(戳着西尔斯)这种类型你再怎么小心也不为过。

方 放开西尔斯!他妈的,他已经孤身一人了!

马辛吉尔 你他妈的为什么这么关心啊,中士?

方 因为这他妈的是我的工作,傻屌!既然你没法儿好好闭上你的嘴,那么上前,到中间来吧。快点儿!

[马辛吉尔跑到了前面。

方 做俯卧撑去!

马辛吉尔　但是中士，我们现在被关在这儿了！除了搞我，你就没有点更好的事情可以做了吗？

方　俯！卧！撑！做！

［马辛吉尔只好趴到地上，摆出做俯卧撑的姿势。

［上士弗里曼在暗中叫了起来：操你妈站起来！

［这命令是从哪儿来的？

［马辛吉尔站了起来。弗里曼环顾四周，装作像是寻找刚才谁说的这话一样。他看着罗格。

弗里曼　是你吗？

方　做！俯卧撑！

［马辛吉尔又趴下了。弗里曼再次喊了一声："操你妈站起来！"马辛吉尔站了起来，弗里曼再一次假装是别人说的。

方　操你妈趴下！

［马辛吉尔只好又趴下了。弗里曼走近方。好戏开始了。

弗里曼　你他妈的给我站起来！

［马辛吉尔站了起来。

方　你他妈的给我趴下。

［马辛吉尔又趴下了。

弗里曼　起来。

［马辛吉尔站起来。

方　趴下。

［马辛吉尔趴下。

马辛吉尔　那个……我说……我们都不考虑一下被关在这的事儿吗？

弗里曼和方　你他妈的闭嘴！

弗里曼 站起来!

[马辛吉尔站起来。

方 趴下。

[马辛吉尔趴下。

弗里曼 起来!

[马辛吉尔站起来。

方 趴下。

[马辛吉尔趴下

弗里曼 起来!

[马辛吉尔站起来。

方 趴下!

[马辛吉尔趴下。

[弗里曼和方继续叫着起来和趴下,两个人越叫越快,到后来几乎同时叫了,马辛吉尔不知道该做什么,他同时上上下下。

弗里曼 哦,你准备好战斗了吗,“自以为是”先生?

方 准备好了!

弗里曼 你以为你准备好了,但是,你没有。

方 放马过来吧!

[阿诺克尼德正用吉他英雄弹奏着 Eddie Cochran 的歌:Come on Everybody。

[弗里曼和方拉来了几个士兵协助他们参加一个独轮车比赛。所有人把家具重新排列成一个精美的轨道。士兵下注,打赌谁会赢。其他士兵则充当交通管制人员。

[琼斯抓住了弗里曼的脚,恩罗抓住了方的脚。两辆独轮车

开始比赛。他们试图让对方从比赛中被淘汰。他们在规定线路上前行，绕过家具时互相推挤。

[弗里曼终于摔倒了。方赢了！打赌输了的士兵向胜利者付款。

[弗里曼假装咳嗽。

[恢复平静。

[技术军士楼巍和一等兵莫洛尼突然穿过门走进来。

楼　巍　感谢上帝！

莫洛尼　我们做到了！

方　妈蛋！你俩跑哪儿去了？

莫洛尼　我们降旗去了，中士！

弗里曼　你他妈的不知道我们被封锁了吗？

楼　巍　可是旗还是要升啊，上士！

弗里曼　所以外面到底他娘的咋回事？

莫洛尼　别问我。我低着头，老老实实待在我该待的地方。

弗里曼　你个贱蠢货！

莫洛尼　上士，你想叫我啥都可以，但是我妈可从没养大过傻瓜！我就拿那么一点点工资，外面发生什么关我屁事？我戴着我的眼罩啥也不看，啥也不管，数着日子，直到我他妈的能离开这该死的地方！

楼　巍　他们正在摧毁H营。

莫洛尼　还有D营。

方　你不是戴着眼罩啥也不看吗？

莫洛尼　我偷看！

方　他们在找什么？

楼　巍　我们离得不够近，看不到太多。

恩　罗　一些事情正在发生，他鬼鬼祟祟地盯着我，这让我感觉真的很不好……

方　是毒品。一定是毒品。

莫洛尼　中士，你觉得啥玩意儿都是毒品。

方　因为本来就总是毒品！

琼　斯　这只是一个例行的兵营搜索。集体惩罚。

莫洛尼　我讨厌部队。

马辛吉尔　这不是部队。这是带薪监狱。当我们被困在这里的时候，真正的部队不知道在哪儿做着我们的工作呢！

阿诺克尼德　最好日他妈地来一场僵尸入侵什么的，来惩戒一下这些泼在我们身上的臭狗屎！

莫洛尼　我等不及要离开这破地方了。

罗　格　我昨天在军队餐厅听说一群 D 营的家伙已经跑到商店行窃了。

琼　斯　卧槽，不会吧！

莫洛尼　我日他妈讨厌这个地方。

楼　巍　这又不是什么新闻了，已经这样好几个月了。他们对福利商店敲竹杠，让他们把那些破玩意儿卖便宜点儿。

琼　斯　你怎么知道的？

楼　巍　每个人都知道。

琼　斯　（对阿诺克尼德）你知道吗？

阿诺克尼德　你觉得我新的 Beats 耳机是哪儿来的？

琼　斯　为什么我从来没有听说过这些？

马辛吉尔　因为你们的退休人员协会没有这样的新闻，老东西！

罗　格　也许他们被抓了。

楼　巍　他们不会因为这个惩罚整个军营吧?

罗　格　万一他们想杀鸡儆猴呢?

阿诺克尼德　这超过了对入店行窃的处罚!

莫洛尼　军队几十年来一直在对自己的人民进行试验。给人疾病。测试农药。他们在五十年代还给士兵注射迷幻剂。

阿诺克尼德　我该在哪里注册?

琼　斯　这一切,只会变成一堆他妈的鸡巴游戏。

马辛吉尔　他们在搞我们。他们在给我们整破鸡巴事儿!

罗　格　你们两个都太多疑了吧?

莫洛尼　所有的一切,都是心理战。

[马辛吉尔扫地扫到房间的中心。

马辛吉尔　(以正常语气开始,以尖叫结束)总有一天他们要把我推得太远,我会到总部大队去,带着我的进攻性手枪 SoCom M1。然后我要去拉火警警报!再然后,我就跑到萨默罗尔田野上去,看着那些自认为负责这该死的鬼地方的混蛋们跑出大楼想要拯救自己,那些蠢驴啊,我要开枪扫射他们,一个一个射他们,日他仙人板板!

[沉默。

[弗里曼转向方,暗中劝他控制一下马辛吉尔。方拒绝:“他不是我的兵。”

[弗里曼很生气,但不得不做点儿什么。他走到马辛吉尔面前,用手抓住马辛吉尔给他的扫帚。

弗里曼　你他妈的给老子坐下吧,龟儿子!

[马辛吉尔在地板上给自己找了个位置。

[尴尬的沉默。

方 或者，真的可能是因为毒品。

琼斯 或者是有人画了那种非法涂鸦？我最近见过很多这样的事儿。

方 一定是毒品。

楼巍 不是毒品，中士。

方 这是他妈的调味品。我知道。

弗里曼 我一点也不懂。这是他妈的“百花香”，薰房间用的！哪个智障他妈的会抽百花香？

琼斯 你脑袋里进屎了吧！

[琼斯偷偷地深吸一口三福记号笔。

弗里曼 也有可能是“浴盐”啊！那个鬼东西能让你把人家的脸啃下来。

莫洛尼 要是他们把大麻合法化了，想想在部队的生活会好多少。要是我们都抽爽了，抽嗨了，这所有他们逼我们做的、无聊至死的事情，都会有趣得多！

弗里曼 永远不会发生这样的事儿的。

莫洛尼 也许有一天会的。

弗里曼 不会！

莫洛尼 我连做梦的权利都没有了吗，上士？

弗里曼 做梦的权利？你是一个辣妹吗，莫洛尼？这就是你想说的吗？（译者注：(学综艺节目的样子)说出你的梦想！）

[几个士兵突然开始唱辣妹的歌：Wannabee.（我们在排演的时候可以考虑唱《辣妹子》）。

[他们跳起来，开始了明星表演。其他士兵也参加了进来，

在歌队里合唱。他们相互击掌，拿彼此的拳头碰撞。恩罗认为他们都想先和一无是处却鄙视自己的楼巍碰拳，所以恩罗走开了。

莫洛尼 我只是说说的。

［楼巍走到罗格面前。

罗　格 “超级女生”啊？

楼　巍 梦想的权利！好好做梦吧，大妹子！

［她们俩用弹手指或者类似的动作搞了一个很酷的握手。

罗　格 你到底看到了什么？

楼　巍 （悄悄地对罗格说）我不该说的，但是……我们已经被封锁了，直到炸弹小分队清理干净我们整个基地。

罗　格 如果有炸弹，他们就不会把我们留在这里！

琼　斯 你刚才说什么？

楼　巍 没有什么。

琼　斯 中士，我听到她说关于炸弹的事情。

楼　巍 该死，我没说！

琼　斯 我听到了！

罗　格 那你需要检查一下耳朵。

琼　斯 我的耳朵很好。

阿诺克尼德 她看起来像在撒谎。

罗　格 搞得好像你什么都知道一样！

阿诺克尼德 我知道很多事情。

罗　格 你知道个屁！

阿诺克尼德 我知道昨天晚上你在床上抓得我背上全是印子。

［爱管闲事的大家发出了一阵欢呼声。

罗　格　去你妈的！

楼　巍　他？啧啧啧……你是个坏姑娘啊。

罗　格　我……我喝多了！

楼　巍　这儿一共那么点儿酒，够你喝多？

阿诺克尼德　我就在这里，你知道吗？

楼　巍　那你待在那儿，别再靠近了。

阿诺克尼德　别说这个了，你是不是想在咖啡里加点儿奶？

罗　格　呵呵，我也就在这里，傻逼！

阿诺克尼德　妈的，如果今天事情会更糟糕的话，我们就应该准备好把我们遗愿清单上面的事情提前做掉一点儿，不然就没机会了！

楼　巍　我不知道你在想什么，我只知道你的遗愿不在我的清单上。

［阿诺克尼德拿起彩色的三福记号笔，用力吸了一口。

罗　格　天呢！在这些事情中间，你还能真的嗨起来吗？

阿诺克尼德　啊……爽。我能啊！我想嗨到就算我们这儿爆炸了，我他妈的也不知道！

恩　罗　（对方）中士……我能回我房间去……学习吗？

方　学啥？

恩　罗　月度好士兵。

［大家笑了起来。

方　挺好的……但是不行。

恩　罗　啊……拜托了，中士。

方　我要每个人都在这儿，待在我眼皮子底下。

恩　罗　我至少能赶快跑回去把我的笔记拿来吧？

［方站得远离每个人，然后让恩罗也加入他。

[陷入安静。

方　你怎么老找我麻烦?

恩　罗　我会跑得很快的,中士,我保证!

[方思索着。

方　你只有一分钟。趁我没改变主意,滚!

[恩罗从房间里跑了出去。

[外面的门打开了,下士高斯,一个年轻的军中警察,闯了进来。他的一只手里拿了一个气喇叭,他总是令人讨厌。

高　斯　Surprise!(惊喜。表演时用英语说)。小贱人们,突击尿液检查时间!

[史上最糟糕的消息。高斯举着几大袋子的尿样容器,里面满满的。袋子还有一点儿漏水,里面的液体正在流出来,有点儿恶心。

高　斯　来吧宝宝们,开心一点儿,把你们皱巴巴的眉头扬起来。姑娘们,小伙子们,过来过来,谁想第一个来?别害羞嘛!每人都有一瓶哒!(他指向罗格)你先来吧!

[高斯走过去,身位几乎是在罗格上方,他手里的尿袋正在滴尿出来。

罗　格　我不会和你一起进去的!

高　斯　来吧,别怕。我有五个姐妹,我啥都看到过了。

[高斯的话里暗示着他曾经盯着自己五个裸体的姐妹看过,于是大家笑了起来。

高　斯　所有人,稍息!罗格宝宝,我们走。

罗　格　我就在这儿,恭敬地等着一个女检察员来。

高　斯　随便你。(对阿诺克尼德)我猜,现在是你和我,然后是大兄弟。

阿诺克尼德 下士，我也想等一个女检察员来给我检查。

高　斯 别胡闹了！

阿诺克尼德 我也不大想单独和你进去。

高　斯 你想表达什么啊？

琼　斯 不想就是“他不想”（潜台词：不想被你上）的意思啊。

罗　格 变态！

楼　巍 盯着小弟弟看的大变态！

高　斯 你们看见这个了吗！（指着自己的标志）我是 M.P.，部队警察！

莫洛尼 当你拼写“懦夫”这个单词的时候，你就要用到 M 和 P 这两个字母：WIMP，懦夫！

［所有人都笑了起来。

高　斯 你们不应该这么做！

［这引起了更大的反应。人们朝高斯扔狗屎（也可以是抽象意义的）。

［西尔斯默默地看着。

高　斯 我感觉受到了威胁。

［高斯掏出 9 毫米手枪指着士兵。

弗里曼 稍息！操你妈的混蛋！

［所有人马上都闭嘴了。

［高斯非常紧张。

方 （几乎要笑场了）朋友啊，放尊重点儿！你要我给你点儿忠告吗，下士？

高　斯 他们……他们不能对宝宝这样……宝宝……宝宝要打人

了……所有人都知道，我的枪扳机很松，喜欢走火，一触即发。

[弗里曼温柔而权威地把方推开。

弗里曼 一边儿去吧小徒弟，让杜库大师来处理。（星际大战里的人物）（对着方说）这种情况，需要一些必要的技巧来处理，而你这个笨蛋根本就不会。（对着高斯）下士，你今天过得好吗？

[弗里曼坚定地把他的手放在高斯身上，让他转过身来。

高　斯 干啥？

[弗里曼按住高斯的肩膀，用力一推，让这个下士跪了下来。

[弗里曼对他做了一个深层组织按摩，看起来几乎像是性事一样。

弗里曼 我应该介绍一下这是啥，你似乎有点紧张。

高　斯 啥？

[弗里曼按中了一些穴位，高斯发出舒适的呻吟声。

弗里曼 你今天过得好吗？下士？

高　斯 有点儿疯狂啊。

弗里曼 这样是不是舒服点儿？

高　斯 （性高潮一般地）啊——是的！

弗里曼 外面发生了什么事？

高　斯 我可以畅所欲言吗？

弗里曼 当然。

[高斯左顾右盼，看看周围是不是有重要的人在能听到的范围内。

高　斯 你们的指……啊……

弗里曼　我们的什么？

［弗里曼突然停住了他的按摩。高斯跳了起来。

高　斯　你们的指挥官，少校库拉帕。

弗里曼　这样（听起来）容易多了。

高　斯　嗯，我听说C营有个人，他有个自杀式爆炸背心还是什么的。我真的不知道到底发生了什么，但是卡尔帕少校在那小子做些什么之前阻止了他。（咕哝）太厉害了。

弗里曼　你看起来像是他的大粉丝？

高　斯　他是从美国陆军情报部门到这儿来的，我听说这是为了惩罚他在库伦加尔谷造成的一些事故。

方　你自己没想过要去陆军情报部门吗？

高　斯　我申请了。

方　然后呢？

高　斯　（他从没得到过回复）我就一直等着回复呢……

弗里曼　你为什么想去？你为什么想做像M.I.这样疯狂的事情？

高　斯　我想参加这场战斗，懂吗？

我想去一个我能去的地方，懂吗？

做一些强化的审讯技术。你知道，把一些真相从某个人身上拽出来，教训教训外面的混蛋，而不是搞来搞去只跟美国人搞。狗娘养的！我一直梦想着那一天。压制住那些不肯合作的叛乱者。把我那幸运的斯蒂尔匹兹堡的破毛巾甩他一脸！捡起一个生锈的旧铁罐用水灌满。我轻轻地把嘴靠近那个狗娘养的家伙的耳畔，悄声问他，你为谁工作？谁给你的命令？（吸了吸鼻子）我闻到他油腻的头发味儿。

“你不想说话，是吗？”

“你会被玩儿得很惨的。”

然后，我慢慢地提起那个旧铁罐，我特别慢地提起来，水在砸到他那被毛巾覆盖的、只看得到轮廓的、激动的脸上之前，还会在罐子里挂一会儿。然后——轰！他的身体都在发抖，因为他以为自己溺水了。哦，天呢，太性感了！哈！（从想象中的场景醒悟过来）反正……我得继续工作了。

［高斯四处寻找受害者。他看到了莫洛尼。

高　斯　你！别再给我找借口了，他妈的站起来！

莫洛尼　行了，下士，我刚刚才报告来这个沙发上休息一下。

高　斯　我要把你报告归档到“关我屁事”。

［大家叫嚣着。

高　斯　你们这些家伙不明白。我是好人。你们都要给我一个样本。

［有人大喊：你要的样本在这儿呢长官！

［另一些人喊：Biu～Biu～Biu（模仿打枪的声音）。

高　斯　谁喊的？

［有人喊：你妈喊的！

高　斯　我操你的脸你这个小贱鸡巴眼儿！

［所有人都拿纸团儿砸高斯。

方　稍息！下士！

弗里曼　（对着方说）你才稍息呢，中士。这儿谁管事啊？

方　我只是想……（方抓住了自己）您负责，中士。

弗里曼　我就是这么想的。（指着莫洛尼）嘿，小伙子，过去，给那个下士尿一泡尿。

莫洛尼　（冷淡地）呼啊！上士！

［莫洛尼走到高斯面前，高斯在桌上摆放他用于尿检的工具

和材料。

莫洛尼　你要是想看的话，我收费20块。你要是想摸一摸，我收50。

高　斯　（对莫洛尼）身份证拿出来。

［莫洛尼拿出钱包，拿出他的身份证。

［高斯拿起它，看看身份证，再看看莫洛尼，确保这是同一个人。

莫洛尼　干嘛？你觉得我会特地偷偷跑到这里来，假装我是一个士兵？

高　斯　你有可能在玩弄我。

［高斯环顾四周，想确认他像一个喜剧演员一样，把大家逗笑了，但没有人关心。高斯把莫洛尼的身份证还给了他，就在莫洛尼快要抓住身份证的时候，高斯突然把它扔到了地上。

高　斯　哎呀！

［莫洛尼捡起身份证。

高　斯　一等兵莫洛尼，这是你的社保卡吗？

［莫洛尼点头。

高　斯　我需要口头回答。

［莫洛尼嘟嘟囔囔。

高　斯　是，还是不是？

莫洛尼　是。是我的社保卡。

［高斯给了他一张臭脸。

高　斯　下士。

莫洛尼　（装傻）下士？

高　斯　下士！

莫洛尼 下士?

高　斯 说下士!

莫洛尼 下士。

高　斯 现在连起来说。

莫洛尼 啥?

高　斯 你刚才说了什么?

莫洛尼 呃……如果你想看我尿尿的话,给我 20 块钱?

高　斯 不是这句! 妈的智障。

莫洛尼 嗯……另一句是如果你想摸的话……我没想到你是这么污的老司机啊……

高　斯 (打断莫洛尼)妈的,你要是敢跟我搞基,我一脚踢到你心肌梗死!

莫洛尼 下士,我是永远不会和你搞基的!

高　斯 (要抓狂了)看在神爱世人的份上,能不能请你好好地回答问题,谢谢配合!

莫洛尼 您为什么一开始不这样说话呢? 是的,这是我的社保卡,尊敬的下士。

[高斯平复情绪。

高　斯 看到了吧,即使你这么个近亲繁殖的乡巴佬也能学会好好说话。孺子可教。在这里签字吧。

[他们换笔的时候气氛尴尬。莫洛尼将笔放在他的嘴里,咬住笔的一头,把笔盖咬下来。他把纸放在下士高斯的身上,然后签字。莫洛尼放下笔,俯下身,让他的屁股靠近下士高斯,似乎在暗示着他认为高斯会喜欢它的。高斯拿出一个空尿液收集容器递给莫洛尼。

高　斯　是时候了。

莫洛尼　哦，你让它听起来那么性感。

［他们走向厕所，他们的动作就像《卡萨布兰卡》最后一幕中的场景一样。

高　斯　你总是说这么多话吗？

莫洛尼　通常是的。我现在应该警告你了。如果我不大便的话，我尿不出来的。

高　斯　你真的是个令人讨厌的生物。

莫洛尼　我是我们家族里第一个直立行走的，哈哈哈！

高　斯　闭嘴吧！

［莫洛尼和高斯进入卫生间。房间里安静了一会儿。

［新兵恩罗带回来一个大披萨。

琼　斯　姑娘们，大小伙子们，红十字终于来啦！

［恩罗对着琼斯竖起了中指。

琼　斯　嘿，如果你不打算用这个的话，就别竖起来。

阿诺克尼德　给我们一片。

恩　罗　走开。

［恩罗拿着披萨坐下。罗格走了过来。

罗　格　你从谁那里骗来的？

恩　罗　关你屁事。我和施泰因博恩交易来的，不给你，一口都不给你。

罗　格　骗子。

恩　罗　有人临时找施泰因博恩去做点活儿，他没时间，所以我就去了六班便利店，我冲了进去，就在它被封锁前，化险为夷。（带着嘲弄的热情）步兵领先！

[角落里有人习惯性地喊了一声“呼啊!”还有一些人喊:“吃我小鸡鸡!”

罗　格　你不担心被抓吗?

恩　罗　我告诉过你,我的叔叔活到107岁吗?

罗　格　他怎么活这么久的?(像你一样)吃披萨饼和嗅记号笔吗?

恩　罗　不,他活到107岁是因为他从来不多管闲事!

[恩罗吃起了披萨。

[弗里曼打了个响指,来引起恩罗的注意。还剩下几片披萨。恩罗估量了一下,弗里曼的级别最高,她需要宽容一点儿。

[弗里曼把披萨盒子拉到自己面前。

[大家都在看。

[他们倾斜过身子,在披萨周围包围成一个圈。

[弗里曼非常缓慢地打开披萨盒。他眼光敏锐地看着那几片披萨饼。

[人们喊出声来:选它! 选她! 选她! 上她!(类似选小姐的感觉,不像选披萨)

[气氛变得暧昧起来,又充满了性暗示。

[最后,弗里曼拿起一片刚刚好的。

[他赞许地闻了闻披萨饼,然后他深思熟虑地咬了一大口,非常缓慢地咀嚼它,异常愉悦而舒爽地品味它。

[士兵们大吼大叫就像他们刚刚见证了完美的精液四溅。

[这个上士环顾周围所有贪婪饥饿的眼睛。

[饥饿的沉默;几乎要流口水了。

[弗里曼微笑了起来。

［他把披萨饼放在地上，把盒子的盖子打开，提供给那无秩序的人群。人群汇集向披萨，争抢着一个好位置，盲目地挤进来，撕扯披萨，抢到了就带着“战利品”屁滚尿流地跑掉。

弗里曼 （指着阿诺克尼德）除了这个家伙。

阿诺克尼德 （装模作样地）没关系。我昨晚已经“吃”饱了。

［阿诺克尼德暗示性地揉着自己，意味深长地对罗格微笑。

弗里曼 这他妈的让我整夜未眠。

罗　格 太糟糕了，他不行，没能力让我也“整夜未眠”。

［楼巍和罗格击掌。

琼　斯 喝多了威士忌硬不起来～（就像他在刮一张黑胶唱片）硬～硬～硬～硬～硬不起来～

［罗格拿了一块披萨，假装要给阿诺克尼德，然后在最后一秒把它嘲弄地扔掉。

［罗格坐下来吃她自己的那片，然后转向恩罗。

罗　格 尽管已经这样了……这个披萨饼花了你多少钱？

恩　罗 我的时间。我的腿。

阿罗克尼德 她的童贞！

［恩罗对阿罗克尼德这句句子的评价是竖起中指。

恩　罗 还有一盒烟！

［一切都停止了。

方 等一下。一盒香烟？你告诉我你破产了！你他妈的在哪儿弄到的烟？

［恩罗拿出一个军事信用卡。

恩　罗 我给自己搞了一张陆空交换信用卡，中士。

［所有的眼睛都转向恩罗。人人都在同时说话。

方　一张陆空交换卡?!

罗　格　真他妈的白痴。

琼　斯　在我们这个地方行不通,伙计们!

阿诺克尼德　你真是个杂种。

楼　巍　你爸妈还有活在这个世界上的孩子吗?

方　你知道吗,孩子,如果你脑花炸了,你的鼻子也会炸的。唇亡齿寒懂吗?皮之不存毛将焉附懂吗?

恩　罗　你就是因为我早餐可以不吃单兵军粮而嫉妒我,中士。

[方站起来,走到恩罗面前,用他的脚随意地把披萨盒子踢走。恩罗开始跟在披萨后面走,但方挡住了去路。

方　俯卧撑!

[士兵们的叫声表示同意。

恩　罗　喂!得了吧。我们才吃过早饭啊,中士,而且我们被封锁在这里。真实的世界狗屎一坨,中士。能让我过去吗?

阿诺克尼德　我觉得我听到有人在说,要他妈的做俯卧撑?

琼　斯　我也听到了。

弗里曼　他妈的,中士让你们做什么,你们就做!

[恩罗呈现出做俯卧撑的姿势,然后开始做。

恩　罗　一二二,一个……一二二,两个……

[每个人都大声猥琐地叫着让恩罗停下来别做了,因为她的俯卧撑扰乱了美好的时光。

方　我还没说开始。

[恩罗俯卧撑做了一半,停住,停在"撑"的位置。

[琼斯跳了起来,在大家都在分心的时候,拿到了装披萨的盒子。

恩　罗　Sorry，中士。（PS.这里要用“Sorry”的一词多义：“对不起”和“可怜的”，两个意思，玩一个梗，基于 Sorry 是非常基本的词汇，所以演出的时候直接说英语。）

［其他人传来起哄的尖叫声。

弗里曼　你叫他什么？

恩　罗　啥也没有，上士。

弗里曼　她刚才叫你“可怜的中士”。

方　（非常夸张、过度表演地）你，他妈的，说，什么？

恩　罗　我没有，中士！

弗里曼　哦，妈的，现在她说你撒谎。你为她做了什么？哦！你太让我生气了！你这军队怎么了？有节奏点，做！

［恩罗开始做俯卧撑。

恩　罗　一二三……

所有人　一个！

恩　罗　一二三……

所有人　两个！

罗　格　低一点儿。

琼　斯　别自欺欺人！

恩　罗　一二三……

所有人　三个！

方　停，保持。

［恩罗停住，保持着一个平板支撑的姿势。

方　你知道你为什么要做俯卧撑吗？

恩　罗　不知道，上士！

弗里曼　因为你是一个操蛋的寄生虫。

[大家的嘘声和叫声表示同意。

方　我说过多少次了？他妈的，不要去拿操蛋的陆空交换信用卡！

恩　罗　这些天，我正在承受世界的重压，中士。

弗里曼　那他妈的到底是什么意思？

恩　罗　（仍保持着平板支撑的姿势）我要付车款和保险……我几乎破产了。

阿罗克尼德　你觉得你得到的十五号条令惩罚感觉如何？

恩　罗　操！

阿罗克尼德　你要操我？操你妈妈！那个红毛小子的军旅背包并不是奇迹般地竖在**我**的床铺底下！

（潜台词：而是你的床铺底下）。

罗　格　小偷。

楼　巍　屎粑粑。

马辛吉尔　你要是敢碰我的，我一刀砍死你，臭婊子。

琼　斯　我他妈的讨厌小偷。

弗里曼　你爸爸应该把你射在他的小卡车上！

琼　斯　Biu～Biu～Biu～（模拟发射的声音）

罗　格　你真恶心，琼斯。

[琼斯嘲笑罗格。这很有趣。

[西尔斯默默地看着。

恩　罗　您忘了我们还在被封锁当中吗，中士？

方　没有，蠢货新兵。让我们担心一下原来那件事吧。在古代，你知道他们会对你这样的人做什么吗？他们会把你的手砍掉！

弗里曼　可惜他们不在这里砍手。你的朋友中最坏的一种。

方　王八蛋！（PS. Blue falcon 意为蓝猎鹰，一句美式骂人的俚语，因为在中文中没有骂人的意思，所以换成另一种动物的蛋。）

琼　斯　一坨屎！

阿罗克尼德　混蛋的胎盘！

恩　罗　被封锁在这儿的中士。

弗里曼　现在看看你们自己……自以为你们都很高大吗？

［弗里曼和方根据他们说话的节奏舞蹈。（脑补《中国有嘻哈》）

弗里曼和方　我给自己搞了张卡，

我想做啥就去做啥！

［弗里曼转向恩罗。

弗里曼　你知道陆空交换信用卡代表什么吗，傻逼？另一个尝试！

［每个人都加入尖叫声中，这尖叫声保持了后半句话。

所有人　操他妈的入伍士兵！

弗里曼　既然你是处女，我们不想让你被操。

方　信用卡，这个所谓的生意。操他妈的这些混蛋。他们给你信用，即使你还嫩得几乎不知道如何自己擦屁股！

弗里曼　然后，他们就指望你是个操蛋的白痴了。趋之若鹜地买一堆你不需要的破烂。然后，最糟糕的是，因为你是个无知的呆头鹅，你他妈的未来的二十年都要每月付那个"最低金额"！最终他们就通过你的无知和懒惰赚他妈点儿小钱。真可怜。你真可怜。毁了那张卡吧！

方　这些还他妈的是人吗？他们是他妈的垃圾！毁了那张卡吧！

弗里曼 我无比期盼有人来到这个国家,然后把这些操蛋的垃圾扔出去!毁了那张卡吧!

方 动吧!

[平板支撑到现在的恩罗摔倒在地,呼吸沉重。

琼斯 别他妈的演出一副你很累的样子!

恩罗 我们做的这些事儿,和外边发生的那些事情有毛关系啊,中士?

方 你觉得自己比我们都聪明,你觉得你不需要我们。好吧,让我告诉你一些事情。我们可以依赖的,只有在这房间里的人——我们自己!你不能相信任何别的人。你认为军官们他妈的会给点儿什么啊?给你?给我?给我们中任何一个?事实是,对于他们来说,我们都只是一堆臭肉盾!就像M-16步枪的零部件一样可以复制。新兵恩罗,我们都失败了。当我们让她出去,让她有机会去拿到那张陆空信用卡的时候,我们就一败涂地。我应该把你们所有人都体罚到怀疑人生!

[周围发出了各种"哼哼"声。

弗里曼 你知道的……这是个好主意。

方 我想你是对的。前倾卧位。走!

[弗里曼抓住了恩罗。

弗里曼 哦不!不是你,恩罗。除了你以外所有人。你得看着。

[每个人都在尖叫他们的不满,因为恩罗害他们要做俯卧撑。

方 有点儿激情,自己报数!

所有人 自己报数……

［士兵们做俯卧撑，中士计数。

士　兵　123。

弗里曼和方　一个。

士　兵　123。

弗里曼和方　两个。

士　兵　123。

弗里曼和方　三个。

士　兵　123。

弗里曼和方　四个。

［前门被打开了。

［少校卡尔帕冲进门。

弗里曼　全体！立——正！

［除了琼斯以外的所有人，都跳了起来，立正，全神贯注。

［琼斯没有反应过来，还在做俯卧撑。

琼　斯　123。123。

弗里曼　你他妈的站起来！

［琼斯抬头，微笑。

［方和其他人都渴望他站起来。

［终于琼斯看到了少校，猛地跳了起来，立正。

［少校微笑地看着低级别的士兵。

卡帕尔少校　很抱歉。

［卡帕尔检查琼斯的名字带。

卡帕尔少校　琼斯！我打扰你的体能训练了吗？

［琼斯试图忽视问题，少校靠近他的眼睛。

［琼斯紧张地回答。

琼　斯　没有，长官！

［卡帕尔整理着琼斯的制服上端。

卡帕尔少校　因为你知道的，我非常讨厌你因为我的缘故而欺骗你自己。

琼　斯　没有，长官！

卡帕尔少校　你能原谅我吗？

琼　斯　是的长官！

卡帕尔少校　你真好。你介意我继续做我刚才要做的事情吗？

琼　斯　继续吧，长官！

卡帕尔少校　谢谢你，技术军士琼斯。

琼　斯　（卑躬屈膝地）呼啊！长官！

［少校卡帕尔看着他的士兵，享受自己在他们身上施加权威的时刻。卡帕尔看到了楼巍，楼巍倒戴着巡逻帽，全神贯注地立正着。她的衬衫脱掉了，所以她只穿着自己的T恤衫。

卡帕尔少校　好好好，看起来，我们这儿有个从很酷的军队来的人。你是从俄亥俄州或者其他什么很酷的军队来的吗？还有，你他妈的叫什么名字？你觉得，你自己把衣服套上，然后把帽子转过来，是不是让我来帮你做更好些？

［恩罗戴着墨镜，她拿了下来。

卡帕尔少校　我们这里有什么？花里胡哨。

［少校把墨镜戴上，又拿下来，检查。

卡帕尔少校　你从哪儿弄来这些的？

恩　罗　好莱坞，长官！

卡帕尔少校　好莱坞吗？该死。

［他把墨镜戴上。

卡帕尔少校　我看上去怎么样？

恩　罗　棒呆了！长官！

卡帕尔少校　谢谢你。喂……你介意我把它戴走吗？

恩　罗　当然……不介意。长官。

卡帕尔少校　这个周末我要去海滩，你懂的……我要保护我的眼睛。我有点不舒服。可能是白内障。真恶心。

恩　罗　当然，长官！

［罗格咯咯地笑着。什么也逃不过少校的眼睛。他走到了尽力控制自己不笑的罗格面前。

卡帕尔少校　这儿有什么好笑的事情吗？

［罗格说不出话来。

［少校模仿她的错误，让她更尴尬。

卡帕尔少校　哦，我知道是什么了。阿诺克尼德，你放屁了吗？

阿诺克尼德　没有，长官。

卡帕尔少校　那你最好把两片屁股夹夹紧。我不是说不能放屁。但是今天不行。

阿诺克尼德　好的，先生。

［罗格忍不住大笑起来。

卡帕尔少校　现在，你这小鸡仔儿咋了？你要让大兵找你茬儿吗？

罗　格　不是的，长官。

卡帕尔少校　那就请你告诉我们什么该死的玩意儿这么好笑。

罗　格　（紧张）长官，我只是觉得您很滑稽，长官。

卡帕尔少校　真的？

罗　格　千真万确，长官。您应该在舞台上（演喜剧）。

卡帕尔少校　我从来没有想过自己是一个喜剧演员。你真的认为我可以做喜剧演员吗？

罗　格　如果您想做的话，您可以做的，长官。

卡帕尔少校　谢谢你，你真会说话，军士。（看着罗格的姓名带）罗格。

［罗格给出了一个顺从的“呼啊！”。

［弗里曼对此微笑。少校转向他。

卡帕尔少校　现在我可以问你为什么笑吗？

弗里曼　（说他能想到的第一件事）见到你真是太好了，长官！

卡帕尔少校　我希望我能回报你的感情，但我今天有点烦躁。

弗里曼　听到这个消息我很难过，长官。我能做些什么吗，长官？

卡帕尔少校　也许吧……你看，今天早上我起床很早因为我想做一个好官员。当我吃早饭的时候，我在推特上看到，ISIS已经渗透到美国的军队里了。随后，根据我的命令，我们发现了七个亲伊斯兰的涂鸦。七个！很多了，你说是不是？

弗里曼　如果您这么认为，是的，长官。

卡帕尔少校　我当然这么认为。作为E营469步兵营的指挥官，我命令你们做一个完整的健康和福利的检验……

［这是有史以来最坏的消息。

［少校看到琼斯受挫的样子。

卡帕尔少校　见鬼！

［少校跑到琼斯面前，面对着他的脸。

卡帕尔少校　你有什么不满意的吗，琼斯？

琼　斯　没有，长官！

卡帕尔少校　我是在浪费你宝贵的时间吗？

琼　斯　没有，长官！

卡帕尔少校　因为我他妈的要兴高采烈地让你们变成最健康、最有福利的军队！士兵，我说清楚了吗？

琼　斯　呼啊！长官！

卡帕尔少校　我能继续了吗？

琼　斯　当然！长官！

卡帕尔少校　我命令一个完整的健康和福利检查立即开始！

弗里曼　全体都有……列队集合！

［除了西尔斯仍然坐着，所有其他的士兵都跑到了前面，站成一排，立正。

弗里曼　全体都有……稍息！

［所有人变到了稍息的位置。

［琼斯做反了，撞到了他旁边的士兵。

卡帕尔少校　他妈的蠢爆了，琼斯！你他妈的是队伍里老兵了，那他妈的连一个接受检阅都能做错？老子做给你看！（对士兵发布命令）立正！

［琼斯立正。

卡帕尔少校　现在，你左右腿分得清吧？

琼　斯　是的，长官！

卡帕尔少校　我说稍息的时候，你直接把你的左腿往左边伸。你觉得你自己能做吗，小子？还是要我爬进你的屁眼儿里给你做示范啊？

琼　斯　我自己能做，长官。

卡帕尔少校　很好。稍息！

［琼斯做对了。卡帕尔少校转向弗里曼。

弗里曼　您知道的……这些军事训练的家伙……

［士兵们开始把口袋里的东西掏出来扔在地上。

［琼斯的口袋里有一大堆零食。每个人都有三福记号笔。一大捆又一大捆的三福记号笔。少校开始步行穿过这个团体。他拿起物品检查，斜眼看物品的主人。他在阿诺克尼德的口袋里还看到了一点东西，猛地拉出来，是一大卷加大号避孕套。

卡帕尔少校 上帝保佑你阿诺克尼德，你是打算用这些避孕套呢，还是你只是带在身上作秀？

［卡帕尔少校将避孕套扔到地上。

弗里曼 我们要找什么，长官？

卡帕尔少校 操蛋的 ISIS 支持者用的是金色的三福记号笔。

［每个人都看到恩罗之前卖了个土豪金的三福记号笔给方。

卡帕尔少校 我觉得，这个狗娘养的就在这里，就在这个房间里。

［卡帕尔少校发现恩罗面前的一堆东西里有那张陆空交换信用卡。卡帕尔少校捡了起来。

卡帕尔少校 卧槽。这是你的吗？

［恩罗怯生生地点头。

卡帕尔少校 一张陆空交换信用卡？

恩　罗 对不起，长官。

卡帕尔少校 得了。你没那么糟。

［卡帕尔少校用那张卡重重打了恩罗一下，然后把它扔回那堆东西里。

［少校从后面走近琼斯，就在琼斯的耳畔说话。

卡帕尔少校 我知道你在这里，你这个肮脏的小可爱，婊子养的家伙。警告：当我抓住你，极端主义混蛋……

［弗里曼在方的口袋里找到了金色的三福记号笔。

弗里曼　长官！

卡帕尔少校　（愤怒）别打断我！

弗里曼　遵命长官！

［少校喘了口气。

卡帕尔少校　（对琼斯）我讲到哪儿了？

琼　斯　（平静）极端主义混蛋，长官！

卡帕尔少校　谢谢！如果我发现你，极端主义混蛋，你知道我会找到你的……我要亲自用一颗蘸了猪血的子弹射穿你的脑袋……

［方和弗里曼悄悄地争论。

方　那不是我的。

弗里曼　我刚从你口袋里把它拿出来。

卡帕尔少校　让我看看那个。

［弗里曼把土豪金的三福记号笔交给少校。少校打开盖子，带着爱意地闻起来。

卡帕尔少校　嗯，嗯，好爽。这才是真的有感觉。这玩意儿看起来像是威利・旺卡的水下世界（PS.取材自百老汇音乐剧《查理的巧克力工厂》，巧克力制造大亨 Willy Wonka 有个神奇的水下工厂，如梦似幻，用想象力做出甜美的巧克力，但是也充满危险。）的黄金门票，不是吗？

［大多数士兵瞪着恩罗。

［少校转身面对方，用土豪金三福记号笔敲打着方的裤裆。

卡帕尔少校　你是那个，觉得他鸡巴比我大的人？

方　不是的，长官。

［楼巍和其他人推搡着恩罗，让她承认那支记号笔是她的。

卡帕尔少校　你把灵魂卖给 ISIS 了吗？

方　没有，尊敬的卡帕尔少校。

［罗格也悄悄加入进来，告诉恩罗，她需要说出来。

卡帕尔少校　你想往我的臂章上拉屎吗？

方　长官，都是误会啊！

卡帕尔少校　谁给你的命令？谁和你是同伙？

方　没有人啊，长官？

卡帕尔少校　你腰杆还挺直哈，叛贼？

方　长官……

卡帕尔少校　你还是一个士官！你叫什么名字？

方　查得，长官。

卡帕尔少校　查得？

［他考虑了其中的含义。

卡帕尔少校　圣战……查得。前倾姿势，圣战查得！

［方趴倒在地板上。

卡帕尔少校　做俯卧撑。不许出声。做！

［方默默地开始做俯卧撑。

卡帕尔少校　圣战查得，做这事儿，不是真的有圣战约翰的戒指吗？圣战查得。乍听起来更像是一个柔弱的网球选手的名字，而不是想把人脑袋砍下来的人。

圣战查得……你想砍我的头吗？这样会让你的神明高兴吗？

方　长官，我发誓我啥也没干！我只是吸记号笔。我不是恐怖分子。

卡帕尔少校　你的下一个目标是什么？

方　我没有目标啊，长官。我只是想爽一爽。我今天早上刚买了这该死的东西！

卡帕尔少校　圣战查得，你不愿意回答我的问题已经成为了我工作的障碍。我讨厌障碍。障碍是疾病。它排出我们体内宝贵的体液。

恩　罗　长官！

卡帕尔少校　你知道吗，我要为所有人找到病源，斩草除根。

复原，圣战查得！

［方站了起来。

［少校走到琼斯身边，盯着他的眼睛。

卡帕尔少校　谁有550绳子？

琼　斯　（口吃）我我我……我有，长官。

卡帕尔少校　那就去拿来吧，小子。

琼　斯　这就去，长官！

［琼斯跑过去抓住绳子。

卡帕尔少校　（对马辛吉尔）给我拿条毛巾。一桶水。

［马辛吉尔跑开了，去拿卡帕尔少校想要的东西。

［卡帕尔少校又吸引了一些士兵的注意力。

卡帕尔少校　把那张桌子搬过来。

［士兵们抓住桌子拖过来。

卡帕尔少校　抓住他！

［剩下的人抓住了中士方。卡帕尔少校抓住了方的脸。

卡帕尔少校　你他妈的不是喜欢搞爆炸吗？你要在那里搞爆炸，圣战查得？

方　长官，误会啊！我啥也没干，我只是今天早上买了这支该死的记号笔！

［一些士兵用责备的目光看着恩罗。

恩　罗　长官，这个中士不是ISIS成员。

弗里曼　别逼逼，新兵蛋子。

恩　罗　他没有涉及任何事情。在你进来之前，我刚把那支记号笔给他。上士，你看见我了。

方　闭上你的嘴。

弗里曼　（对方）他妈的你闭嘴！你不能再发号施令了。想都别想。你认为你还有权力吗？你他妈的没有。长官，我盯着他好久了。

恩　罗　这是我的记号笔！

弗里曼　稍息！你这个说谎精。（对卡帕尔）他想杀了你，长官。看看他。他想杀了我们所有人。（弗里曼接近琼斯）大多数时间他都想杀了你。因为你太他妈的老了。哦！他真他妈的恨你！他也恨你，楼巍。还记得两个月之前他对你见死不救吗？谁救了你？我。我是那个人。看那双该死的邪恶的眼睛！这个中士已经变得非常激进了！

罗　格　上士，我看见是新兵恩罗把记号笔卖给中士方的。

弗里曼　我们已经找到要找的人了，士兵。

［其他人也喊出来，他们也看到了，是恩罗把金色的三福记号笔卖给了中士方。

弗里曼　你们他妈的要是不闭嘴的话！

恩　罗　这个中士不是恐怖分子。

弗里曼　我会让你们活着的每一天都变成折磨。我会给你们布置45天额外的任务！

［沉默。（还有一小撮人在讲话）

弗里曼　你们剩下的这些家伙想干嘛？

［剩下的人也沉默了。

弗里曼　我不认为这个中士不是恐怖分子。（对卡帕尔少校）长官。

卡帕尔少校　上士，我从没有如此坚定过。

［这两个男人击掌。

卡帕尔少校　就是这个人了没错。我这辈子都没这么肯定过。

［马辛吉尔带着一桶水和一条毛巾回来了。

［恩罗越级直接走向了少校。

恩　罗　这位中士不应该被押送到部队警察们那儿去……长官。

［少校抓着恩罗的脖子，把她拉回她在队伍里的位置。

卡帕尔少校　你应该控制住你自己，按照规定来做事。这对每个人都适用。现在，我们这儿有一个士兵，他走到了另一个阵营。他背叛了他的国家。应该处以死刑。没有什么比一个该死的叛徒更坏。他把我们所有人都置于危险之中。他要正派的美国士兵付出生命的代价。我不会袖手旁观让他得逞。我们要弄个水落石出，找出他的同伙。我被你的同情心感动了。但是，士兵们，如果我们想让美国再次伟大起来，我们必须先从让军队再次强大起来开始！我们必须从这里开始。这个军营。此时此刻。这是沙子里的线。你们都是军人。服从命令是你们的天职。所以，我命令你们行动起来，无论是男人还是女人，或者不管你们是什么人，行动起来。这是一个直接的命令。呼啊！

［士兵们用一个缺乏热情的“呼啊”回应。

卡帕尔少校　不过关。假心假意的懦夫，就滚一边去。给我一个“呼啊”，不然，我会把你们每个人都整残。

［士兵们用了一个稍微大声一点，但是充满怕被报复的恐惧的“呼啊”回应。

卡帕尔少校　给力点儿啊！让我告诉你们吧，等我们这件事儿做完，我会让你们早点儿回家的。

［好消息。

卡帕尔少校　我能得到一声“呼啊”了吗？

［一声巨大的欢呼。

卡帕尔少校　这个比较好。你们抓住那张桌子。你们去拿那张油布，把它放到地上。我要教你们一课，如何从一个不合作的敌人那里得到信息！

［士兵们放好了桌子，铺好了油布。

［方尖叫，挣扎，但是太多人抓着他了。他们把方扔到桌子上。

［恩罗没有参加。罗格也保持距离。

卡帕尔少校　绑住他的脚！

［琼斯用550绳子绑住了方的脚。可怜的方中士试图挣扎着踢出他的脚。

阿诺克尼德　继续挣扎呀，中士。

琼　斯　这就像回到俄克拉荷马州一样。

［一些士兵大吼大叫。

卡帕尔少校　把那个毛巾放到他头上。

［马辛吉尔高兴地拿起毛巾扔到方的脸上。

卡帕尔少校　说一种你们认为我想听的方式。你们想要多狠就说多狠的。大家都准备好了吗？走你！

[少校倒了一大桶水在方的脸上。方的身体抽搐。少校停止浇注。

卡帕尔少校 把毛巾扯下来。

[方咳嗽了起来，他试图呼吸。

[少校发出一声强烈的放松的喊声。

卡帕尔少校 我操，我感觉已经好多了。别告诉我，你们没有一个人想过要做这事儿。你们的脑袋里从来没有这样的想法？不可能！你觉得这个士兵怎么样？

马辛吉尔 我想他还是很渴，长官。

卡帕尔少校 观察得很好！就像指示牌上说的，我们需要保证这个家伙要充分地补水！毛巾！

[马辛吉尔把毛巾放回方的脸上。

[少校重新灌满水桶，几乎要把水倒在方的脸上时，厕所的门突然打开了。

[莫洛尼拿着装满尿的容器举在头顶，走出厕所。

[紧随莫洛尼的是高斯，高斯戴着乳胶手套。

莫洛尼 没有黄铜就没有弹药，长官。

[高斯没有脱下手套，拿出了他的M9手枪，指着少校。

[所有人都静止不动。对峙。

卡帕尔少校 下午好，下士。

高　斯 中午好，长官。这就是我所想的吗？

恩　罗 他在伤害方中士！

[高斯举起他的手让恩罗安静。高斯和卡帕尔彼此凝视。唯一的声音就是方的咳嗽和呼吸。

卡帕尔少校 不如，我们出去做点儿什么吧？

高　斯　我在听，长官。

卡帕尔少校　你去拿毛巾怎么样？

［沉默。

高　斯　真的？

［卡帕尔点头。

高　斯　那水怎么办？

卡帕尔少校　我来倒水。这是我的事。

恩　罗　去寻求帮助！

高　斯　稍息，士兵。一切都在我的控制之下。这就是我被训练去做的事情。这就是我一辈子都等待的事情。（沉默，高斯思考）长官。

卡帕尔少校　下士。

高　斯　如果我们轮流怎么样？

［沉默。

高　斯　就这一次。

卡帕尔少校　就这一次？

高　斯　就这一次。

卡帕尔少校　我正打算开始下一轮。

高　斯　我不会用别的办法。

卡帕尔少校　看来今天是你的好日子了，士兵。

［高斯几乎尖叫着高兴地像是马上要玩好玩的游戏一样。

［马辛吉尔递给他毛巾，但是高斯从口袋里掏出一条特别的毛巾——匹兹堡铁人（美国的橄榄球队）可怕的毛巾。（PS.美国某橄榄球队特定的毛巾，一般这个球队的球迷都会有这样的毛巾。）

卡帕尔少校　你应该让我拿着那把枪，这样就没有人会受伤。

高　斯　别担心，长官。它只是为了作秀而已。我无权拥有子弹。

［卡帕尔少校准备好了水桶。

［西尔斯默默地看着。

马辛吉尔　先生，我呢？我不能也做点酷酷的事儿吗？接下来是长官拿桶？

卡帕尔少校　谁来管管这头乱叫的蠢猪？

马辛吉尔　你，长官！

卡帕尔少校　嗯……那，你去拿点儿尿来吧。

［马辛吉尔抓住尿液收集容器样品，跑到卡帕尔面前。

卡帕尔少校　有一个了吗？

马辛吉尔　至少有两个，少校！

卡帕尔少校　好消息。那么去完成你的任务吧，抱住他的腿。

［马辛吉尔跑过去，抓住腿。

卡帕尔少校　所有人准备好了吗？

［确认的点头。

卡帕尔少校　派对时间到！

［这条可怕的毛巾盖住了方的脸。卡帕尔少校把一桶尿倒在毛巾上。

［方想尖叫，但他在尿液中溺水了。

［一些士兵很排斥。另一些过度兴奋。高斯扯下毛巾。

高　斯　我再也不洗这个了！

［方喘息。

卡帕尔少校　让他站起来。

［士兵们举起窒息的方。

卡帕尔少校 他们说尿会收缩毛孔。我听说对皮肤有好处。我很注重护肤的，我也用科颜氏。（对着方说）你为谁工作？谁是你的领导？

方 （他一边咳嗽一边说话）操你妈。

卡帕尔少校 这话真下流。哦，好吧，随你的便，我可以一整天都做这事儿。让他躺下。

［他们把方扔在桌子上。高斯和卡帕尔交换毛巾和桶。高斯对这个机会欣喜若狂。他拿出手机要拍照片。

高　斯 长官，你介意吗？

卡帕尔少校 这可能是一件违反操作安全的事儿。

高　斯 （像个乞讨糖果的孩子）拜托了，长官！我只发给我妈妈看！

［卡帕尔默许了。

［高斯高举起手机，自拍了一张合影。

［卡帕尔撑起了方的头。

卡帕尔少校 你应该和这个毛巾也合影一张。

［卡帕尔把毛巾放回了方的脸上。

［又一张照片。

卡帕尔少校 原图发给我。

高　斯 没问题，长官。

恩　罗 有人弄错了。这个中士不是ISIS。

卡帕尔少校 我说他是，他就是。

［恩罗跳过去，少校抓住了恩罗的衣领，将她拉倒自己的面前，鼻尖对着鼻尖。

卡帕尔少校 你快要着陆了，我的小啄木鸟。

［方挥着他的手。

方　（几乎是耳语）停下吧。停下……我……我承认。

［高斯非常失望。

卡帕尔少校　Ta da～（一个得意的声响）不要只是站在那里。带他上来。你为谁工作？谁给你的命令？

［方咳嗽，然后让少校靠近点儿。少校接近他了。方示意他再靠近一点儿。少校的脸离方只有几毫米。

卡帕尔少校　说吧，龟儿子。你告诉我之后会舒服点儿的。你为谁工作？

方　长官，为你妈！

［少校气疯了。

［他一拳打在方的下腹部上，就像《*Won't Get Fooled Again*》里突然打在演讲者身上的人那样打。

卡帕尔少校　你以为你能在我的国家玩我？我他娘的会杀了你的龟孙。

［卡帕尔用一种致命的方式掐住方的咽喉。其他士兵不确定要做什么；他们应该站在谁那边？

［恩罗跳到少校的背上，试图阻止他。

卡帕尔少校　他妈的滚开。

恩　罗　来人啊！

卡帕尔少校　把这个叛徒从我身上拿开，她是他的同伙！

［高斯试图把恩罗从卡帕尔少校的身上拉下来。莫洛尼想把高斯从恩罗身上拉下来。另一个士兵则抓住了莫洛尼。另一个帮助恩罗把卡帕尔少校从方的身上拉下来。其余的士兵纷纷挑选阵营。史诗般的军营之战随之而来。

［人们互相击打，发泄。

［高斯跟着罗格，罗格和莫洛尼一起踢高斯，把被打晕的他扔地上。阿诺克尼德和马辛吉尔打斗了起来。这两个战队消失在阴影里。

［方倒在地板上试图呼吸，然后试图从混战中爬出来。

［西尔斯依旧站在一边，默默地看着大家打架。

［最终，以恩罗为首的几个士兵治服了少校。

卡帕尔少校　我不认为你们准备好和这只狗聚餐了。

恩　罗　把他放在桌子上。

卡帕尔少校　我会把你逮捕，让法院审判你。我是一名军官。攻击军官是刑事犯罪。

［恩罗拿起水桶。

恩　罗　去你妈的吧！鬼会按照你的命令去做。

［罗格拿起毛巾放在少校卡帕尔的脸上，即使这个军官持续大叫着威胁他们。

卡帕尔少校　你把右手举起来！没有人会救你！我会亲自操翻你！混蛋！

［恩罗用水浇少校。军官的身体摇晃着、颤抖着。

［恩罗停止浇注。

［罗格举起毛巾。

［卡帕尔少校脸上有一个灿烂的微笑。

卡帕尔少校　看来你们终于成为好士兵了。

［恩罗点头。

［罗格把毛巾放回卡帕尔少校的脸上。

［恩罗在毛巾上倒水。

［电话铃响了。那些还在打斗的人停了下来。大家互相看

着对方。电话一直响个不停。琼斯终于走过去，接起电话。

琼　斯　E部队。我是技术军士琼斯。我能如何为您效劳？（他听着）是的先生。

是的，他在。（对卡帕尔少校）啊哈……你的电话，长官。

卡帕尔少校　我……有点忙，能让他给我留言吗？

琼　斯　长官，您能给少校留个口信吗？谢谢您，长官。（对少校）不能，少校。是卫戍司令，长官。

卡帕尔少校　啊哈。把你的手从我手上拿开。

[卡帕尔少校从士兵们的控制中挣脱出来。他浑身湿透了。

卡帕尔少校　哪儿都不要去。

[卡帕尔少校挺直身子。他擦去脸上的水。

[他用手穿过头发。少校慢慢地走到电话机旁。他把它从琼斯手里接过来，琼斯快速地让出一个位置，然后以一种等待检阅的姿势站在一旁。

卡帕尔少校　（他听着）啊哈。嗯。我明白了。盯着呢。是，长官。我会让所有人知道这事儿的。

[他挂了电话，整理了一下他的制服。

卡帕尔少校　看来他们找到了罪犯。原来罪犯是埃弗哈德上校的长子。

弗里曼　我早就知道！

卡帕尔少校　他破坏了公共财产。已经确定了，没有证据表明，ISIS极端分子潜入了基地。

[恩罗坐在方的旁边。

[少校故意很慢地走到门口。他停在门口。

卡帕尔少校　继续吧。

［这个军官离开了大楼。没人知道该做什么。方咳嗽起来，想喘口气。恩罗开始想办法擦干这个湿淋淋的中士。

［弗里曼向方伸出手来握手。

［马辛吉尔和阿诺克尼德一起回来了，两个人都赤裸着上身（他们的衣服在刚刚的打架中打没了）。

阿诺克尼德　那么，现在，我可以吃一片披萨饼吗？

［电话铃响了。每个人都盯着那不祥的电话。

［光渐收。

［一束光打在高斯的身上。高斯举起手，像是要触碰天空，但是最后，手臂还是落了下来。

［最后那一束光，也慢慢在（纹丝不动的观察者）西尔斯身上褪去。

［剧终。

图书在版编目(CIP)数据

美国哥伦比亚大学艺术硕士研究生剧作选:上戏·哥大联合培养艺术硕士生教学成果巡礼/陆军主编.—上海:上海人民出版社,2018
ISBN 978-7-208-15499-5

Ⅰ.①美… Ⅱ.①陆… Ⅲ.①话剧剧本-作品集-美国-现代 Ⅳ.①I712.35

中国版本图书馆 CIP 数据核字(2018)第 271316 号

责任编辑 赵蔚华
封面设计 张志全工作室

美国哥伦比亚大学艺术硕士研究生剧作选
——上戏·哥大联合培养艺术硕士生教学成果巡礼
陆军 主编

出　　版 上海人民出版社
(200001 上海福建中路 193 号)
发　　行 上海人民出版社发行中心
印　　刷 常熟市新骅印刷有限公司
开　　本 890×1240 1/32
印　　张 11.25
插　　页 5
字　　数 248,000
版　　次 2018 年 12 月第 1 版
印　　次 2018 年 12 月第 1 次印刷
ISBN 978-7-208-15499-5/I·1777
定　　价 52.00 元